O falecido Mattia Pascal

FUNDAÇÃO EDITORA DA UNESP

Presidente do Conselho Curador
Mário Sérgio Vasconcelos

Diretor-Presidente
Jézio Hernani Bomfim Gutierre

Superintendente Administrativo e Financeiro
William de Souza Agostinho

Conselho Editorial Acadêmico
Danilo Rothberg
Luis Fernando Ayerbe
Marcelo Takeshi Yamashita
Maria Cristina Pereira Lima
Milton Terumitsu Sogabe
Newton La Scala Júnior
Pedro Angelo Pagni
Renata Junqueira de Souza
Sandra Aparecida Ferreira
Valéria dos Santos Guimarães

Editores-Adjuntos
Anderson Nobara
Leandro Rodrigues

A coleção CLÁSSICOS DA LITERATURA UNESP constitui uma porta de entrada para o cânon da literatura universal. Não se pretende disponibilizar edições críticas, mas simplesmente volumes que permitam a leitura prazerosa de clássicos. Nesse espírito, cada volume se abre com um breve texto de apresentação, cujo objetivo é apenas fornecer alguns elementos preliminares sobre o autor e sua obra. A seleção de títulos, por sua vez, é conscientemente multifacetada e não sistemática, permitindo, afinal, o livre passeio do leitor.

LUIGI PIRANDELLO
O falecido Mattia Pascal

TRADUÇÃO SILVIA MASSIMINI FELIX

© 2020 EDITORA UNESP

Título original: *Il fu Mattia Pascal*

Direitos de publicação reservados à:
Fundação Editora da Unesp (FEU)
Praça da Sé, 108
01001-900 – São Paulo – SP
Tel.: (0xx11) 3242-7171
Fax: (0xx11) 3242-7172
www.editoraunesp.com.br
www.livrariaunesp.com.br
atendimento.editora@unesp.br

DADOS INTERNACIONAIS DE CATALOGAÇÃO NA PUBLICAÇÃO (CIP)
DE ACORDO COM ISBD
Elaborado por Odilio Hilario Moreira Junior – CRB-8/9949

P667f   Pirandello, Luigi

         O falecido Mattia Pascal / Luigi Pirandello; traduzido por Silvia Massimini Felix. – São Paulo: Editora Unesp, 2020.

         Tradução de: *Il fu Mattia Pascal*
         ISBN: 978-85-393-0831-6

         1. Literatura italiana. 2. Romance. I. Felix, Silvia Massimini. II. Título.

2020-168   CDD: 853
                                                                CDU: 821.131.1-31

Editora afiliada:

SUMÁRIO

Apresentação
7

O falecido Mattia Pascal

I. Premissa
13

II. Segunda premissa (filosófica), a título de desculpa
17

III. A casa e a toupeira
21

IV. Foi assim
31

V. Amadurecimento
47

VI. Tac, tac, tac...
63

VII. Mudança de trem
81

VIII. Adriano Meis
95

IX. Um pouco de neblina
109

X. Pia de água benta e cinzeiro
119

XI. À noite, olhando o rio
133

XII. O olho e Papiano
153

XIII. A lamparina
167

XIV. As proezas de Max
181

XV. Minha sombra e eu
191

XVI. O retrato de Minerva
205

XVII. Reencarnação
227

XVIII. O falecido Mattia Pascal
239

Advertência sobre os escrúpulos da fantasia
255

APRESENTAÇÃO

LUIGI PIRANDELLO foi um dramaturgo, escritor e poeta italiano, agraciado com o Prêmio Nobel de Literatura em 1934. É considerado um dos principais nomes da história do teatro do século XX.

Pirandello nasceu em uma família burguesa da cidade siciliana de Girgenti (atual Agrigento). Em 1880, a família se muda para Palermo, onde ele concluiria o Ensino Médio e ingressaria na universidade, a princípio dividido entre as carreiras de Direito e Letras. Optando por Letras, em 1887 muda-se para Roma, onde pretendia concluir o curso. Por desacordo com um de seus professores, transferiu seus estudos para a Alemanha, na Universidade de Bonn. Ali obteria seu doutorado, em 1891, com uma tese sobre o dialeto de Agrigento. Sua permanência na Alemanha permitiu-lhe conhecer a cultura alemã e, em particular, os autores românticos, que influenciaram profundamente seus trabalhos e sua teoria sobre o humor. De volta à Itália, após breve passagem por Agrigento, muda-se definitivamente para Roma, onde passou a frequentar o ambiente cultural na companhia de artistas como o poeta Ugo Fleres (1858-1939) e o escritor e jornalista Luigi Capuana (1839-1915). Nesses anos, dedicou-se às primeiras experiências literárias: em 1893 escreveu seu primeiro romance, *L'esclusa* (A excluída), publicado somente em 1901, e lançou sua primeira seleção de contos, *Amori senza amore* (Amores sem amor), em 1894.

Atuou como professor de italiano em Roma e escreveu ensaios e artigos para diversas revistas italianas, enquanto complementava a renda com produção de contos, romances e temas para filmes. Seu conservadorismo político e social o levou a ver como uma "garantia da ordem" o regime autoritário de Benito Mussolini (1883-1945). Entretanto, logo reconheceu a política de desvalorização cultural do governo, o que fez com que desaparecesse sua simpatia original.

O ponto de viragem se deu em 1921, com a encenação de *Seis personagens em busca de um autor*, texto que revolucionou a linguagem teatral. Embora tenha provocado reações iniciais furiosas, a peça obteve enorme sucesso, inclusive no exterior. Pirandello abandonou a vida de professor em 1922 para dedicar-se à dramaturgia, acompanhando os grupos de teatro em suas turnês e cuidando das encenações de seus textos.

Em seus últimos anos, o escritor dedicou-se à publicação de suas obras reunidas: os romances foram coligidos em *Novelle per un anno*, e os textos dramáticos, em *Maschere nude*. O dramaturgo também se interessou pelo cinema e acompanhou as adaptações de suas obras para a tela grande. Contraiu pneumonia enquanto presenciava nos estúdios de Cinecittà a filmagem de seu romance mais célebre, *O falecido Mattia Pascal*, vindo a falecer em dezembro de 1936.

Como se viu, as primeiras incursões de Luigi Pirandello no gênero do romance foram precoces: em 1893, aos 26 anos, escreveu *Marta Ajala*, texto que só seria publicado em 1901 com o título de *A excluída*, no jornal romano *La Tribuna*. Ambientada na Sicília, a trama apresentava características típicas da narrativa naturalista: mulher acusada de adultério se choca com a moralidade da sociedade provincial e é expulsa de casa. No entanto, diferentemente do ideário realista, o fato que desencadeou o evento não é objetivo, mas subjetivo: Marta era inocente, e o adultério do qual foi acusada, apenas inferido. A fatalidade determinista é, portanto, desencadeada por uma crença subjetiva que se insinua nas mentes do marido e da comunidade. Desse modo, Pirandello, de modo polêmico, opôs ao determinismo dos realistas e naturalistas o jogo imprevisível do acaso.

O mesmo tema está no centro do segundo romance de Pirandello, *Il turno*, de 1895, no qual a protagonista espera sua vez de se casar com o amado, depois da morte de seus dois maridos anteriores. Aqui, no entanto, o "jogo do acaso" se torna tema para diversão cômica.

Essas duas vertentes ficcionais estão presentes de modo mais bem acabado na obra que rendeu fama a Pirandello como romancista: *O falecido Mattia Pascal*. Publicado na revista *Nuova Antologia*, em 1904, o romance se distancia ainda mais do domínio do naturalismo e do realismo. Mattia Pascal, pequeno burguês da província de Miragno, é perseguido por credores e convive em um ambiente familiar miserável. Por um golpe do acaso, entretanto, tem a chance de escapar de sua rotina infeliz: ganha pequena fortuna em um cassino de Monte Carlo e, ao mesmo tempo, é dado como morto em sua cidade natal, confundido com o cadáver de um afogado. Aproveitando-se da situação, Mattia Pascal busca construir uma nova identidade como Adriano Meis e parte em viagem pela Europa. Diversos imbróglios, todavia, lhe atravessam o caminho, e o imprevisível se impõe novamente com força na trama.

O falecido Mattia Pascal concentra dois temas caros ao universo ficcional de Pirandello: a vida social vista como "armadilha" inescapável e a identidade submetida a máscara socialmente imposta, que sufoca a personalidade multifacetada do ser humano. Do ponto de vista narrativo, o autor abandona a terceira pessoa, típica de obras realistas, em favor do narrador em primeira pessoa: é o protagonista quem revive sua história, registrando sua experiência de modo retrospectivo. Os eventos, portanto, são narrados de uma perspectiva subjetiva, portanto parcial, o que contribui, ao lado do jogo do acaso, para relativizar a realidade.

A época que testemunhou o colapso do sujeito autocentrado e a crise da ideia de realidade ordenada encontrou em Luigi Pirandello um de seus intérpretes mais agudos, e em *O falecido Mattia Pascal*, a figura do anti-herói moderno, protótipo do personagem inepto e protagonista oprimido pela própria história.

LUIGI PIRANDELLO
(AGRIGENTO, ITÁLIA, 1867 – ROMA, ITÁLIA, 1936)

LUIGI PIRANDELLO, FOTO AGENCE ROL, 1924 (DATA DE EDIÇÃO)

LUIGI PIRANDELLO

O falecido Mattia Pascal

I. PREMISSA

UMA DAS POUCAS COISAS, ou talvez a única, de que eu tinha verdadeira certeza era esta: que me chamava Mattia Pascal. E até tirava proveito disso. Sempre que algum dos meus amigos ou conhecidos demonstrava ter perdido o juízo a ponto de me procurar para pedir conselhos ou sugestões, eu dava de ombros, semicerrava os olhos e respondia:

– Eu sou Mattia Pascal.

– Obrigado, meu caro. Isso eu sei.

– E você acha pouco?

Para dizer a verdade, eu mesmo não achava que fosse grande coisa. Mas na época eu ignorava o que significava não saber nem isto – não poder mais responder, se necessário, como antes:

– Eu sou Mattia Pascal.

Talvez tenham pena de mim (custa muito pouco), imaginando a dor atroz de um desventurado que de repente descobre que... sim, nada, enfim: sem pai nem mãe, como morreu ou deixou de morrer; e talvez se revoltem (custa menos ainda) com a corrupção dos costumes, dos vícios e da tristeza dos tempos, que podem causar tanto mal a um pobre inocente.

Bem, fiquem à vontade. Mas é meu dever adverti-los de que não se trata exatamente disso. De fato, eu poderia aqui apontar, numa árvore genealógica, a origem e a descendência da minha família e confirmar que realmente não apenas conheci meu pai e minha mãe, mas também meus antepassados e suas ações – nem todas elas verdadeiramente louváveis – durante um longo espaço de tempo.

E então?

Aí está: meu caso é bem mais estranho e diferente; tão diferente e estranho que vou começar a narrá-lo.

Fui, por cerca de dois anos, não sei se caçador de ratos ou guarda-livros na biblioteca que um certo monsenhor Boccamazza, em 1803, quis deixar, quando morria, para a nossa aldeia. É claro que ele devia conhecer bem pouco a índole e os hábitos de seus concidadãos; ou talvez tivesse a esperança de que seu legado pudesse, com o tempo e a disponibilidade, acender no ânimo deles o amor pelos estudos. Até agora, e eu sou testemunho disso, não se acendeu, e o digo como um elogio aos meus concidadãos: a aldeia se mostrou tão pouco grata pela doação feita por Boccamazza que não quis nem ao menos lhe erigir um meio-busto. Os livros ficaram por muitos e muitos anos empilhados num vasto e úmido depósito, e depois foram levados, imaginem em que estado, para a distante igrejinha de Santa Maria Liberal, que por alguma razão não era consagrada. Ali foram deixados, sem nenhum bom senso, a título de benefício e como sinecura, a cargo de qualquer vagabundo bem recomendado, que por duas liras ao dia, cuidando dos livros ou mesmo nem se preocupando com eles, suportava por algumas horas todo aquele mofo e velharia.

Também tive essa sorte; e já desde o primeiro dia concebi tão pouca estima pelos livros, fossem impressos ou manuscritos (como alguns antiquíssimos volumes da nossa biblioteca), que eu nunca teria começado a escrever se, como disse, não achasse meu caso realmente muito estranho e passível de servir de exemplo a algum leitor curioso que porventura, finalmente levando a cabo a antiga esperança do bom monsenhor Boccamazza, viesse a esta biblioteca, na qual deixo meu manuscrito, com a recomendação expressa de que ninguém possa abri-lo a não ser cinquenta anos depois da minha *terceira, última e definitiva* morte.

Já que, até o momento (e Deus sabe o quanto isso me dói), já morri, sim, duas vezes, mas a primeira por erro, e a segunda... vocês vão ouvir.

II. SEGUNDA PREMISSA (FILOSÓFICA), A TÍTULO DE DESCULPA

A IDEIA, OU MELHOR, o conselho de escrever me foi dado por meu respeitável amigo dom Eligio Pellegrinotto, que hoje tem a custódia dos livros do monsenhor Boccamazza e ao qual confiarei o manuscrito assim que terminá-lo, se eu conseguir essa proeza.

Estou escrevendo aqui na igrejinha não consagrada, da luz que me vem da cúpula do teto; aqui na abside reservada ao bibliotecário e fechada por um gradil baixo de madeira com pilastras, enquanto dom Eligio reclama do encargo que assumiu heroicamente: pôr um pouco de ordem nessa verdadeira babel de livros. Temo que nunca consiga cumprir a tarefa. Ninguém antes dele se preocupara em saber, nem ao menos por cima, dando uma olhadela nas lombadas, que tipo de livros o monsenhor doara à aldeia: achava-se que todos ou quase todos deviam tratar de assuntos religiosos. Mas dom Pellegrinotto descobriu, para seu grande consolo, uma variedade enorme de temas na biblioteca do monsenhor; e, como os livros foram tirados de qualquer maneira do depósito e arrumados na igreja sem nenhuma ordem, a confusão é indescritível. Estreitaram-se entre esses livros, devido à sua vizinhança, as amizades mais peculiares: dom Eligio me disse, por exemplo, que tentou com afinco separar um tratado muito licencioso, *Da arte de amar as mulheres* – três volumes de Anton Muzio Porro, do ano de 1571 –, de uma *Vida e morte de*

Faustino Materucci, Beneditino de Polirone, a quem alguns chamam abençoado – biografia publicada em Mântua em 1625. Mas, devido à umidade, as encadernações dos dois volumes estavam fraternalmente grudadas. Note-se que no segundo volume daquele tratado libertino se fala longamente sobre a vida e as aventuras monásticas.

Dom Eligio Pellegrinotto, subindo todos os dias numa escada de acender lampiões, pescou nas prateleiras da biblioteca muitos livros curiosos e deveras agradáveis. Sempre que encontra um deles joga-o lá do alto, com elegância, na grande mesa do centro da sala. A igreja retumba; uma nuvem de poeira se levanta, da qual duas ou três aranhas fogem assustadas: lá da abside, eu acorro pulando o gradil; primeiro, com o próprio livro, caço as aranhas na grande mesa empoeirada; então abro o livro e começo a lê-lo.

Assim, pouco a pouco, tomei gosto por tais leituras. Agora, dom Eligio me diz que meu livro deveria seguir o modelo desses que ele vai desencavando na biblioteca, ou seja, deve ter o mesmo sabor especial. Dou de ombros e lhe digo que isso não é tarefa para mim. Além de tudo, tenho outras preocupações.

Todo suado e empoeirado, dom Eligio desce da escada e vem tomar um pouco de ar fresco na pequena horta que ele conseguiu fazer surgir aqui atrás da abside, toda cercada por paus e estacas.

– Ei, meu caríssimo amigo – digo a ele, sentado na mureta, com o queixo apoiado na bengala, enquanto ele se dedica às suas alfaces. – Não acho que hoje seja uma boa época para escrever livros, nem mesmo como passatempo. Em relação à literatura, como para todo o resto, devo repetir meu refrão habitual: *"Maldito seja Copérnico!"*.

– Oh, oh, oh, e o que Copérnico tem a ver com isso?! – exclama dom Eligio, levantando-se, com o rosto afogueado sob o chapelão de palha.

– Tem tudo a ver, dom Eligio. Porque, quando a Terra não girava...

– Ora, bolas! Mas a Terra sempre girou!

– Não é verdade. O homem não sabia disso, então era como se ela não girasse. Para muita gente, até hoje a Terra não gira. Outro

O FALECIDO MATTIA PASCAL

dia mencionei isso a um velho camponês e sabe o que ele respondeu? Que era uma boa desculpa para os bêbados. Além disso, o senhor mesmo, me desculpe, não pode duvidar que Josué fez o sol parar. Mas deixe estar. Eu acredito que quando a Terra não girava e o homem, vestido de grego ou romano, fazia uma bela figura e se sentia tão bem consigo mesmo, comprazendo-se com sua dignidade, aí então uma narrativa minuciosa e cheia de detalhes podia fazer sucesso. Lê-se ou não em Quintiliano, como o senhor me ensinou, que a história devia ser feita para narrar e não para provar?

– Não nego – responde dom Eligio –, mas também é verdade que nunca foram escritos livros tão minuciosos, tão meticulosamente escritos, com todos os detalhes mais íntimos, desde que, como o senhor diz, a Terra começou a girar.

– Ah, pois sim! *O senhor conde levantou-se exatamente às oito e meia... A senhora condessa colocou um vestido lilás com uma rica guarnição de rendas no pescoço... Teresinha estava morrendo de fome... Lucrécia se consumia de amor...* Oh, santo Deus! O senhor acha que me importo com isso? Vivemos ou não num pião invisível, golpeado por um raio de sol, num grãozinho de areia enlouquecido que gira, gira e gira, sem saber por quê, sem jamais chegar ao seu destino, como se achasse graça em girar assim, para nos fazer sentir ora um pouco de calor, ora um pouco de frio, e nos fazer morrer – muitas vezes com a consciência de ter cometido uma série de pequenas bobagens – depois de cinquenta ou sessenta voltas? Copérnico, Copérnico, meu caro dom Eligio, arruinou a humanidade irremediavelmente. A esta altura todos nós já nos resignamos à nossa pequenez infinita e nos consideramos ainda menos que nada no Universo, com todas as nossas belas descobertas e invenções, e que importância, então, o senhor quer que as histórias tenham, não digo aquelas que contam nossas misérias particulares, mas mesmo as calamidades gerais? Hoje nossas histórias são histórias de minhocas. O senhor já leu sobre aquele pequeno desastre nas Antilhas? Nada. A Terra, pobrezinha, cansada de girar sem objetivo, como quer aquele cônego polonês, teve um pequeno gesto de impaciência e soprou um pouco de fogo por uma das suas muitas bocas. Quem sabe o que provocou esse tipo de bile? Talvez a estupidez dos homens, que nunca foram tão enfadonhos como hoje. Basta. Vários milhares de minhocas assadas, e nós seguimos em frente. E não se fala mais isso.

No entanto, dom Eligio Pellegrinotto me faz ver que, por mais que nos esforcemos na cruel intenção de destruir, de estraçalhar as ilusões que a natureza previdente criou para o nosso bem, não conseguimos. Felizmente, o homem se esquece com facilidade.

Isso é verdade. Nossa aldeia, em certas noites marcadas no calendário, não acende os lampiões da rua, e muitas vezes – se estiver nublado – nos deixa no escuro.

No fundo, isso quer dizer que até hoje acreditamos que a lua está lá no céu só para nos iluminar à noite, assim como o sol de dia, e as estrelas existem apenas para nos oferecer um magnífico espetáculo. Claro. E muitas vezes nos esquecemos de que somos átomos infinitesimais que devem respeitar e admirar uns aos outros, e então somos capazes de lutar entre nós por um pequeno pedaço de terra ou reclamar de certas coisas que, se tivéssemos realmente noção daquilo que somos, deveriam nos parecer mesquinharias incalculáveis.

Bem, por causa desse esquecimento providencial, e também pela estranheza do meu caso, falarei de mim mesmo, porém o mais brevemente possível, dando apenas as informações que julgo necessárias.

Algumas delas, claro, não serão muito louváveis; mas hoje me encontro numa condição tão excepcional que já posso me considerar fora da vida e, portanto, sem quaisquer obrigações ou escrúpulos de qualquer tipo.

Comecemos.

III. A CASA E A TOUPEIRA

FUI UM POUCO PRECIPITADO, lá no início, ao dizer que conheci meu pai. Não foi bem assim. Eu tinha quatro anos e meio quando ele morreu. Estava navegando pela Córsega, por causa de alguns negócios que tinha na região, e nunca mais voltou: foi pego pela malária e em três dias morreu, aos trinta e oito anos. No entanto, deixou em boa situação econômica sua esposa e os dois filhos: Mattia (que seria, e fui, eu) e Roberto, dois anos mais velho.

Alguns idosos da nossa região ainda se deleitam em falar que a riqueza do meu pai (que não devia mais incomodá-los, já que foi passada para outras mãos há tempos) tinha origens – digamos assim – misteriosas.

Dizem que ele a conseguiu num jogo de cartas, em Marselha, com o capitão de um navio mercante inglês, que, tendo perdido todo o dinheiro que tinha – e não devia ser pouco –, também jogou um grande carregamento de enxofre que fora embarcado na distante Sicília em nome de um comerciante de Liverpool (até isso eles sabem! Será que sabem o nome?), de um comerciante de Liverpool que fretou o navio; portanto, desesperado, quando o navio zarpou, o capitão se afogou em alto-mar. Assim, o navio atracou em Liverpool aliviado também do peso do capitão. A riqueza do meu pai tinha como lastro a maldade dos meus conterrâneos.

Nós tínhamos terras e propriedades. Astuto e aventureiro, meu pai nunca teve um escritório fixo para os seus negócios: sempre andando por aí com seu navio, comprava e vendia mercadorias de todo tipo onde encontrasse as melhores oportunidades. Como não era dado a empreendimentos muito grandes e arriscados, aos poucos investia seus lucros em terras e casas aqui, na sua própria aldeia, onde pensava que mais tarde poderia descansar no conforto adquirido com muito suor, satisfeito e em paz com sua mulher e os filhos.

Assim, ele primeiro adquiriu a terra das Due Riviere, rica em oliveiras e amoreiras; depois, o sítio da Stìa, este também ricamente beneficiado e com uma bela nascente de água, que foi direcionada mais tarde para o moinho; em seguida, toda a colina do Sperone, que era o melhor vinhedo da nossa região, e, finalmente, San Rocchino, onde construiu uma casa de campo encantadora. Na aldeia, além da casa em que morávamos, meu pai comprou duas outras casas e todo aquele quarteirão, hoje reformado e transformado num arsenal.

Sua morte quase repentina foi nossa ruína. Minha mãe, incapaz de administrar a herança, teve de confiá-la a alguém que, depois de ter sido tão favorecido por meu pai que até mudou de condição social, deveria sentir-se compelido a ter pelo menos um pouco de gratidão, a qual, além do zelo e da honestidade, não lhe teria custado nenhum tipo de sacrifício, pois ele era fartamente remunerado.

Uma santa mulher, minha mãe! De índole tímida e muito tranquila, ela tinha tão pouca experiência da vida e dos homens! Quando falava, parecia uma criança. Tinha uma voz anasalada e também ria com o nariz, pois sempre que começava a rir, como se tivesse vergonha, comprimia os lábios. De constituição muito delicada, depois da morte do meu pai sempre teve uma saúde instável; mas nunca se queixou dos seus males, nem creio que se incomodasse consigo mesma, aceitando-os, resignada, como consequência natural de sua desgraça. Talvez ela também esperasse morrer, por causa do luto; portanto, tinha de agradecer a

O FALECIDO MATTIA PASCAL

Deus, que a mantinha viva, mesmo que tão miserável e problemática, pelo bem dos filhos.

Ela nutria por nós uma afeição quase mórbida, cheia de ansiedade e consternação: queria que estivéssemos sempre por perto, como se temesse perder-nos, e muitas vezes mandava as criadas nos procurar pela vasta casa assim que um de nós se afastava um pouco.

Minha mãe se abandonara cegamente às orientações do marido; quando ficou só, sentiu-se perdida no mundo. E nunca saía de casa, exceto aos domingos, de manhã cedo, para ir à missa na igreja ao lado, acompanhada de duas velhas criadas que ela tratava como parentes. Na própria casa, aliás, limitou-se a viver apenas em três cômodos, abandonando os muitos outros aos pobres cuidados das criadas e às nossas travessuras.

Nesses quartos, exalava de todos os móveis de estilo antigo, das cortinas desbotadas, aquele cheiro peculiar de coisas velhas, quase o hálito de outros tempos; e lembro-me de que, mais de uma vez, olhei em volta com uma estranha consternação provocada pela imobilidade silenciosa daqueles objetos antigos que permaneciam inutilmente ali por tantos anos, sem vida.

Dentre aqueles que vinham visitar minha mãe com mais frequência, havia uma irmã do meu pai, uma solteirona rabugenta, com olhos de fuinha, morena e arrogante. Chamava-se Scolastica. Mas ela sempre permanecia por pouco tempo, pois de repente, no meio da conversa, se enfurecia e ia embora sem se despedir de ninguém. Desde criança, eu tinha muito medo dessa tia. Olhava para ela de olhos arregalados, especialmente quando a via se levantar furiosa e gritar, virando-se para minha mãe e batendo um dos pés no chão, com raiva:

– Está ouvindo o silêncio? A toupeira! a toupeira!

Ela se referia a Malagna, o administrador que sorrateiramente cavava a cova debaixo dos nossos pés.

Tia Scolastica (soube disso mais tarde) queria, a todo custo, que minha mãe se casasse de novo. Normalmente as cunhadas não têm essas ideias nem dão tais conselhos. Mas ela nutria um sentimento severo e arrogante em relação à justiça, e mais por isso, é claro, que por amor a nós, não podia tolerar que aquele homem nos roubasse tão descaradamente. Portanto, devido à absoluta inaptidão e cegueira da minha mãe, ela não via outro remédio a não ser um segundo marido. E até já o escolhera: um pobre homem chamado Gerolamo Pomino.

Ele era viúvo e tinha um filho, que ainda está vivo e se chama Gerolamo como o pai: muito amigo meu, na verdade mais que amigo, como contarei mais adiante. Desde pequeno ele vinha à nossa casa com o pai, e era um tormento para mim e meu irmão Berto.

O pai, quando jovem, desejara por um longo tempo se casar com tia Scolastica, que não queria nem saber dele (como aliás de nenhum outro, de qualquer forma); e não porque não se sentisse disposta a amar, mas porque a mais ínfima suspeita de que o homem que amava pudesse traí-la, mesmo em pensamento, teria feito com que ela cometesse – como dizia – um crime. Para ela, todos os homens eram falsos, patifes e traidores. Até mesmo Pomino? Não, é claro: Pomino não. Mas ela percebera isso tarde demais. De todos os homens que pediram sua mão e que mais tarde se casaram, ela conseguiu descobrir alguma traição, o que muito a satisfizera. Apenas de Pomino não descobrira nada; na verdade, o pobre homem tinha sido um mártir da esposa.

Então, por que ela não se casava com ele? Ah, mas ele era viúvo! Pertencera a outra mulher, em quem talvez pudesse pensar às vezes. E depois porque... oras! Via-se a cem milhas de distância que, apesar da timidez, o homem estava apaixonado, apaixonado... já se sabe por quem, aquele pobre sr. Pomino!

Imaginem se minha mãe teria aceitado aquilo. Para ela, seria um verdadeiro sacrilégio. Mas talvez ela nem acreditasse, coitadinha, que tia Scolastica falava sério; e ria, com aquele seu peculiar jeito de rir, das explosões da cunhada, das exclamações do pobre sr. Pomino, que estava sempre presente àquelas discussões e ao qual a solteirona dedicava os elogios mais sinceros.

Fico imaginando quantas vezes ele não deve ter exclamado, contorcendo-se na cadeira como se estivesse numa câmara de tortura:

– Oh, bendito seja o santo nome de Deus!

Homenzinho polido, bem-arrumado, com mansos olhinhos cerúleos, acredito que passasse pó de arroz e também um pouquinho de ruge, quase nada, nas bochechas; com certeza se orgulhava de na sua idade ter conservado os cabelos, que penteava com muito cuidado, divididos ao meio, e constantemente ajeitava com as mãos.

Não sei como teriam sido nossos negócios se minha mãe, certamente não por si mesma, mas pelo futuro dos filhos, tivesse seguido o conselho de tia Scolastica e se casado com o sr. Pomino. Não há dúvida, porém, de que pior do que foram, confiados a Malagna (a toupeira!), não poderiam ter sido.

Quando Berto e eu crescemos, a maioria de nossas posses havia se transformado em fumaça; mas poderíamos pelo menos ter salvado o que restara das garras daquele ladrão, o que certamente teria nos permitido viver sem passar necessidades, mesmo que não tivéssemos muito conforto. Porém éramos dois vagabundos: não queríamos pensar em nada e continuávamos a viver, já adultos, como nossa mãe nos habituara quando crianças.

Minha mãe nem ao menos quisera mandar-nos para a escola. Um tal Pinzone[1] era nosso preceptor e tutor. Seu nome verdadeiro era Francesco ou Giovanni del Cinque, mas todos o chamavam Pinzone, e já se acostumara tanto ao apelido que ele mesmo se denominava Pinzone.

Era tão magro que chegava a causar repugnância; extremamente alto; e, por Deus, teria sido mais alto ainda se o tronco, quase cansado de se espichar tanto, não tivesse se curvado sob a nuca numa discreta corcundinha, da qual o pescoço parecia sair penosamente, à maneira de um frango depenado, com um grande pomo de adão que subia e descia. Pinzone muitas vezes se esforçava para manter os lábios entre os dentes, como se para morder, castigar e esconder uma risadinha de escárnio que lhe era própria; mas o esforço era um tanto inútil, porque

---

1 Pinça grande, em italiano. [N. T.]

esse risinho, incapaz de se manter aprisionado nos seus lábios, escapava-lhe dos olhos, mais agudo e zombeteiro que nunca.

Com aqueles olhinhos, Pinzone devia observar muitas coisas em nossa casa, coisas que nem mamãe nem nós víamos. Ele não falava, talvez porque não considerasse seu dever falar, ou porque – como acho mais provável – no íntimo ele se comprazia com aquilo, venenosamente.

Fazíamos do preceptor tudo o que queríamos e ele nem ligava; mas depois, como se quisesse ficar em paz com sua própria consciência, quando menos esperávamos, Pinzone nos traía.

Um dia, por exemplo, mamãe ordenou que ele nos levasse à igreja; a Páscoa estava chegando e tínhamos de nos confessar. Depois da confissão, uma breve visita à esposa doente de Malagna, e imediatamente de volta para casa. Imaginem que divertido! Mas, assim que saímos, Berto e eu propusemos a Pinzone uma escapadinha: nós lhe pagaríamos um bom litro de vinho contanto que ele, em vez de nos levar à igreja e à casa de Malagna, nos deixasse ir à Stìa em busca de ninhos de pássaros. Pinzone aceitou muito feliz, esfregando as mãos, os olhos brilhando. Ele bebeu; fomos para o sítio; ele se divertiu conosco por cerca de três horas, ajudando-nos a subir nas árvores, ele mesmo trepando até o topo. Mas à noite, ao voltar para casa, assim que mamãe lhe perguntou se havíamos feito nossa confissão e a visita a Malagna:

– Bem, vou lhe dizer... – respondeu ele com a maior cara de pau; e contou nos mínimos detalhes o que havíamos feito.

De nada adiantava nos vingar por suas traições. E ainda me lembro de que nossas vinganças não eram de brincadeira. Uma noite, por exemplo, Berto e eu, sabendo que ele costumava dormir sentado no baú do saguão de entrada, à espera do jantar, saímos furtivamente da cama, onde ele nos havia colocado de castigo antes da hora de costume, conseguimos encontrar um tubo de estanho usado como clister, de dois palmos de comprimento, e enchê-lo com água e sabão no tanque; estando assim armados, cautelosamente fomos até ele, enfiamos o tubo nas suas narinas – e *zuuum!* Nós o vimos pular até o teto.

O FALECIDO MATTIA PASCAL

Com um preceptor desse calibre, não é difícil imaginar o proveito que tirávamos do estudo. Mas não era tudo culpa de Pinzone: de fato, para nos fazer aprender algo, ele não se preocupava com método ou disciplina, e recorria a mil expedientes para prender de alguma forma nossa atenção. Comigo, que era de natureza muito impressionável, muitas vezes ele conseguia seu intento. Porém, Pinzone tinha uma erudição própria, muito peculiar e curiosa. Era, por exemplo, muito versado em trocadilhos: conhecia a poesia fidenziana e a macarrônica, a burchiellesca e a leporeâmbica,[2] e citava aliterações e paronomásias, versos correlatos, encadeados e invertidos de todos os poetas menores, e compunha ele mesmo muitos versos extravagantes.

Lembro-me de que em San Rocchino, certo dia, ele nos fez repetir, diante da colina, não sei quantas vezes este seu *Eco*:

Quanto tempo dura o amor no coração de uma mulher?
– (horas).
E ela não me amava tanto quanto eu a amava?
– (nunca).
E quem é você, que sente tanto por mim?
– (Eco).[3]

E ele nos desafiava a resolver todos os *Enigmas* em oitava rima de Giulio Cesare Croce, e aqueles de Moneti, em forma de soneto, e outros, também em soneto, de certo desocupado que tivera a coragem de se esconder sob o nome Catão de Útica. Ele os transcrevera, em tinta de tabaco, num velho caderno de páginas amareladas.

---

2 A poesia fidenziana é um tipo de poesia pedante, de cunho satírico, que deriva seu nome do poeta Fidenzio Glottocrisio Ludimagistro, do século XVI; a poesia macarrônica une duas ou mais línguas, geralmente o latim e um dialeto, em busca de comicidade; "poesia burchiellesca" alude à poesia do poeta satírico Fiorentio Burchiello, do século XV; por fim, a poesia leporeâmbica apresenta poemas com jogos de palavras e rimas inusitadas, e deriva seu nome de Ludovico Leporeo, poeta do século XVII. [N. T.]

3 *In cuor di donna quanto dura amore?/ – (Ore)./ Ed ella non mi amò quant'io l'amai?/ – (Mai)./ Or chi sei tu che sì ti lagni meco?/ – (Eco).* [N. T.]

- Ouçam, ouçam este de Stigliani. Lindo! O que será? Ouçam:

Ao mesmo tempo eu sou uma e duas
E faço dois o que antes era um
Um me emprega com seus cinco
Contra os infinitos que as pessoas têm na cabeça
Sou toda boca da cintura para cima
E mordo mais desdentada que com dentes
Tenho dois umbigos em locais opostos
Os olhos nos pés e, frequentemente, nos olhos os dedos.[4]

Parece que ainda o vejo declamando, com um prazer intenso refletido no rosto, os olhos semicerrados, o indicador e o polegar juntos.

Minha mãe estava convencida de que, para as nossas necessidades, o que Pinzone ensinava era o suficiente; e talvez até acreditasse, quando nos ouvia recitar os enigmas de Croce ou de Stigliani, que já tínhamos avançado nos estudos. Tia Scolastica tinha outra opinião: não conseguindo impor seu favorito Pomino a minha mãe, começou a nos perseguir, Berto e eu. Mas nós, protegidos por minha mãe, não a ouvíamos, e ela ficava tão brava que, se pudesse agir sem ser vista ou ouvida, com certeza nos teria espancado a ponto de tirar-nos o couro. Lembro-me de que uma vez, indo embora furiosa como de costume, ela me encontrou num dos quartos abandonados; agarrou-me pelo queixo, apertando os dedos com força e dizendo: "Lindinho! Lindinho! Lindinho!", com o rosto cada vez mais próximo do meu enquanto falava, olhando-me nos olhos, até que soltou uma espécie de grunhido e me largou, rugindo entre os dentes:

- Focinho de cachorro!

---

4 *A un tempo stesso io mi sono una e due,/ E fo due ciò ch'era uno primamente./ Una mi adopra con le cinque sue/ Contra infiniti che in capo ha la gente./ Tutta son bocca dalla cinta in sue/ E piú mordo sdentata che con dente./ Ho due bellichi a contrapposti siti,/ Gli occhi ho ne'piedi, e spesso a gli occhi i diti.* [N. T.]

O FALECIDO MATTIA PASCAL

Ela implicava especialmente comigo, apesar de eu me dedicar muito mais que Berto às lições absurdas de Pinzone. Mas devia ser por causa do meu rosto tranquilo e impertinente e dos grandes óculos redondos que me obrigavam a usar para endireitar um dos meus olhos que, não sei por qual razão, tendia a escolher por conta própria para onde olhar.

Para mim, esses óculos eram um verdadeiro martírio. A certa altura, joguei-os fora e deixei os olhos livres para olhar na direção que quisessem. De qualquer modo, mesmo que fosse direito, esse olho não me tornaria bonito. Eu gozava de ótima saúde, e isso era o suficiente.

Aos 18 anos, uma barba ruiva e encaracolada invadiu meu rosto, em detrimento do meu nariz, muito pequeno, que ficou perdido entre a barba e uma testa ampla e grave.

Talvez, se o homem pudesse escolher um nariz adequado ao seu rosto, ou se nós, vendo um pobre homem oprimido por um nariz grande demais para seu rosto mirrado, pudéssemos lhe dizer: "*Este nariz combina comigo, tomo-o para mim*"; talvez então eu tivesse mudado o meu de bom grado, assim como meus olhos e tantas outras partes da minha pessoa. Mas sabendo bem que isso não era possível, conformado com minhas feições, eu não me importava muito com elas.

Berto, por outro lado, bonito de rosto e de corpo (pelo menos comparado a mim), não conseguia se afastar do espelho: se alisava e se acariciava e gastava uma fortuna em gravatas novas, perfumes refinados, roupa íntima e vestuário. Para irritá-lo, um dia peguei do seu guarda-roupa uma casaca novinha em folha, um colete de veludo preto muito elegante, a cartola, e fui à caça assim paramentado.

Batta Malagna, no entanto, vinha se lamentar com minha mãe pelas safras ruins que o forçavam a contrair dívidas enormes para suprir nossas despesas excessivas e os constantes trabalhos de reparação que as propriedades rurais sempre necessitavam.

– Tivemos outro belo prejuízo! – sempre dizia ao entrar.

O orvalho destruíra as azeitonas no nascedouro, em Due Riviere; ou a filoxera acabara com os vinhedos do Sperone. Era preciso plantar videiras americanas, resistentes às pragas. E então surgiam outras dívidas. Em seguida, aconselhava-a a vender o Sperone para se livrar dos agiotas que o perseguiam. E assim, primeiro foi-se o Sperone, depois Due Riviere, depois San Rocchino. Sobraram as casas e o sítio da Stìa, com o moinho. Minha mãe esperava o dia em que ele viesse dizer que a nascente tinha secado.

É verdade que éramos vagabundos e gastávamos sem medida; mas também é verdade que um ladrão mais ladrão que Batta Malagna nunca mais aparecerá na face da Terra. É o mínimo que posso dizer a seu respeito, em consideração ao parentesco que fui obrigado a ter com ele.

Ele teve o cuidado de nunca nos deixar faltar nada enquanto minha mãe viveu. Mas aquele conforto, aquela liberdade quase extravagante da qual ele nos permitia desfrutar servia-lhe para esconder o abismo que depois, quando da morte de minha mãe, engoliu apenas a mim, pois meu irmão teve a sorte de contrair a tempo um casamento vantajoso.

Meu casamento, ao contrário...

– Não precisamos falar também, hein, dom Eligio, sobre meu casamento?

Acocorado lá em cima, em sua escada de acender lampiões, dom Eligio Pellegrinotto me responde:

– E como não? Claro. Com todo o recato...

– Que recato, que nada! O senhor sabe muito bem que...

Dom Eligio ri, e toda a pequena igreja desconsagrada ri com ele. Então me aconselha:

– No seu lugar, sr. Pascal, eu leria primeiro alguns contos de Boccaccio ou Bandello. Para ver o tom, o tom...

Cismava com o tom, dom Eligio. Ufa! Eu ponho as coisas no papel assim como vão saindo.

Coragem, então; e vamos em frente!

IV. FOI ASSIM

CERTO DIA, ENQUANTO CAÇAVA, parei, estranhamente impressionado, diante de um monte de palha baixinho e barrigudo, com uma pequena panela no topo.

– Eu o conheço – disse a ele –, eu o conheço...

Então, de repente, exclamei:

– Puxa! Mas é Batta Malagna!

Peguei uma forquilha jogada ali no chão e enfiei naquela barrigona com tanto prazer que a pequena panela quase caiu. Era o próprio Batta Malagna, quando, suado e ofegante, usava o chapéu caído de lado.

Ele escorria por todos os lados: suas longas sobrancelhas e os olhos deslizavam pelo rosto comprido; seu nariz escorria sobre o bigode ralo e o cavanhaque; seus ombros deslizavam do pescoço; sua barriga enorme e mole escorregava quase até o chão, porque, em razão da proeminência sobre as pernas atarracadas, o alfaiate era forçado a cortar as calças bem folgadas para vestir aquelas perninhas; de modo que, de longe, ele parecia usar uma capa muito comprida, com a barriga quase encostando no chão.

Vejam, com um rosto e um corpo desses, não sei como Malagna podia ser tão ladrão. Imagino que até os ladrões precisam ter certa imponência, que ele não ostentava de modo algum. Andava devagar, com a barriga pendente, sempre com as mãos atrás das costas, e se esforçava muito para emitir aquela voz mole e lamentosa! Gostaria de saber como ele justificava para a própria consciência os roubos que continuamente perpetrava contra nós. Não tendo, como eu disse, qualquer necessidade daquilo, nem uma única razão, então alguma desculpa ele devia dar a si mesmo. Penso que talvez ele roubasse para se distrair de alguma forma, pobre coitado.

Na verdade, ele era terrivelmente atormentado por uma esposa daquelas que sabem se fazer respeitar.

Malagna cometera o erro de escolher uma esposa de origem mais elevada que a dele, que era muito baixa. Oras, essa mulher, se fosse casada com um homem da mesma condição, talvez não fosse tão irritante como era com ele, a quem naturalmente se sentia na obrigação de provar, na menor oportunidade, que era bem-nascida e que na sua casa se fazia assim e assado. E lá ia Malagna, obediente, fazendo assim e assado, como ela dizia – para também parecer um cavalheiro. Mas lhe custava tanto! Ele estava sempre, sempre suado.

Além disso, a sra. Guendalina, pouco depois do casamento, adoeceu de uma moléstia da qual não conseguia mais se curar, pois, para tanto, teria de fazer um sacrifício superior às suas forças: privar-se de certos docinhos com trufas, dos quais gostava muito, e de outras guloseimas semelhantes, e também, e acima de tudo, de vinho. Não que bebesse muito, nada disso!, pois ela era muito bem-nascida – mas o fato é que não deveria beber nem uma gotinha.

Berto e eu, jovens rapazes, éramos às vezes convidados a almoçar na casa de Malagna. Era uma piada ouvi-lo, com o devido respeito, passar um sermão em sua esposa sobre comedimento, enquanto ele comia, devorava os alimentos mais suculentos com tanto prazer:

– Eu não admito – dizia ele – que, pelo prazer momentâneo que a garganta sente com a passagem de um bocado, por exemplo, assim – (*e engolia a porção*) –, a pessoa deva passar mal um dia inteiro. Qual é a graça? Tenho certeza de que depois eu me sentiria profundamente deprimido. Rosina! – (*chamava a criada*) – Me sirva mais um pouco. Muito bom esse leitãozinho!

O FALECIDO MATTIA PASCAL

– *Leitãozinho é você!* – gritava então a mulher, enfurecida. – Já chega! Olhe, Deus deveria fazê-lo sentir o que é passar mal do estômago. Você aprenderia a ter consideração por sua mulher.

– Como, Guendalina?! E eu não tenho? – exclamava Malagna enquanto se servia de um pouco de vinho.

A mulher, em resposta, levantava-se da cadeira, tomava-lhe o copo das mãos e jogava o vinho pela janela.

– Mas por quê? – gemia ele, perplexo.

E a mulher:

– Porque para mim é veneno! Se você me vir derramando nem que seja um tantinho no copo, tire-o de mim e jogue tudo pela janela, como eu fiz, entendeu?

Malagna olhava, mortificado, sorrindo um pouco para Berto, um pouco para mim, um pouco para a janela, um pouco para o copo; então dizia:

– Oh, meu Deus, por acaso você é criança? Eu, agir com violência? Mas não, querida: você é que deveria se conter...

– E como? – gritava a mulher. – Com a tentação diante dos olhos? Vendo você beber tanto vinho, saboreá-lo e olhar para o copo contra a luz, só para me irritar? Olhe aqui, vou lhe dizer: se fosse outro marido, para não me fazer sofrer...

Bem, Malagna chegou a este ponto: não bebeu mais vinho, para dar o exemplo de comedimento à esposa e para não a fazer sofrer.

Por isso é que ele roubava... É claro! Afinal, alguma coisa ele precisava fazer.

Só que, pouco tempo depois, veio a saber que a sra. Guendalina estava bebendo às escondidas. Como se, para que não lhe fizesse mal, bastasse o marido não notar. E então também ele, Malagna, voltou a beber, mas fora de casa, para não ofender a esposa.

Contudo, ele continuou a roubar, é verdade. Sei que ele desejava, de todo o coração, que a esposa o recompensasse pelas infindáveis aflições que lhe causava; isto é, ele desejava que um belo dia ela se resolvesse a dar-lhe um filho. Isso! O roubo teria então um propósito, uma desculpa. O que não se faz pelo bem dos filhos?

Sua esposa, no entanto, piorava dia após dia, e Malagna nem se atrevia a expressar-lhe seu ardente desejo. Talvez ela fosse estéril por natureza. Era preciso ter todo o cuidado em relação à sua doença. E se ela morresse no parto, Deus nos livre?... E havia também o risco de que ela não conseguisse levar a gravidez adiante. Assim, ele se conformava.

Era sincero? Não demonstrou o suficiente quando a sra. Guendalina morreu. Ele a pranteou, oh, ele chorou muito, e sempre se lembrava da mulher com uma devoção tão respeitosa que não quis pôr outra senhora de boa origem em seu lugar – nada disso –, e bem que poderia tê-lo feito, rico como já se tornara; mas tomou a filha de um capataz, saudável, vicejante, robusta e alegre; e isso só para que não houvesse dúvida de que teria dela a prole desejada. Se Malagna foi muito apressado, bem... é preciso considerar que ele não era mais um jovenzinho e não tinha tempo a perder.

Oliva, filha de Pietro Salvoni, nosso capataz em Due Riviere, eu conhecia muito bem desde menina.

Por causa de Oliva, quantas esperanças não dei à minha mãe: achava que eu estava criando juízo e tomando gosto pelo campo. Ela não cabia em si de contentamento, coitada! Mas um dia, a terrível tia Scolastica abriu seus olhos:

– E você não vê, sua tonta, que ele sempre vai a Due Riviere?

– Sim, para a colheita das olivas.

– De uma oliva, de uma oliva, de uma única oliva, boboca!

Minha mãe então me fez um sermão e tanto: que eu deveria me guardar de cometer o pecado mortal de induzir em tentação e levar à perdição uma pobre menina para sempre etc. etc.

Mas não havia perigo. Oliva era honesta, de uma honestidade inabalável, pois tinha consciência do mal que faria a si mesma se cedesse. Essa consciência simplesmente lhe tolhia todos aqueles acanhamentos dos pudores fingidos, tornando-a ousada e descontraída.

Como ela ria! Seus lábios eram duas cerejas. E que dentes!

Mas, daqueles lábios, nem mesmo um beijo; dos dentes, sim, algumas mordidas, por punição, quando eu a agarrava pelos

O FALECIDO MATTIA PASCAL

braços e não queria largá-la se antes não beijasse pelo menos seus cabelos.

Nada mais.

Agora, tão linda, tão jovem e viçosa, esposa de Batta Malagna... Pois é. Quem tem a coragem de dar as costas a certas fortunas? Ainda assim, Oliva sabia muito bem como Malagna ficara rico! Certo dia me falou tão mal dele por isso, e então, justamente por causa dessa riqueza, se casou com ele.

No entanto, passa-se um ano do casamento; passam-se dois; e nada de filhos.

Malagna, que há muito tempo se convencera de que não tivera filhos da sua primeira esposa apenas por causa da esterilidade dela ou de sua contínua enfermidade, não pensava nem remotamente que a culpa pudesse ser dele. E começou a se mostrar aborrecido com Oliva.

– Nada?

– Nada.

Ele esperou mais um ano, o terceiro: em vão. Então começou a repreendê-la abertamente; e por fim, depois de outro ano, já perdidas todas as esperanças, no auge da sua exasperação, começou a maltratá-la, jogando-lhe na cara que com aquela aparente saúde ela o enganara, enganara muito; que apenas para ter um filho ele a elevara àquele posto, que já havia sido ocupado por uma senhora, por uma dama de verdade, cuja memória, se não fosse por isso, ele nunca teria ofendido.

A pobre Oliva não respondia, não sabia o que dizer; muitas vezes vinha à nossa casa para desabafar com minha mãe, que a consolava com palavras gentis dizendo que tivesse esperanças, pois afinal ela era jovem, tão jovem:

– Vinte anos?

– Vinte e dois...

– Pois então, olhe só! Já aconteceu mais de uma vez de alguém ter tido filhos depois de dez, até mesmo depois de quinze anos de casamento.

– Quinze? Mas e ele? Ele já é velho; e se...

Em Oliva nascera, desde o primeiro ano, a suspeita de que, entre ele e ela – como dizer? –, a falta poderia ser mais dele que dela, apesar de Malagna insistir em dizer que não. Mas como provar? Oliva, quando se casou, havia jurado a si mesma permanecer honesta e não queria, nem que fosse para recuperar a paz, quebrar seu juramento.

Como eu sei dessas coisas? Oras, como eu sei!... Já disse que ela vinha se consolar em nossa casa; disse que a conhecia desde menina; agora eu a via chorando por causa da indigna maneira de agir e pela presunção estúpida e provocante daquele velho desgraçado, e... preciso realmente dizer tudo? Afinal, não preciso; isso já é suficiente.

Logo me consolei. Tinha então, ou acreditava ter (o que dá no mesmo), muitas coisas na cabeça. Também tinha dinheiro, o que – além do mais – fornece certas ideias que não seriam possíveis sem ele. E Gerolamo II Pomino me ajudava formidavelmente a gastá-lo, ele que nunca tinha dinheiro suficiente, devido à sábia parcimônia paterna.

Mino era como nossa sombra; ao mesmo tempo minha e de Berto; e mudava com uma maravilhosa faculdade simiesca se estivesse tratando com Berto ou comigo. Quando ficava com Berto, imediatamente se tornava um dândi; e então seu pai, que também tinha certas veleidades de elegância, abria um pouco os cordões da bolsa. Mas Pomino não ficava muito tempo com Berto. Ao ver-se imitado até mesmo no modo de andar, meu irmão logo perdia a paciência, talvez por medo do ridículo, e o maltratava até que ele saísse do caminho. Mino então voltava a se agarrar a mim; e o pai, a fechar os cordões da bolsa.

Eu tinha a maior paciência com ele, porque gostava de me divertir à sua custa. Depois me arrependia. Reconhecia que, por sua causa, eu me excedera em alguma aventura, ou forçara meu temperamento ou exagerara na demonstração dos meus sentimentos só para atordoá-lo ou metê-lo em algum problema, do qual naturalmente eu também sofria as consequências.

Então Mino, certo dia em que estávamos caçando e falando sobre Malagna, cujas proezas com a esposa eu lhe contara, me

O FALECIDO MATTIA PASCAL

disse que tinha posto os olhos numa garota, filha de uma prima de Malagna, por quem ele cometeria de bom grado alguma grande estupidez. Pomino era bem capaz disso; especialmente porque a garota não parecia muito relutante; mas até o momento ele não tivera oportunidade de falar com ela.

– Você não teve é coragem, confesse! – disse eu, rindo.

Mino negou; porém, ao fazê-lo, corou demais.

– Mas eu falei com a criada – apressou-se a acrescentar. – E soube de umas boas, viu? Ela me disse que seu *Malanno*[5] sempre está rondando a casa, e que pelo jeito parece que ele está tramando alguma coisa com a prima, que é uma bruxa velha.

– Tramando o quê?

– Então, diz que vai lá chorar as pitangas por não ter filhos. A velha, durona, intratável, responde que é o que ele merece. Parece que, quando a primeira esposa de Malagna morreu, a prima meteu na cabeça que ia casá-lo com a filha dela e fez de tudo para conseguir isso; mas depois, desiludida, disse com todas as letras poucas e boas daquela besta, inimigo dos parentes, traidor do seu próprio sangue etc. etc., e se voltou até mesmo contra a própria filha, que não tinha sido capaz de atrair o tio para si. Por fim, agora que o velho parece estar muito triste por não ter feito a sobrinha feliz, sabe-se lá que outra ideia pérfida aquela bruxa pode estar tramando.

Tapei os ouvidos com as mãos, gritando para Mino:

– Cale a boca!

Não parecia, mas no fundo eu era muito ingênuo naquela época. No entanto – tendo ouvido falar das cenas que aconteceram e estavam acontecendo na casa de Malagna –, pensei que a suspeita daquela criada podia, de alguma maneira, ter fundamento, e queria tentar, para o bem de Oliva, descobrir alguma coisa. Pedi a Mino o endereço daquela bruxa. Mino implorou que eu o recomendasse à garota.

– Não se preocupe – respondi. – Vou deixá-la para você, que diabos!

---

5 Desgraça, moléstia, enfermidade, em italiano. [N. T.]

E no dia seguinte, com a desculpa de uma nota promissória cujo prazo minha mãe, naquele mesmo dia, me dissera que estava vencendo, fui procurar Malagna na casa da viúva Pescatore. Eu tinha corrido de propósito, e me precipitei para dentro da casa todo esbaforido e suado.

– Malagna, a promissória!

Se já não soubesse que ele não tinha a consciência limpa, eu teria sem dúvida notado naquele dia, vendo-o levantar-se de um pulo, pálido, abalado, gaguejando:

– Que... que promiss... que promissória?

– A promissória assim e assado, que vence hoje... Minha mãe me mandou aqui, está tão preocupada!

Batta Malagna sentou-se, exalando num *ah* interminável todo o susto que por um instante o oprimira.

– Mas está tudo certo!... Tudo certo!... Caramba, que susto... Eu a renovei por três meses, pagando os juros, claro. Você realmente correu assim por tão pouco?

E ele riu, riu, fazendo a barriga pular; convidou-me a sentar; apresentou-me às mulheres.

– Mattia Pascal. Marianna Dondi, viúva Pescatore, minha prima. Romilda, minha sobrinha.

Fez questão de que eu bebesse algo para me refazer da corrida.

– Romilda, se você não se importar...

Como se a casa fosse dele.

Romilda se levantou, olhando para a mãe para se aconselhar, e pouco depois, apesar dos meus protestos, voltou com uma pequena bandeja na qual havia um copo e uma garrafa de vermute. Imediatamente, vendo aquilo, a mãe se levantou irritada, dizendo à filha:

– Mas não! Não! Me dê isso!

Ela tirou a bandeja das mãos de Romilda e saiu, voltando pouco depois com outra bandeja de laca, novinha em folha, na qual havia uma magnífica licoreira: um elefante prateado, com uma barrica de vidro nas costas e vários cálices tilintantes pendurados ao redor.

Eu teria preferido o vermute. Bebi o licor. Malagna e sua prima também beberam. Romilda, não.

O FALECIDO MATTIA PASCAL

Demorei-me pouco, dessa primeira vez, a fim de ter uma desculpa para voltar: disse que queria tranquilizar minha mãe sobre a promissória e que viria de novo, dentro de poucos dias, para aproveitar da companhia das mulheres com mais disposição.

Não me pareceu, pelo ar com que me cumprimentou, que Marianna Dondi, viúva Pescatore, acolheu com muito prazer o anúncio de uma segunda visita da minha parte: estendeu-me a mão, uma mão fria, seca, nodosa, amarelada; e baixou os olhos e contraiu os lábios. Sua filha me compensou com um belo sorriso que prometia uma recepção calorosa e com um olhar ao mesmo tempo doce e triste, daqueles olhos que, desde o primeiro momento, me causaram forte impressão: olhos de uma estranha cor verde, escuros, intensos, sombreados por cílios muito longos; olhos noturnos, entre duas faixas de cabelos negros como ébano, ondulados, que lhe caíam na testa e nas têmporas, como se para realçar melhor a vívida brancura de sua pele.

A casa era modesta; mas já se notavam, entre os móveis antigos, vários recém-chegados, pretensiosos e desajeitados na ostentação de sua novidade, muito chamativos: dois grandes abajures de maiólica, por exemplo, ainda intactos, com globos de vidro fosco, de formato estranho, sobre um humilde console com um tampo de mármore amarelado, o qual apoiava um espelho sombrio de moldura redonda, descascada aqui e ali, que parecia se espalhar na sala como um bocejo faminto. Também havia, em frente ao pequeno sofá escangalhado, uma mesinha de quatro pés dourados e o tampo de porcelana pintado em cores vivas; e um armário de laca japonesa etc. etc. Nesses objetos novos os olhos de Malagna se detinham com um prazer óbvio, como já haviam pousado na licoreira trazida triunfalmente pela prima, a viúva Pescatore.

As paredes da sala estavam quase todas cobertas de gravuras antigas, até simpáticas, algumas das quais Malagna quis que eu admirasse, dizendo que eram obra de Francesco Antonio Pescatore, seu primo, excelente gravador (morreu louco em Turim – acrescentou baixinho), cujo retrato ele também quis me mostrar.

– Feito com as próprias mãos, sozinho, diante do espelho.

Eu, olhando para Romilda e depois para a sua mãe, acabara de pensar: "Ela deve se parecer com o pai!". Agora, diante desse retrato, não sabia mais o que pensar.

Não quero arriscar suposições ultrajantes. Acredito, sem dúvida, que Marianna Dondi, viúva Pescatore, é capaz de qualquer coisa; mas como podemos imaginar um homem e, além disso, um homem bonito, capaz de se apaixonar por ela? A não ser que fosse um louco mais louco que o marido dela.

Contei a Mino minhas impressões daquela primeira visita. Falei de Romilda com tanta admiração que ele imediatamente se animou, muito feliz que eu também tivesse gostado tanto dela e que a aprovasse.

Então perguntei quais eram suas intenções: a mãe, sim, parecia uma bruxa; mas a filha, eu podia jurar que era honesta. Não havia dúvida sobre as intenções infames de Malagna; portanto era necessário, a qualquer custo, salvar a garota o mais rápido possível.

– E como? – perguntou Pomino, que ouvia fascinado minhas palavras.

– Como? Vamos ver. Antes de tudo é necessário averiguar muitas coisas; analisar a fundo; estudar bem. Entenda, não se pode tomar uma decisão como essa assim às pressas. Deixe comigo: vou ajudá-lo. Estou gostando dessa aventura.

– Bem... mas... – objetou Pomino timidamente, começando a se inquietar ao me ver tão empenhado. – Você está dizendo... para eu me casar com ela?

– Não digo nada, por enquanto. Por acaso você está com medo?

– Não, por quê?

– Porque está muito apressado. Vá com calma e reflita. Se descobrirmos que ela é realmente o que deveria ser: boa, sensata, virtuosa (bonita ela é, sem dúvida, e você gosta dela, não é?), então! Digamos que ela esteja realmente exposta, devido à malícia da mãe e daquele outro patife, a um perigo muito sério, a um massacre, a uma negociata infame: você hesitaria diante de um ato meritório, de uma obra sagrada de salvação?

– Eu não... não! – disse Pomino. – Mas... e meu pai?

O FALECIDO MATTIA PASCAL

– Ele se oporia a isso? Por qual razão? Pelo dote, não é? Só por isso! Porque ela, sabe... ela é filha de um artista, de um excelente gravador, que morreu... sim, que morreu bem morrido em Turim... Mas seu pai é rico e só tem você: ele pode contentá-lo, independentemente do dote! Porém, se você não puder convencê-lo de forma amigável, não se preocupe: um lindo voo para longe do ninho e tudo se arranja. Pomino, você tem coração de galinha?

Pomino riu e eu lhe provei, como dois e dois são quatro, que ele tinha nascido marido, tanto como se nasce poeta. Descrevi a felicidade da vida conjugal com sua Romilda em cores vivas, muito sedutoras; o carinho, o cuidado, a gratidão que ela teria por ele, seu salvador. E, para concluir:

– Agora – disse a ele –, você tem de encontrar um jeito de ser notado e falar com ela ou lhe escrever. Veja bem, neste momento, talvez, uma carta sua poderia ser para ela, que está presa na teia daquela aranha, uma tábua de salvação. Enquanto isso, frequentarei a casa; vou ficar observando e tentar aproveitar a oportunidade para apresentá-lo a ela. Estamos entendidos?

– Sim.

Por que eu me mostrava tão empenhado em casar Romilda? Por nada. Repito: só pelo gosto de atormentar Pomino. Eu falava sem parar, e todas as dificuldades desapareciam. Eu era impetuoso e levava tudo na flauta. Talvez fosse por isso que as mulheres me amavam, apesar daquele meu olho um pouco vesgo e do meu corpo atarracado. Dessa vez, no entanto – devo dizer –, meu entusiasmo também provinha do desejo de desmanchar a triste teia urdida por aquele velho horroroso, fazer seus planos irem por água abaixo; e também, quando eu pensava na pobre Oliva – por que não? –, tinha esperança de fazer algo de bom àquela garota que realmente me causara grande impressão.

Que culpa tenho eu se Pomino cumpriu minhas instruções timidamente? Que culpa tenho eu se Romilda, em vez de se apaixonar por Pomino, se apaixonou por mim, mesmo que eu sempre falasse nele? E que culpa tenho eu, enfim, se a deslealdade de Marianna Dondi, viúva Pescatore, foi tão longe a ponto de me fazer acreditar que, graças a minha astúcia, em pouco tempo eu conseguira vencer sua desconfiança e até operar um milagre: o de fazê-la rir, mais de uma vez, com minhas tiradas? Eu a vi, pouco a pouco, entregar suas armas; vi-me bem recebido; achava que com um jovem ali na casa, rico (eu ainda pensava que era rico) e sem sombra de dúvida apaixonado pela sua filha, ela finalmente havia abandonado suas ideias iníquas, se é que algum dia tivessem existido. Pois então: finalmente cheguei a duvidar de toda a trama!

Eu deveria, é verdade, ter notado que nunca mais me encontrara com Malagna na casa, e que devia haver alguma razão para que ela me recebesse apenas de manhã. Mas quem se importava? Aliás, isso era bem normal, porque eu sempre propunha passeios pelo campo, feitos em geral na parte da manhã, para ter cada vez mais liberdade. Eu também me apaixonara por Romilda, embora continuasse a falar com ela sobre o amor de Pomino; apaixonara-me como um louco por aqueles belos olhos, aquele narizinho, aquela boca, por tudo, até por uma pequena verruga que ela tinha na nuca, até por uma cicatriz quase imperceptível numa das mãos, que eu beijava, beijava e beijava sem parar... em nome de Pomino, perdidamente.

No entanto, talvez nada de grave tivesse acontecido se certa manhã Romilda (estávamos em Stìa e tínhamos deixado a mãe dela admirando o moinho), de repente, parando de falar e rir do seu tímido amante distante, não tivesse uma repentina crise de choro e não atirasse os braços em volta do meu pescoço, implorando toda trêmula que eu tivesse piedade dela; que a levasse comigo de qualquer jeito, contanto que fosse para longe, longe da sua casa, longe da sua mãe, de todos, agora mesmo, já, imediatamente...

Longe? Como eu poderia, de repente, levá-la para longe?

Depois, sim, por vários dias, ainda embriagado de Romilda, procurei uma maneira de levá-la, honestamente decidido a tudo. E eu já estava começando a preparar minha mãe para as notícias do meu casamento iminente, agora inevitável, por um dever de consciência, quando, sem saber o motivo, recebi uma carta seca de Romilda, dizendo que eu não a perturbasse de jeito nenhum

O FALECIDO MATTIA PASCAL

e nunca mais fosse à sua casa, considerando que nosso relacionamento terminara para sempre.

Ah, é? Como assim? O que tinha acontecido?

No mesmo dia, Oliva veio chorando à nossa casa para dizer a mamãe que era a mulher mais infeliz do mundo, que a paz da sua casa fora destruída para sempre. Seu marido tinha conseguido provar que a culpa por eles não terem filhos não era dele; e veio triunfante anunciar isso a ela.

Eu estava presente àquela cena. Como consegui me conter, não tenho ideia. O que me deteve foi o respeito por minha mãe. Sufocado pela raiva, pela náusea, escapei para me trancar no meu quarto, e sozinho, passando as mãos nos cabelos, comecei a me perguntar como Romilda, depois do que havia acontecido entre nós, tinha sido capaz de se prestar a tal infâmia! Ah, digníssima filha da mãe! As duas não tinham enganado, covardemente, apenas o velho, mas a mim também, a mim também! E, assim como a mãe, também ela me usara, cruelmente, para seu infame propósito, para seu vil desejo! E aquela pobre Oliva, enquanto isso! Arruinada, arruinada...

Antes do anoitecer, ainda tremendo de raiva, dirigi-me à casa de Oliva. Levava a carta de Romilda no bolso.

Oliva, aos prantos, recolhia seus pertences: queria voltar para a casa do pai, a quem até o momento, por prudência, ela não havia nem mencionado que estava sofrendo.

– Mas agora, o que ainda estou fazendo aqui? – disse-me ela. – Acabou! Se ele tivesse pelo menos se engraçado com qualquer outra mulher, talvez...

– Ah, você sabe então – perguntei – com quem ele se meteu?

Ela inclinou a cabeça várias vezes, entre soluços, e escondeu o rosto nas mãos.

– Uma menina! – exclamou então, levantando os braços. – E a mãe! A mãe! A mãe! Ela sabia de tudo, entendeu? A própria mãe!

– E é a mim que você diz isso? – falei. – Aqui, leia.

E lhe entreguei a carta.

Oliva olhou para ela como entorpecida; pegou-a e me perguntou:

– O que está escrito?

Ela mal sabia ler. Com os olhos, perguntou-me se era realmente necessário fazer tal esforço naquele momento.

– Leia – insisti.

E então ela enxugou os olhos, desdobrou o papel e começou a interpretar a escrita, devagar, soletrando. Depois das primeiras palavras, correu os olhos para a assinatura e olhou para mim, arregalando os olhos:

– Você?

– Dê-me isto – disse a ela –; vou lê-la para você, na íntegra.

Mas ela pressionou o papel contra o peito:

– Não! – gritou. – Não vou devolvê-la! Esta carta vai me servir!

– E para o que ela lhe serviria? – perguntei, sorrindo amargamente. – Você gostaria de mostrá-la a ele? Mas nesta carta inteira não há uma só palavra que faça seu marido deixar de acreditar naquilo que ele está muito feliz em acreditar. Elas o enganaram direitinho, isso sim!

– Ah, é verdade! É verdade! – Oliva gemeu. – Ele veio metendo os dedos na minha cara, gritando que eu pensasse bem antes de questionar a honra de sua sobrinha!

– E então? – disse eu, rindo amargamente. – Está vendo? Você não pode conseguir mais nada negando. Você deve ter cuidado! Deve realmente dizer a ele que sim, que é verdade, verdadeiríssimo que ele pode ter filhos... você entende?

Oras, por que será que mais ou menos um mês depois, Malagna espancou furiosamente a mulher e, ainda espumando de raiva, correu para minha casa, gritando que exigia uma reparação imediata porque eu desgraçara, arruinara sua sobrinha, uma pobre menina órfã? E acrescentou que, para evitar um escândalo, quis ficar quieto. Por pena daquela pobrezinha, como ele não tinha filhos, estava até decidido a criar aquela criança, quando nascesse, como se fosse dele. Mas agora que Deus finalmente quisera dar-lhe o consolo *de ter um filho legítimo, da sua própria esposa*, ele não podia, em sã consciência, também ser pai do outro, que nasceria de sua sobrinha.

– Mattia que dê um jeito! Mattia que repare o que fez! – concluiu ele, tomado de fúria. – E agora mesmo! Ele tem de me obedecer imediatamente! E não me forcem a dizer mais nada ou a cometer alguma loucura!

Vamos pensar um pouco, chegando a esse ponto. Eu já vi de tudo neste mundo. Fazer-me de imbecil ou... de alguma coisa pior, para mim não seria grande coisa. Repito que já estou fora da vida e não me importo com mais nada. Se, portanto, tendo chegado a esse ponto, quero pensar, é apenas pela lógica.

Parece-me evidente que Romilda não deve ter feito nada de mal, pelo menos para induzir o tio ao engano. Caso contrário, por que Malagna teria de repente, cheio de violência, espancado sua mulher por traição e me culpado, junto à minha mãe, por ter ultrajado sua sobrinha?

Por outro lado, Romilda sustenta que, pouco depois do nosso passeio à Stìa, sua mãe, tendo recebido dela a confissão do amor que já a ligava a mim de forma indissolúvel, furiosa, gritara na sua cara que nunca, jamais consentiria em deixá-la casar-se com um vagabundo quase arruinado. Agora, já que a própria Romilda causara o pior mal que uma garota poderia causar a si mesma, nada mais restava a ela, mãe previdente, que tirar o melhor partido desse mal. Qual fosse, era fácil de entender. Quando Malagna chegou, na hora de costume, a mãe deu uma desculpa e deixou-a sozinha com o tio. E então Romilda, chorando copiosamente, se jogou a seus pés, fez com que ele entendesse sua infelicidade e o que sua mãe estava exigindo dela; implorou-lhe para intervir, para induzir sua mãe à razão, já que ela já era de outro, a quem queria permanecer fiel.

Malagna se enterneceu – mas só até certo ponto. Disse a Romilda que ela ainda era menor e, portanto, estava sob a autoridade da mãe, que, se quisesse, poderia até agir contra mim judicialmente; que ele também, em sã consciência, jamais aprovaria um casamento com um canalha da minha espécie, perdulário e sem nada na cabeça, e que ele não poderia, portanto, aconselhar sua mãe; disse-lhe que, por causa da indignação materna, justa e natural, era necessário que Romilda também sacrificasse alguma coisa, que aliás mais tarde seria sua sorte; e concluiu que não poderia fazer nada além de prover – com a condição de que se mantivesse o maior segredo – as necessidades do bebê que ia nascer, ser seu pai, já que ele não tinha filhos e ansiava por um há tanto tempo.

É possível – pergunto eu – ser mais honesto que isso? Aqui está: tudo o que ele roubara do pai, iria devolver ao filho que estava para nascer.

Que culpa tem ele se eu – mais tarde –, ingrato e desavisado, fui e estraguei seus planos?

Dois não! Ah, dois não, caramba!

Ele achava demais, e talvez porque Roberto, como eu disse, já contraíra um casamento vantajoso, Malagna calculou que não o prejudicara tanto a ponto de ter que devolver a parte dele.

Para concluir: vê-se que – em meio a pessoas tão boas – eu é que causara todo o mal. E então tinha de pagar por isso.

Recusei a princípio, indignado. Então, atendendo aos pedidos da minha mãe, que já via a ruína de nossa casa e esperava que eu pudesse de alguma forma me salvar casando-me com a sobrinha daquele seu inimigo, cedi e me casei.

A ira de Marianna Dondi, viúva Pescatore, pairava sobre minha cabeça, terrível.

V. AMADURECIMENTO

A BRUXA NÃO PARAVA DE ME ATORMENTAR:

– O que você fez? – perguntava-me ela. – Não foi o suficiente entrar na minha casa como um ladrão para corromper minha filha e arruiná-la? Não foi o bastante?

– Oh, não, querida sogra! – respondia-lhe. – Porque, se eu tivesse ficado somente nisso, teria feito à senhora um favor, prestado um serviço...

– Você está escutando? – estrilava com a filha. – Ele se vangloria, ele se atreve a se gabar, além disso, da bela proeza que fez com aquela... – e desfiava uma série de palavrões endereçados a Oliva; então, com as mãos nos quadris e apontando os cotovelos para a frente: – Mas o que você fez? Não arruinou seu filho também, agindo assim? Mas é claro, o que lhe importa isso? O outro filho também é seu, seu...

Nunca deixava de destilar esse veneno no final, conhecendo o efeito que causava no espírito de Romilda, com inveja daquele filho de Oliva, que nasceria na riqueza e na felicidade; enquanto o dela nasceria mergulhado em angústia, na incerteza do amanhã e no meio de toda aquela guerra. Esse ciúme crescia ainda mais quando alguma santa mulher, fingindo não saber de nada, vinha dar notícias da sua tia Oliva Malagna, que estava tão feliz, tão feliz com a graça que Deus finalmente quisera lhe conceder:

ah, ela desabrochara como uma flor; nunca estivera tão bonita e vicejante!

E Romilda, enquanto isso: jogada ali numa poltrona, revirada por náuseas constantes; pálida, exausta, embrutecida, sem um momento de paz, sem ter a mínima vontade de falar ou abrir os olhos.

Isso também era culpa minha? Parecia que sim. Ela não podia mais me ver ou ouvir minha voz. E foi pior ainda quando as casas tiveram de ser vendidas para salvar o sítio da Stìa com o moinho, e minha pobre mãe se viu forçada a entrar no inferno da minha casa.

Realmente, aquela venda não ajudou em nada. Malagna, com a desculpa do filho que ia nascer, o que lhe permitia agora não ter nem moderação nem escrúpulos, fez a última das suas: por um acordo com os agiotas ele comprou as casas, às escondidas, por uma ninharia. As dívidas que pesavam sobre a Stìa, portanto, permaneceram na maior parte a descoberto e o sítio, junto com o moinho, foi posto pelos credores sob administração judicial. Estávamos acabados.

O que fazer, então? Comecei a procurar, mas quase sem esperança, um emprego qualquer para suprir as necessidades mais urgentes da família. Não tinha a menor aptidão, e a fama que eu conquistara com minhas aventuras juvenis e minha vagabundagem certamente não encorajava ninguém a me dar trabalho. Além de tudo, as cenas às quais eu era obrigado a assistir todos os dias e a tomar parte na minha casa me roubavam a tranquilidade de que precisava para me recolher um pouco e pensar no que eu podia e sabia fazer.

Ver minha mãe em contato com a viúva Pescatore me causava verdadeira repugnância. Minha santa velhinha, que já não ignorava seus erros, mas, aos meus olhos, não era responsável por eles, já que haviam sido causados por ela não acreditar que a iniquidade dos homens chegasse a tal ponto, fechava-se em si mesma, com as mãos no colo, os olhos baixos, sentada num canto, como se não tivesse muita certeza de que podia ficar ali naquele lugar; como se estivesse sempre esperando a hora de ir embora, o mais rápido possível – se Deus quisesse! Ela não dava o mínimo

O FALECIDO MATTIA PASCAL

trabalho. Sorria para Romilda de vez em quando, piedosamente; não ousava mais se aproximar dela pois uma vez, alguns dias depois de sua chegada, tendo corrido para ajudá-la, foi rudemente afastada por aquela bruxa.

– Deixe comigo, deixe; eu sei o que tenho de fazer.

Por prudência, como Romilda realmente precisava de ajuda naquele momento, fiquei em silêncio; mas prestava bastante atenção para que ninguém faltasse com o respeito a minha mãe.

No entanto, eu percebia que aquele cuidado que eu dedicava a minha mãe irritava sensivelmente a bruxa e também minha mulher, e temia que, quando eu não estivesse em casa, para dar vazão à raiva e destilar o ódio do coração, elas a maltratassem. Eu tinha certeza de que minha mãe nunca me contaria nada. E esse pensamento me torturava. Quantas, quantas vezes não olhei para os olhos dela para ver se havia chorado! Ela sorria para mim, acariciava-me com os olhos, então me perguntava:

– Por que está me olhando assim?

– Está bem, mamãe?

Ela esboçava um gesto com uma das mãos e respondia:

– Estou bem, você não está vendo? Vá ficar com sua mulher, vá; ela está sofrendo, pobrezinha.

Resolvi escrever a Roberto, em Oneglia, a fim de pedir que levasse mamãe para sua casa, não para me livrar de um fardo que eu teria suportado de bom grado mesmo na penúria em que me encontrava, mas apenas pelo bem dela.

Berto respondeu que não podia; não podia porque sua condição na família da esposa, e em relação à própria esposa, estava muito difícil depois de nossa ruína: ele vivia agora do dote da mulher, e portanto não podia impor a ela o peso da sogra. Além disso, mamãe – dizia ele – talvez também se desse mal em sua casa, porque ele morava com a mãe da esposa, uma boa mulher, sim, mas que poderia se tornar desagradável por causa das inevitáveis invejas e atritos que surgem entre as sogras. Portanto, era melhor que mamãe ficasse na minha casa; mesmo porque, permanecendo comigo, ela não seria obrigada, em seus últimos anos, a abandonar sua terra, sendo forçada a mudar de vida e de hábitos. Finalmente, ele se declarava muito triste por não poder, por todas as considerações expostas, me emprestar nenhuma ajuda pecuniária, como desejaria de todo o coração.

Escondi a carta de minha mãe. Talvez, se meu espírito exasperado naquele momento não tivesse obscurecido meu julgamento, eu não tivesse ficado tão indignado; teria considerado, por exemplo, de acordo com a disposição natural do meu espírito, que se um rouxinol doa as penas da cauda, ele pode dizer: ainda tenho o dom da música; mas se um pavão dá as penas da sua cauda, o que lhe resta? Teria sido um enorme sacrifício, uma perda irreparável para Berto, romper o equilíbrio que lhe custava tanto esforço, o equilíbrio pelo qual ele podia viver de forma honesta e talvez até com certo ar de dignidade à custa da esposa. Além de sua bela presença, de suas maneiras educadas, de seus elegantes modos cavalheirescos, ele não tinha mais nada para dar à mulher, nem mesmo uma migalha do coração, que talvez a compensasse pelo incômodo que minha pobre mãe poderia ter lhe causado. Paciência! Deus o fez assim: deu-lhe pouquíssimo coração. O que ele poderia fazer, pobre Berto?

Enquanto isso, minha angústia crescia; e eu não encontrava meios de repará-la. As joias de minha mãe, caras lembranças, foram vendidas. A viúva Pescatore, temendo que minha mãe e eu dentro em pouco começássemos a viver de sua pequena pensão de 42 libras por mês, tornava-se cada vez mais sombria e grosseira. Eu esperava que de um momento para o outro explodisse a sua fúria, contida por muito tempo, talvez devido à presença e ao comportamento de minha mãe. Ao me ver andar pela casa como uma barata tonta, aquele furação de mulher me lançava olhares maldosos, relâmpagos que anunciavam a tempestade. Eu saía para cortar a corrente e evitar sua descarga. Mas então temia por minha mãe e voltava para casa.

Um dia, porém, não voltei a tempo. A tempestade finalmente explodiu, e por um pretexto muito fútil: por causa de uma visita das duas velhas criadas de minha mãe.

Uma delas, que não conseguira economizar nada porque tinha de sustentar uma filha viúva com três filhos, imediatamente começara a trabalhar em outro lugar; mas a outra, Margherita, sozinha no mundo, mais afortunada, agora podia descansar na velhice com o dinheirinho amealhado ao longo de muitos anos de serviço em nossa casa. Parece que com essas duas boas mulheres, fiéis companheiras de muitos anos, mamãe começou a se lamentar pela sua situação miserável e amarga. Imediatamente, então, Margherita, a boa e velha senhora que já suspeitava disso mas não se atrevia a lhe perguntar, disse a mamãe que fosse com ela para sua casa: ela tinha dois quartinhos limpos, com uma sacada com vista para o mar cheia de flores. Morariam juntas e em paz. Oh, Margherita ficaria feliz em poder servi-la novamente, em poder demonstrar o afeto e a devoção que ainda nutria por minha mãe.

Mas como era possível que minha mãe aceitasse a oferta daquela pobre mulher? Foi por isso que a viúva Pescatore se enfureceu.

Eu a encontrei, assim que entrei em casa, com os punhos estendidos contra Margherita, que mesmo assim a enfrentava com bravura, enquanto mamãe, assustada, com lágrimas nos olhos e tremendo, agarrava-se à outra velhinha com ambas as mãos, como para se proteger.

Ao ver minha mãe naquela situação, na mesma hora perdi a cabeça. Peguei a viúva Pescatore pelo braço e a empurrei para longe, fazendo-a cambalear. Ela se levantou num piscar de olhos e veio ao meu encontro, com a intenção de pular em cima de mim; mas parou na minha frente.

– Saiam daqui! – gritou. – Você e sua mãe, vão embora! Fora da minha casa!

– Escute – disse-lhe então, com a voz tremendo pelo esforço violento que fazia para me conter. – Ouça: saia você daqui, agora, com as próprias pernas, e não me provoque mais. Saia, pelo seu próprio bem! Vá embora!

Romilda, chorando e gritando, levantou-se da poltrona e foi se jogar nos braços da mãe:

– Não! Fique comigo, mamãe! Não me deixe, não me deixe aqui sozinha!

52

Mas aquela altiva mãe a afastou, furiosa:

– Você não quis esse homem? Agora fique com ele, esse trapaceiro! Vou embora sozinha!

Mas ela não foi, é claro.

Dois dias mais tarde, a pedido – suponho – de Margherita, chegou furiosa, como de costume, minha tia Scolastica, para levar minha mãe com ela.

Essa cena merece ser contada.

Naquela manhã, a viúva Pescatore estava fazendo pão, com as mangas arregaçadas e a saia levantada e enrolada na cintura, para não sujá-la. Ela se virou ligeiramente quando minha tia entrou, mas continuou a peneirar como se nada tivesse acontecido. Minha tia nem ligou, mesmo porque havia entrado sem cumprimentar ninguém; dirigiu-se a minha mãe, como se naquela casa não houvesse mais ninguém além dela.

– Rápido, vá se trocar! Você vai embora comigo. Fiquei sabendo de umas coisas e vim buscá-la. Ande logo! Pegue suas tralhas!

Falava aos borbotões. O nariz adunco, orgulhoso, no rosto moreno e amarelado, tremia todo, e seus olhos cintilavam.

A viúva Pescatore, calada.

Depois de peneirar, misturou a farinha e transformou-a numa pasta, que agora empunhava e batia com força na amassadeira: assim respondia ao que minha tia dizia. Esta, então, subiu o tom. E a outra, batendo cada vez mais forte: *"Mas sim! Mas é claro! Mas como não? Mas com certeza!"*; e, como se não bastasse, foi pegar o rolo e depositou-o ao seu lado, na amassadeira, como se dissesse: eu também tenho isso aqui.

Ela nunca devia ter feito isso! Tia Scolastica deu um pulo, furiosamente tirou o xale que tinha nos ombros e jogou-o para minha mãe:

– Tome! Deixe tudo aí. Vamos embora agora!

E foi enfrentar a viúva Pescatore. Esta, para não ficar tão perto dela, deu um passo para trás, ameaçadora, como se quisesse brandir o rolo; e então tia Scolastica, pegando nas mãos a grande bola de massa da amassadeira, espalhou-a na cabeça da viúva, esticando-a sobre seu rosto e, com os punhos cerrados, foi

O FALECIDO MATTIA PASCAL

distribuindo socos – no nariz, nos olhos, na boca, onde calhasse. Então pegou minha mãe pelo braço e a arrastou para longe dali. E aí a coisa sobrou para mim. A viúva Pescatore, rugindo de raiva, arrancou a massa do rosto, do cabelo todo empastado, e a jogou na minha cara, e eu ria, ria numa espécie de convulsão; ela puxou minha barba, me arranhou todo; depois, como uma louca, atirou-se ao chão e começou a rasgar as roupas e rolar, rolar freneticamente; enquanto isso, minha esposa (*sit venia verbo*)[6] vomitava, berrando alto, enquanto eu:

– As pernas! As pernas! – gritava para a viúva Pescatore no chão. – Não me mostre suas pernas, por caridade!

Posso dizer que, a partir de então, tomei gosto de rir de todas as minhas desgraças e infortúnios. Vi-me, naquele instante, como ator de uma tragédia que não poderia ser mais ridícula: minha mãe, que fugira com aquela louca da minha tia; minha mulher, por sua vez, que... bem, deixemos Romilda para lá! Marianna Pescatore estatelada no chão; e eu, que já não tinha mais pão, literalmente, para o dia seguinte, eu com a barba toda cheia de massa, o rosto arranhado, pingando, não sabia ainda se sangue ou lágrimas de tanto rir. Fui conferir no espelho. Eram lágrimas, mas eu também estava bem arranhado. Ah, e como gostei do meu olho naquele momento! Desesperadamente, ele começara a olhar mais que nunca para algum outro lugar, por conta própria. E eu fugi, determinado a não voltar para casa antes de encontrar algum sustento, ainda que miserável, para minha mulher e para mim.

Por causa da raiva que eu sentia de mim mesmo naquele momento devido aos vários anos de vadiagem, pensava que minha infelicidade não podia inspirar em ninguém, não digo nem pena, mas até consideração. Eu merecera aquilo. Apenas uma pessoa poderia sentir pena de mim: aquele que se apoderara de todos os nossos bens; mas imaginem se Malagna ainda se sentiria obrigado a vir em meu auxílio, depois de tudo o que acontecera entre mim e ele.

A ajuda, porém, chegou-me de quem eu menos esperava.

---

6 Com o perdão da palavra, em latim. [N. T.]

Permanecendo todo aquele dia longe de casa, até de noite, encontrei por acaso Pomino, que, fingindo não me notar, tentou se afastar.

– Pomino!

Ele se virou, com o rosto carrancudo, e parou, baixando os olhos:

– O que você quer?

– Pomino! – repeti mais alto, sacudindo-o pelo ombro e rindo do seu ar aborrecido. – Você está falando sério?

Oh, ingratidão humana! Além de tudo, Pomino estava zangado pela traição que, na sua cabeça, eu cometera contra ele. E não consegui convencê-lo de que, ao contrário, havia sido ele que me traiu, e que portanto deveria não apenas me agradecer, mas também deitar a testa no chão e beijar o lugar que eu pisava.

Eu ainda estava como que embriagado por aquela estranha alegria que tinha se apoderado de mim desde que eu me olhara no espelho.

– Está vendo esses arranhões? – disse-lhe a certa altura. – Foi ela quem me fez isso!

– Ro... quer dizer, sua mulher?

– A mãe dela!

E lhe contei como e por quê. Ele disfarçou um sorriso. Talvez pensasse que a viúva Pescatore não lhe faria aqueles arranhões: sua situação era muito diferente da minha, e ele tinha outra índole e outro coração.

Então fiquei tentado a perguntar por quê, se ele realmente ficara tão magoado, não se casara com Romilda, talvez até fugindo com ela, como eu o aconselhara, antes que, por sua ridícula timidez ou indecisão, infelizmente eu me apaixonasse pela moça; e eu gostaria de lhe dizer muito mais, na agitação em que me encontrava; mas me contive. Perguntei, em vez disso, estendendo-lhe a mão, na companhia de quem ele andava nos últimos tempos.

– Com ninguém! – suspirou ele então. – Com ninguém! Eu fico entediado, estou mortalmente entediado!

Pela exasperação com que proferiu essas palavras, acho que de repente entendi a verdadeira razão pela qual Pomino estava

O FALECIDO MATTIA PASCAL

tão magoado. Aqui está: não era tanto por causa de Romilda que ele se lamentava, e sim pela companhia que lhe faltava; Berto não estava mais lá; comigo ele não podia mais sair, porque Romilda estava no caminho, e o que mais restava a fazer ao pobre Pomino?

– Arranje uma mulher, meu caro! – disse a ele. – Você vai ver como ficará feliz!

Mas ele balançou a cabeça, circunspecto, com os olhos fechados; levantou uma das mãos:

– Nunca! Jamais!

– Bravo, Pomino: não se entregue! Se procura companhia, estou à sua disposição, a noite toda se você quiser.

Manifestei-lhe a intenção que eu tivera ao sair de casa, e também expus a ele as condições desesperadas em que me encontrava. Pomino se comoveu, como um verdadeiro amigo, e ofereceu-me o pouco dinheiro que tinha consigo. Agradeci-lhe cordialmente e disse que essa ajuda não me serviria de nada: no dia seguinte estaria na mesma. Eu precisava é de um emprego fixo.

– Espere! – exclamou então Pomino. – Você sabe que meu pai está agora na prefeitura?

– Não. Mas imagino que esteja.

– Conselheiro municipal de educação pública.

– Isso eu não imaginava.

– Ontem à noite, durante o jantar... Espere! Você conhece Romitelli?

– Não.

– Como não?! Aquele que fica lá na biblioteca Boccamazza. Ele é surdo, quase cego, está caducando e não se aguenta mais nas pernas. Ontem à noite, no jantar, meu pai me disse que a biblioteca está num estado deplorável e que algo precisa ser feito com a máxima urgência. Lá é o lugar certo para você!

– Bibliotecário? – exclamei. – Mas eu...

– Por que não? – disse Pomino. – Se Romitelli conseguiu...

Esse argumento me convenceu.

Pomino me aconselhou que pedisse à tia Scolastica para falar com seu pai. Seria melhor.

No dia seguinte, fui visitar minha mãe e falei sobre o assunto com ela, porque tia Scolastica não queria me ver nem pintado. E assim, quatro dias depois, me tornei bibliotecário. Sessenta liras por mês. Mais rico que a viúva Pescatore! Eu podia cantar vitória.

Nos primeiros meses foi divertido, por causa de Romitelli, a quem não adiantava dizer que ele havia sido aposentado pela prefeitura e que, portanto, não precisava mais ir à biblioteca. Toda manhã, no mesmo horário, nem um minuto antes nem um minuto depois, eu o via aparecer com seus quatro pés (incluindo as duas bengalas, uma em cada mão, que lhe serviam melhor que os pés). Assim que chegava, tirava do bolso do colete um velho cebolão de cobre e pendurava-o na parede, com sua corrente enorme; sentava-se com as duas bengalas entre as pernas, tirando do bolso o solidéu, a tabaqueira e um grande lenço xadrez vermelho e preto; aspirava uma grande pitada de rapé, assoava o nariz, depois abria a gaveta da mesa e tirava dali um livro enorme que pertencia à biblioteca: *Dicionário histórico de músicos, artistas e amadores mortos e vivos*, impresso em Veneza em 1758.

– Sr. Romitelli! – gritava eu, vendo-o realizar todas essas operações na maior tranquilidade, sem dar o menor sinal de me notar.

Mas eu falava à toa. Ele não ouviria nem se fossem tiros de canhão. Eu o sacudia pelo braço e então ele se virava, apertava os olhos, contraía todo o rosto para me olhar, depois me mostrava os dentes amarelos, talvez pensando que assim sorria para mim; em seguida baixava a cabeça em cima do livro, como se quisesse fazer dele um travesseiro; mas que nada! Ele lia daquele jeito, a dois centímetros de distância, com um só olho e em voz alta:

– Birnbaum, Giovanni Abramo... Birnbaum, Giovanni Abramo, imprimiu... Birnbaum, Giovanni Abramo, imprimiu em Leipzig, em 1738... em Leipzig, em 1738... um opúsculo in-oitavo: *Observações imparciais sobre uma passagem delicada do músico crítico*. Mitzler... Mitzler inseriu... Mitzler inseriu esse escrito no primeiro volume de sua *Biblioteca musical*. Em 1739...

E continuava assim, repetindo duas ou três vezes nomes e datas, como para memorizá-los. Não sei por que ele lia em voz alta. Repito: ele não ouvia nem tiros de canhão.

O FALECIDO MATTIA PASCAL

Eu ficava olhando para ele, espantado. O que importava para um homem naquele estado, a dois passos do túmulo (ele morreu quatro meses depois da minha nomeação como bibliotecário), o que lhe importava se Birnbaum Giovanni Abramo tivesse mandado imprimir em Leipzig, em 1738, um opúsculo in-oitavo? Se ao menos toda aquela leitura não lhe custasse tanto esforço! Era preciso reconhecer que ele não podia dispensar todas aquelas datas e notícias de músicos (ele, tão surdo!) e artistas e amadores, mortos e vivos até 1758. Ou será que ele acreditava que um bibliotecário, uma vez que a biblioteca havia sido feita para ler, era obrigado a ler ele mesmo, já que nunca tinha visto vivalma aparecer por ali; e pegara aquele livro ao acaso, como poderia pegar qualquer outro? Ele era tão caduco que até essa suposição é possível e, na verdade, muito mais provável que a primeira.

Na grande mesa que ficava no meio da biblioteca, havia uma camada de pó com pelo menos um dedo de altura; tanto que eu – a fim de reparar de alguma forma a negra ingratidão dos meus concidadãos – tracei em grandes letras esta inscrição:

AO MONSENHOR BOCCAMAZZA

CARIDOSO DOADOR

EM ETERNO TESTEMUNHO DE GRATIDÃO

OS CONCIDADÃOS

DEPOSITARAM ESTA LÁPIDE

De quando em quando, despencavam das prateleiras dois ou três livros, seguidos de ratazanas grandes como coelhos.

Essas ratazanas foram, para mim, como a maçã de Newton.

– Encontrei! – exclamei todo feliz. – Aqui está uma ocupação para mim, enquanto Romitelli lê seu *Birnbaum*.

E, para começar, escrevi um ofício muito elaborado ao estimado *cavaliere*[7] Gerolamo Pomino, conselheiro municipal de educação pública, solicitando que a biblioteca Boccamazza ou

---

7 *Cavaliere* da Coroa da Itália: título que a monarquia italiana concedia, por mérito, a determinados membros da sociedade. [N. T.]

de Santa Maria Liberale fosse, com urgência, abastecida pelo menos de um par de gatos, cuja manutenção não acarretaria quase nenhuma despesa para o município, pois os animais mencionados se alimentariam em abundância com o produto de sua caça. Acrescentava que não seria ruim também fornecer à biblioteca meia dúzia de armadilhas e a isca necessária, para não dizer *queijo*, palavra vulgar que – como subalterno – eu não considerava conveniente sujeitar aos olhos de um conselheiro municipal de educação pública.

A princípio eles me mandaram dois gatinhos tão mirrados que logo ficaram assustados com aquelas ratazanas enormes e, para não morrer de fome, eles mesmos se enfiavam nas ratoeiras e comiam o queijo. Eu os encontrava todos os dias ali, de manhã, presos, magros, feios e tão aflitos que pareciam não ter nem força nem vontade de miar.

Eu reclamei, e me mandaram então dois belos gatos, rápidos e sérios, que sem perda de tempo começaram a cumprir seu dever. As ratoeiras também funcionavam, e me forneciam ratos vivos. Então certa noite, aborrecido por Romitelli não demonstrar o mínimo interesse por meus esforços e minhas vitórias, como se ele tivesse apenas a obrigação de ler e os ratos, de roer os livros da biblioteca, tive a ideia, antes de sair, de enfiar dois deles, vivos, dentro da gaveta de sua mesa. Esperava afastá-lo, pelo menos na manhã seguinte, da habitual leitura tediosa. Mas que nada! Assim que abriu a gaveta e sentiu os dois animais correrem debaixo do seu nariz, ele se virou para mim, que já não conseguia mais segurar uma gargalhada, e me perguntou:

– O que foi isso?

– Duas ratazanas, sr. Romitelli!

– Ah, ratazanas... – disse ele tranquilamente.

Eram de casa; Romitelli estava acostumado a elas; e retomou, como se nada tivesse acontecido, a leitura de seu livro enfadonho.

Num *Tratado sobre as árvores*, de Giovan Vittorio Soderini, lê-se que os frutos amadurecem "em parte devido ao calor e em parte pelo frio; porque o calor, como é evidente, detém a força do cozimento, e é a simples causa do amadurecimento". Porém,

O FALECIDO MATTIA PASCAL

Giovan Vittorio Soderini não sabia que, além do calor, os vende-
dores de frutas conhecem outra *razão de amadurecimento*. Para
levar as primícias ao mercado e vendê-las mais caro, eles reúnem
as frutas, maçãs, pêssegos e peras, antes de chegarem àquela condição que as torna saudáveis e saborosas, amadurecendo-as por
meio de amassadelas.

Assim foi que minha alma, ainda imatura, amadureceu.

Em pouco tempo me tornei outra pessoa. Quando Romitelli
morreu, encontrei-me sozinho aqui, carcomido pelo tédio, nessa
pequena igreja fora de mão, em meio a todos esses livros; tremen-
damente sozinho, e ainda por cima sem o desejo de companhia.
Eu poderia ficar apenas algumas horas por dia na biblioteca; mas
nas ruas da aldeia eu tinha vergonha de me mostrar, tão miserável; da minha casa eu fugia como de uma prisão; e, portanto, era
melhor ficar aqui, repetia para mim mesmo. Mas o que fazer?
Caçar ratos, perfeito; mas isso era suficiente para mim?

A primeira vez que me vi com um livro nas mãos, que peguei
de forma tão aleatória, sem me importar, de uma das prateleiras,
senti um calafrio de horror. Será que eu ficaria como Romitelli,
sentindo-me na obrigação de ler, como bibliotecário, por todos
aqueles que não vinham à biblioteca? E joguei o livro no chão.
Mas então o peguei de volta; e – sim, senhores – comecei a lê-lo,
eu também, e também com apenas um olho, porque o outro não
queria saber de nada.

Li de tudo um pouco, de maneira desordenada; mas sobretudo livros de filosofia. São livros difíceis: porém, aqueles que se
alimentam deles e os incorporam vivem nas nuvens. Confundiram ainda mais meu cérebro, que já era por si mesmo meio louco. Quando esquentava os miolos, eu fechava a biblioteca e ia, por
um caminho íngreme, até uma faixa de praia solitária.

A visão do mar me fazia mergulhar em perplexidade, que aos
poucos se transformava numa opressão intolerável. Eu me sen-
tava na praia e evitava olhar para o mar, baixando a cabeça, mas
podia ouvir seu rumor por toda a costa, enquanto lenta, lentamente, deixava a areia espessa e pesada deslizar entre meus dedos, murmurando:

- Sempre assim, até a morte, sem mudança, nunca...

A imutável condição da minha existência sugeria-me então pensamentos repentinos, estranhos, quase lampejos de loucura. Eu me levantava de um pulo, como se para afastá-los de mim, e começava a caminhar à beira d'água; mas depois via o mar que enviava sem trégua, para a praia, suas débeis ondas sonolentas; via aquelas areias abandonadas; gritava com raiva, agitando os punhos:

- Mas por quê? Por quê?

E molhava os pés.

O mar estendia mais algumas ondas, talvez para me advertir: "Veja, meu caro, o que se ganha perguntando por quê! Você molha os pés. Volte para a sua biblioteca! A água salgada estraga seus sapatos; e você não tem dinheiro para desperdiçar. Volte à biblioteca e abandone os livros de filosofia: ande, vá ler você também que Birnbaum Giovanni Abramo imprimiu um opúsculo in-oitavo em Leipzig em 1738: sem dúvida você ganhará mais com isso."

Mas um dia finalmente vieram me dizer que minha mulher tinha entrado em trabalho de parto e que eu imediatamente fosse para casa. Corri como um cervo: mais para escapar de mim mesmo, para não ficar nem mais um minuto cara a cara comigo, pensando que estava para ter um filho, eu, naquelas condições, um filho!

Assim que cheguei à porta de casa, minha sogra me agarrou pelos ombros e me fez dar meia-volta:

- Um médico! Corra! Romilda está morrendo!

Uma notícia dessas assim de repente, à queima-roupa... E além disso, "Corra!". Eu não sentia mais as pernas; não sabia qual caminho tomar; e enquanto corria, não sei como, continuava dizendo: "Um médico! Um médico!"; e as pessoas paravam na rua e exigiam que eu também parasse e explicasse o que tinha acontecido; sentia-me puxado pelas mangas, via rostos pálidos e desanimados diante de mim; eu me esquivava, evitava todos: "Um médico! Um médico!".

E o médico, entretanto, já estava lá em minha casa. Quando voltei – sem fôlego, num estado miserável, tendo visitado todas

O FALECIDO MATTIA PASCAL

as farmácias –, desesperado e furioso, a primeira menina já tinha nascido; estavam se esforçando para trazer a outra à luz.

– Duas!

Parece que as vejo de novo, ali, no berço, lado a lado: arranhavam uma à outra com aquelas mãozinhas tão frágeis e, ainda assim, quase dotadas de garras por um instinto selvagem que provocava repugnância e piedade: pequenas, pequenas, pequenas, mais que aqueles dois gatinhos que eu encontrava todas as manhãs dentro das ratoeiras; e elas também não tinham forças para chorar, como aqueles de miar; e ainda assim se arranhavam!

Afastei-as e, ao primeiro contato com aquelas peles tenras e frias, senti um novo arrepio, um tremor inefável de ternura: eram minhas!

Uma delas morreu alguns dias depois; a outra quis dar-me tempo, por outro lado, para me afeiçoar a ela, com todo o ardor de um pai que, não tendo mais nada, fazia da pequena criatura seu único propósito de vida; quis ter a crueldade de morrer quando estava quase com um ano de idade e se tornara muito, muito linda, com cachos dourados que eu envolvia entre os dedos e beijava sem me cansar; ela me chamava de papai e eu imediatamente respondia: "Filha"; e ela novamente: "Papai..."; assim, sem motivo, como os pássaros se chamam entre si.

Ela morreu ao mesmo tempo que minha mãe, no mesmo dia e quase na mesma hora. Eu não sabia mais como dividir meus cuidados e minha dor. Deixava minha menininha descansando e corria para ver minha mãe, que não se importava consigo mesma, com sua morte, e só perguntava da neta, aflita por não poder vê-la de novo, beijá-la pela última vez. E esse tormento durou nove dias! Bem, depois de nove dias e nove noites de vigília constante, sem fechar os olhos nem por um minuto... será que devo dizer isso? – muitos talvez não tivessem coragem de confessar; mas isso é humano, muito humano –, não senti dor, não no momento: caí por um tempo numa escuridão atônita, assustadora, e adormeci. Claro. Antes eu tinha de dormir. Depois sim, quando acordei, a dor me assaltou com raiva, feroz, dor pela minha filhinha, pela minha mãe, que não estavam mais comigo... E quase enlouqueci. Vaguei uma noite inteira pelo cidade e pelos campos; não sei que ideias tinha em mente; só sei que, no final, acabei indo parar no sítio de Stìa, perto da represa do moinho, e que um certo Filippo, um velho moleiro, vigia da propriedade, me levou com ele, fez-me sentar debaixo das árvores e falou comigo por muito tempo, a respeito da minha mãe e também do meu pai, e dos bons e velhos tempos; e me disse que eu não devia chorar e me desesperar daquele jeito, porque para cuidar da minha filhinha no mundo do além acudira a avó, a boa avó, que a pegaria no colo e sempre lhe falaria sobre mim e nunca a deixaria sozinha, nunca.

Três dias depois, Roberto, como se quisesse me compensar pelas lágrimas, enviou-me quinhentas liras. Ele queria que eu providenciasse uma sepultura digna para mamãe, dizia. Mas tia Scolastica já cuidara de tudo.

Aquelas quinhentas liras permaneceram por algum tempo entre as páginas de um dos velhos livros da biblioteca.

Depois me serviram; e foram – como vou contar – a causa da minha *primeira* morte.

VI. TAC, TAC, TAC...

SOZINHA, ALI, AQUELA BOLINHA DE MARFIM, correndo graciosa na roleta, na direção oposta das casas numeradas, parecia que brincava: "Tac, tac, tac".

Mas só ela: certamente não aqueles que a observavam, suspensos na expectativa causada pela bolinha voluntariosa. Para ela, nos quadrados amarelos da mesa de jogo, várias mãos haviam trazido, como numa oferenda votiva, ouro, ouro e mais ouro; várias mãos que agora tremiam na espera angustiada, inconscientemente apalpando outro ouro, o do próximo lance, enquanto os olhos suplicantes pareciam dizer: "Caia onde quiser, onde quiser cair, graciosa bolinha de marfim, nossa deusa cruel!".

Eu tinha ido parar ali em Monte Carlo por acaso.

Depois de uma das costumeiras cenas com minha sogra e minha mulher, que agora, oprimido e enfraquecido como eu estava pela recente e dupla desgraça, me causavam uma repulsa intolerável; sem saber como resistir ao tédio, ou melhor, ao desgosto de viver daquela maneira; infeliz, sem probabilidade ou esperança de melhora; sem o conforto proporcionado pela minha doce filha, sem qualquer compensação, mesmo ínfima, pela amargura, pela miséria, pela horrível desolação em que eu caíra; por uma decisão quase repentina, eu fugira da aldeia a pé, com as quinhentas liras de Berto no bolso.

Eu pensara em ir a Marselha, partindo da estação ferroviária da aldeia vizinha, para a qual me dirigira: chegando lá, embarcaria para a América, possivelmente com uma passagem de terceira classe, e me entregaria à sorte.

Afinal, o que poderia me acontecer de pior do que aquilo que eu tinha sofrido e ainda sofria em casa? Eu iria, sim, ao encontro de outras correntes, mas com certeza não seriam mais pesadas do que aquelas que eu estava prestes a arrancar dos pés. E além do mais eu veria outros lugares, outras pessoas, teria outra vida, e pelo menos escaparia da opressão que me sufocava e esmagava.

Só que, depois de chegar a Nice, senti meu ânimo despencar. Meus ímpetos juvenis tinham sido abatidos havia tempos: o tédio me consumira por dentro e enfraquecera minha dor. O maior desânimo era causado pela escassez de dinheiro com que eu teria de me aventurar num destino obscuro, tão distante, indo ao encontro de uma vida completamente desconhecida e bastante despreparado.

Agora, em Nice, ainda não resolvido a voltar para casa, perambulando pela cidade, tinha parado por acaso em frente a uma grande loja na avenida de la Gare, que ostentava este cartaz no qual se lia, em grandes letras douradas:

DEPOT DE ROULETTES DE PRÉCISION[8]

Havia roletas de todos os tamanhos, com outros acessórios desse jogo e vários livretos que traziam na capa o desenho da roleta.

Sabe-se que os infelizes facilmente se tornam supersticiosos, por mais que ridicularizem a credulidade alheia e as esperanças que a superstição os faz conceber – e que nunca se realizam, é claro.

Lembro-me de que, depois de ler o título de um daqueles livretos, *Méthode pour gagner à la roulette*,[9] saí da loja com um

---

8 Depósito de roletas de precisão, em francês. [N. T.]

9 Método para ganhar na roleta, em francês. [N. T.]

O FALECIDO MATTIA PASCAL

sorriso de desdém e comiseração. Mas, depois de alguns passos, voltei e (por curiosidade, ora bolas, por mais nada!), com aquele mesmo sorriso de desdém e comiseração nos lábios, entrei na loja e comprei o livreto.

Eu não sabia do que se tratava, em que consistia o jogo ou como se jogava. Comecei a ler, mas entendi muito pouco.

"Talvez seja", pensei, "porque não entendo muito de francês."

Ninguém havia me ensinado; eu aprendera o pouco que sabia sozinho, lendo algumas coisas na biblioteca; não tinha certeza da pronúncia e temia que as pessoas rissem ao me ver falando.

A princípio, esse medo me deixou confuso: devia ir ou não? Mas depois pensei que tinha partido com a decisão de me aventurar na América, desprovido de tudo e sem saber nada de inglês ou espanhol; então, com o pouquinho de francês que eu falava e com a orientação do livreto, poderia muito bem me aventurar até Monte Carlo, que ficava a dois passos de distância.

"Nem minha sogra nem minha esposa", pensei no trem, "sabem que tenho esse dinheirinho aqui na carteira. Vou apostá-lo em Monte Carlo para me afastar de qualquer tentação. Espero que me sobre algum trocado para pagar a volta para casa. E, se não..."

Eu tinha ouvido dizer que havia muitas árvores frondosas no jardim ao redor do cassino. No final do dia, eu poderia me enforcar numa delas economicamente, com o cinto das minhas calças, e até que causaria uma boa impressão. As pessoas diriam:

"Sabe-se lá quanto este pobre homem perdeu!"

Eu esperava coisa melhor do cassino, para falar a verdade. A entrada, de fato, até que não é ruim; vê-se que, com aquelas oito colunas de mármore, tiveram a intenção de erguer um templo à Sorte. Um portão e duas portas laterais. Acima destas estava escrito *Tirez*:[10] e até ali eu entendia; também compreendi o *Poussez*[11] do portão, que evidentemente significava o contrário; empurrei e entrei.

---

10 Puxe, em francês. [N. T.]
11 Empurre, em francês. [N. T.]

Que péssimo gosto! Dá até raiva. Poderiam ao menos oferecer, a todos que vão lá deixar tanto dinheiro, a satisfação de se ver dilapidados num lugar menos suntuoso, porém mais elegante. Todas as grandes cidades se orgulham hoje de ter um bom matadouro para os pobres animais, os quais, todavia, não tendo educação, não podem apreciá-los. É verdade, no entanto, que a maioria das pessoas que vai jogar não tem o mínimo interesse em prestar atenção na decoração daquelas cinco salas, bem como aqueles que às vezes se sentam nos sofás não estão em condições de perceber a elegância duvidosa do estofado.

Costumam se sentar ali certas pessoas infelizes cujo cérebro foi perturbado da maneira mais singular pela paixão do jogo: ficam estudando o chamado equilíbrio de probabilidades e pensando seriamente nas jogadas a ser feitas, toda uma arquitetura de jogo, consultando apontamentos sobre os resultados dos números: em resumo, eles querem extrair lógica do acaso, tirar leite de pedra; e têm absoluta certeza de que, cedo ou tarde, serão bem-sucedidos.

Mas não se deve surpreender com nada.

– Ah, o doze! O doze! – dizia-me um cavalheiro de Lugano, um homem enorme, cuja aparência sugeria as mais confortadoras reflexões sobre as energias resistentes da raça humana. – O doze é o rei dos números; e é o meu número! Nunca me trai! Ele brinca comigo, é claro, só para me irritar, talvez até demais; mas então, no fim, ele me recompensa, sempre me recompensa pela minha lealdade.

Estava apaixonado pelo número doze, aquele gigante, e não sabia falar sobre outra coisa. Contou-me que no dia anterior seu número não queria sair nem uma vez, mas ele não se deu por vencido: a cada rodada, obstinadamente, apostava no doze; permaneceu lutando até o fim, até o momento em que os crupiês proclamam:

– *Messieurs, aux trois dernier!*[12]

Bem, na primeira daquelas três últimas jogadas, nada; também nada na segunda; na terceira e última, tcharã: o doze.

---

12 Senhores, as três últimas jogadas! [N. T.]

O FALECIDO MATTIA PASCAL

– Ele falou comigo! – concluiu ele, com os olhos brilhando de felicidade. – Falou comigo!

É verdade que, tendo perdido o dia todo, sobraram para sua última aposta apenas alguns escudos; de maneira que, no final, ele não conseguira se recuperar. Mas o que isso lhe importava? O número doze tinha falado com ele!

Ao ouvir esse discurso, vieram-me à mente quatro versos do pobre Pinzone, cujo caderno de trocadilhos com todas aquelas rimas esdrúxulas havia sido encontrado durante minha mudança de casa e estava agora na biblioteca; tive vontade de recitá-los para aquele cavalheiro:

> *Eu já estava cansado de estar à mercê*
> *da Sorte. A deusa caprichosa*
> *também devia passar pela minha estrada.*
> *E finalmente passou; mas avara.*[13]

Então aquele cavalheiro segurou a cabeça com ambas as mãos e contraiu todo o rosto dolorosamente por um longo tempo. Olhei para ele, primeiro surpreso, depois consternado.

– O que tem o senhor?

– Nada. Estou rindo – respondeu.

Ele ria daquela maneira! Sua cabeça doía tanto, mas tanto, que ele não conseguia suportar o tremor do riso.

Isso que dá se apaixonar pelo número doze!

Antes de tentar a sorte – embora sem qualquer ilusão – eu queria observar por algum tempo, para entender o desenrolar do jogo.

Não achei tão complicado quanto meu livreto me fizera pensar.

A roleta era encaixada no centro da mesa de jogo, no pano verde numerado. Ao seu redor, os jogadores, homens e mulheres, velhos e jovens, de todos os lugares e condições, uns sentados, outros de pé, apressavam-se nervosamente em dispor pilhas e

---

13 *Ero già stanco di stare alla bada/ della Fortuna. La dea capricciosa/ dovea pure passar per la mia strada./ E passò, finalmente; ma tignosa.* [N. T.]

montinhos de luíses, escudos e notas sobre os números amarelos dos quadrados; os que não conseguiam ou não queriam se aproximar diziam ao crupiê os números e as cores que pretendiam jogar, e o crupiê imediatamente, com um rodinho, dispunha as apostas de acordo com a indicação, com uma destreza maravilhosa; fazia-se silêncio, um silêncio estranho, angustiado, quase vibrante de violência contida, interrompido de tempos em tempos pela monótona e sonolenta voz dos crupiês:

– *Messieurs, faites vos jeux.*[14]

Enquanto isso, em outras mesas, outras vozes igualmente monótonas diziam:

– *Le jeu est fait! Rien ne va plus!*[15]

No final, o crupiê lançava a bolinha na roleta.

"Tac, tac, tac..."

E todos os olhos se voltavam para ela com expressões variadas: ansiedade, desafio, angústia, terror. Alguns dos que estavam de pé, atrás daqueles que haviam tido a sorte de conseguir se sentar, se esforçavam para dar uma última olhada em suas fichas, antes que os rodinhos dos crupiês se estendessem para puxá-las.

A bolinha, enfim, caía numa das casas numeradas, e o crupiê repetia com a voz habitual a fórmula de costume e anunciava o número e a cor sorteados.

Arrisquei a primeira jogada, de poucos escudos, na mesa da esquerda na primeira sala, apostando ao acaso no número 25; e também fiquei olhando para a perversa bolinha, mas sorrindo, tomado por uma espécie de cócega na barriga.

A bolinha parou na roleta e:

– *Vingtcinq*! – o crupiê anuncia. – *Rouge, impair et passe!*[16]

Eu tinha ganhado! Já estava estendendo a mão para a minha pilha que se multiplicara, quando um cavalheiro – de estatura muito alta, de ombros robustos muito eretos, que sustentavam uma pequena cabeça com óculos de ouro no nariz semelhante a

---

14 Senhores, façam suas jogadas. [N. T.]
15 O jogo está feito! Cessem as apostas! [N. T.]
16 Vinte e cinco [...] Vermelho, ímpar e alto! [N. T.]

um focinho, a testa proeminente, o cabelo liso e comprido, entre loiro e grisalho, assim como a barbicha e os bigodes – me empurrou para o lado sem cerimônia e pegou meu dinheiro.

No meu pobre e tímido francês, tentei lhe mostrar que havia se enganado – ah, decerto involuntariamente!

Ele era alemão e falava francês pior que eu, mas tinha uma coragem de leão: atirou-se contra mim, alegando que o erro era meu e o dinheiro era dele.

Olhei à minha volta, atônito: ninguém abria a boca, nem mesmo meu vizinho que tinha me visto apostar aqueles escudos no 25. Olhei para os crupiês: imóveis, impassíveis, como estátuas. "Ah, é?", disse a mim mesmo, e tranquilamente peguei os outros escudos que eu pusera na mesa à minha frente e saí dali.

"Eis um método *pour gagner à la roulette*", pensei, "que não é contemplado no meu livreto. E quem sabe se, afinal, não é o único?!"

Mas a Sorte, não sei por quais finalidades secretas, quis me desmentir de modo solene e memorável.

Quando me aproximei de outra mesa, onde se jogava pesado, passei primeiro um bom tempo estudando as pessoas ao meu redor: eram em sua maioria senhores de casaca; havia várias senhoras – muitas me pareceram suspeitas; a visão de certo homenzinho loiríssimo, de grandes olhos azuis cheios de veias e contornados por longos cílios quase brancos, não me inspirou muita confiança a princípio; ele também estava de casaca, mas se percebia que não estava acostumado a usá-la. Queria vê-lo jogar: apostou pesado: perdeu; não ficou chateado: voltou a apostar pesado na jogada seguinte: ótimo! Ele não iria atrás do meu dinheirinho. Embora eu tivesse ficado desiludido por causa da primeira experiência, tive vergonha da minha suspeita. Havia tanta gente ali que jogava montanhas de ouro e prata, como se fossem areia, sem medo, e eu devia temer pela miséria que eu tinha?

Notei, entre os outros, um jovem pálido como cera, com um grande monóculo no olho esquerdo que aparentava um ar de sonolenta indiferença; sentava-se todo desleixado; tirava seus luíses do bolso da calça, punha-os aleatoriamente num número qualquer e, sem olhar, alisando o ralo bigodinho, esperava que a bolinha caísse; então perguntava ao vizinho se havia perdido.

Eu o vi perder sempre.

Seu vizinho era um cavalheiro magro e muito elegante, com quarenta e poucos anos; mas seu pescoço era muito comprido e fino, e quase não se via seu queixo; tinha um par de lindos olhos escuros, vivazes, e uma abundante cabeleira preta, toda penteada para trás. Ele obviamente se comprazia em responder sim ao jovem. Às vezes ele ganhava.

Fiquei ao lado de um cavalheiro enorme, com uma tez tão morena que suas olheiras e pálpebras pareciam esfumaçadas; tinha cabelos grisalhos e opacos, mas a barba ainda era quase toda preta e encaracolada; ele aparentava força e saúde. No entanto, como se a corrida da bolinha de marfim lhe causasse asma, a cada jogada ele ofegava com força, sem parar. As pessoas se viravam para olhá-lo; mas raramente ele notava: parava por um momento, olhava à sua volta com um sorriso nervoso e voltava a ofegar, não conseguindo se controlar até que a bolinha caísse na casa numerada.

Pouco a pouco, só de observar, também fui tomado pela febre do jogo. Minhas primeiras jogadas foram ruins. Depois comecei a me sentir como num estranho e curioso estado de embriaguez: agia quase automaticamente, tomado por uma inspiração repentina e inconsciente; apostava no último momento, sempre depois das outras pessoas, e logo adquiria a consciência, a certeza de que ganharia; e ganhava. No início apostava pouco; depois, cada vez mais, sem contar. Enquanto isso, aquela espécie de embriaguez consciente crescia em mim, não se perturbava por nenhum lance fracassado, pois era como se eu o tivesse previsto; de fato, às vezes, eu dizia a mim mesmo: "Então, desta vez vou perder; *tenho de perder*". Eu estava como eletrizado. A certa altura, tive a inspiração de arriscar tudo e ver no que ia dar; e ganhei. Meus ouvidos zuniam; eu estava pingando de suor, suando frio. Achei que um dos crupiês, surpreso pela minha sorte constante, estava me observando. Na excitação em que me encontrava, senti que o olhar daquele homem me desafiava, e arrisquei tudo de novo, o

O FALECIDO MATTIA PASCAL

que eu tinha levado comigo e o que acabara de ganhar, sem pensar duas vezes: a mão se dirigiu ao mesmo número de antes, o 35; quase a retirei; mas não: era ali, ali de novo, como se alguém tivesse me ordenado.

Fechei os olhos, devia estar muito pálido. Fez-se um grande silêncio, e pareceu-me que era feito só para mim, como se todos estivessem suspensos na minha terrível ansiedade. A bolinha girou, girou por uma eternidade, com uma lentidão que aumentava cada vez mais a insuportável tortura. Finalmente parou.

Tinha certeza de que o crupiê, com a voz habitual (que parecia muito distante), anunciaria:

– *Trentecinq, noir, impair et passe!*[17]

Peguei o dinheiro e tive de me afastar dali, como um bêbado. Caí no divã, exausto; apoiei a cabeça no encosto, tomado por uma súbita e irresistível necessidade de dormir, para restaurar as energias com um pouco de sono. E já estava quase dormindo quando senti sobre mim um peso, um peso material, que imediatamente me fez despertar. Quanto eu havia ganhado? Abri os olhos, mas tive de tornar a fechá-los: minha cabeça estava girando. O calor, ali dentro, era sufocante. Como?! Já era noite? Eu vislumbrara as luzes acesas. Então quanto tempo eu havia jogado? Levantei-me devagar; saí.

Lá fora, no vestíbulo, ainda era dia. O ar fresco me revigorou.

Muitas pessoas passeavam por ali: algumas pensativas, solitárias; outras, aos pares, em grupos de três, conversando e fumando.

Eu observava todo mundo. Novo no lugar, ainda acanhado, gostaria de me sentir pelo menos um pouco mais ambientado: e estudava aqueles que me pareciam mais desinibidos; porém, quando eu menos esperava, um deles empalidecia, arregalava os olhos, silenciava, depois jogava fora o cigarro e, entre as gargalhadas dos companheiros, fugia; voltava para a sala de jogos. Por que os companheiros riam? Eu também sorria, instintivamente, parecendo um idiota.

---

17 Trinta e cinco, preto, ímpar e alto. [N. T.]

– *A toi, mon chéri!*[18] – disse-me baixinho uma voz feminina, um pouco rouca.

Virei-me e vi uma daquelas mulheres que estivera sentada comigo à mesa de jogo me oferecer, sorrindo, uma rosa. Guardava outra para si mesma: acabara de comprá-las na banca de flores, no vestíbulo.

Será que eu tinha um ar tão desajeitado e estúpido?

Uma raiva violenta me assaltou; rejeitei a rosa sem agradecer e tentei me afastar dela; mas a mulher, sorrindo, me segurou pelo braço, e – fingindo diante dos outros que era minha amiga íntima – falou comigo baixinho, apressadamente. Pelo que entendi, ela estava me propondo uma parceria, pois testemunhara meus lances de sorte pouco antes: ela, de acordo com minhas indicações, apostaria por mim e por ela.

Sacudi os ombros com desdém e deixei-a ali plantada.

Pouco depois, voltando para a sala de jogos, eu a vi conversando com um senhor baixo, moreno, barbudo, com olhos um pouco vesgos, de aparência espanhola. Ela havia lhe dado a rosa que me oferecera lá fora. Percebi que estavam falando de mim, por certos gestos que faziam; e fiquei alerta.

Entrei em outra sala; aproximei-me da primeira mesa, mas sem intenção de jogar; e eis que, pouco depois, aquele homem, agora sem a mulher, também se aproximou da mesa de jogo, mas fingindo que não me notava.

Comecei então a olhá-lo resolutamente, para fazê-lo entender que eu o havia notado e que comigo, portanto, ele não teria sucesso.

Mas ele realmente não parecia um trapaceiro. Eu o vi jogar, e jogar pesado: perdeu três jogadas consecutivas: piscava sem parar, talvez por causa do esforço que lhe custava a vontade de esconder a perturbação. Na terceira jogada malsucedida, ele olhou para mim e sorriu.

Deixei-o ali e voltei para a outra sala, para a mesa onde eu vencera antes.

---

18 Para você, meu querido! [N. T.]

O FALECIDO MATTIA PASCAL

Os crupiês haviam mudado. A mulher estava lá, no mesmo lugar de antes. Fiquei um pouco afastado, para não ser notado, e vi que ela estava jogando modestamente, e não em todas as partidas. Aproximei-me; ela me viu: estava prestes a jogar e se conteve, obviamente esperando que eu jogasse, para apostar onde eu apostasse. Mas esperou em vão. Quando o crupiê disse *"Le jeu est fait! Rien ne va plus!"*, olhei-a e ela levantou um dedo para me ameaçar, em tom de brincadeira. Não joguei durante várias rodadas; depois, novamente animado pela visão dos outros jogadores, e sentindo que a inspiração se reacendia em mim, não prestei mais atenção nela e recomecei a jogar.

Por qual misteriosa inspiração eu acompanhava tão infalivelmente a imprevisibilidade na variação de números e cores? Era apenas uma adivinhação prodigiosa do meu inconsciente? E como então se explica aquela obstinação, até mesmo loucura, cuja lembrança ainda me dá arrepios, considerando que arrisquei tudo, tudo, talvez até a vida, naquelas jogadas que eram verdadeiros desafios à Sorte? Não, não: eu tinha a sensação de que dentro de mim havia uma força quase diabólica, com que eu domava, enfeitiçava a Sorte, unindo sua vontade à minha. E essa convicção não era só minha; também contagiou rapidamente os outros; e agora quase todos seguiam meu jogo arriscado. Não sei quantas vezes saiu o vermelho, no qual eu insistia em apostar: apostava no zero, e dava zero. Até mesmo aquele jovem que tirava os luíses do bolso da calça saíra da indiferença e se emocionara; o grande cavalheiro bronzeado ofegava mais que nunca. A agitação crescia de momento a momento em volta da mesa; eram murmúrios de impaciência, lampejos de gestos nervosos, uma fúria contida com dificuldade, angustiada e terrível. Os próprios crupiês haviam perdido sua rígida impassibilidade.

De repente, depois de uma aposta formidável, tive uma espécie de vertigem. Senti pesar sobre mim uma tremenda responsabilidade. Não havia comido quase nada desde a manhã e tremia todo, por causa da emoção prolongada e violenta. Não pude mais resistir e depois daquela jogada me retirei, vacilante. Senti que me agarravam pelo braço. Extremamente agitado, com olhos que soltavam faíscas, o espanholzinho barbudo e atarracado queria me manter ali a qualquer custo. Bem, já eram onze e quinze; os crupiês convidavam às três últimas jogadas: iríamos quebrar a banca!

Ele falava comigo num italiano tosco, muito engraçado; eu, que já não raciocinava mais direito, insistia em responder na minha língua:

– Não, não, basta! Não aguento mais. Deixe-me ir, caro senhor.

Ele me soltou; mas veio atrás de mim. Subiu comigo no trem de volta a Nice, e fez questão de que fôssemos jantar juntos e eu me hospedasse no mesmo hotel em que ele estava.

No começo, não me desagradou muito a admiração quase medrosa que o homem parecia contentíssimo em dedicar a mim, como se eu fosse um taumaturgo. Às vezes, a vaidade humana não se recusa a tomar como pedestal certa estima ofensiva e o incenso acre e pestilento de certos turíbulos indignos e mesquinhos. Eu era como um general que havia vencido uma batalha difícil e desesperada, mas por acaso, sem saber como. Já estava começando a perceber isso, era invadido por esse sentimento e, aos poucos, a companhia daquele homem aumentava meu aborrecimento.

No entanto, assim que cheguei a Nice, por mais que eu tentasse não consegui me livrar do homenzinho: tive de jantar com ele. E então o cavalheiro me confessou que ele é que havia me enviado, lá no vestíbulo do cassino, aquela mulherzinha atrevida, a quem ele estava dando asas havia três dias para fazê-la voar, nem que fosse um voo baixo; asas de cédulas bancárias: ele lhe dava algumas centenas de liras para que ela tentasse a sorte. A mulherzinha devia ter ganhado bastante naquela noite, acompanhando meu jogo, pois na saída não havia nem sinal dela.

– O que yo puedo fazer? La pobre debe ter encontrado cosa melhor. Soy velho, yo. E dou gracias a Deus, até, que ela salió de cima de mim![19]

---

19 No original, o personagem fala uma corruptela com traços de italiano e espanhol: *"Che podo far? La póvara avrà trovato de meglio. Sono viechio, ió.*

O FALECIDO MATTIA PASCAL

Disse-me que estava em Nice havia uma semana e que todas as manhãs ele ia a Monte Carlo, onde sempre tivera, até aquela noite, um azar inacreditável. Queria saber como eu conseguia ganhar. Decerto eu devia entender do jogo ou ter alguma fórmula infalível.

Eu ri e lhe disse que até a manhã daquele dia eu nunca tinha visto, nem pintada, uma roleta, e que não só não sabia como jogar, como também não suspeitava nem de longe que iria jogar e ganhar assim. Estava mais atordoado e surpreso que ele.

O homem não se convenceu. Tanto é verdade que, habilmente mudando de discurso (ele sem dúvida acreditava que estava lidando com um trapaceiro) e falando com surpreendente desenvoltura em sua língua meio espanhola e meio sabe-se lá o quê, veio com a mesma proposta que tentara me fazer, de manhã, por meio daquela mulherzinha atrevida.

– Não, me desculpe! – exclamei, tentando amenizar meu ressentimento com um sorriso. – O senhor insiste seriamente em acreditar que pode haver regras ou segredos para esse jogo? É preciso sorte! Eu tive hoje; posso não ter amanhã, ou posso até tê-la novamente; espero que sim!

– Mas por que o señor – perguntou ele – no quis hoy se aprovechar de su sorte?[20]

– Eu aprove...

– Sim, cómo puedo decir? Tirar vantagem de la sorte, voilà![21]

– Mas eu tirei, na medida do possível, meu caro senhor!

– Bien! – ele disse. – Puedo hacer pelo señor. O señor dá la sorte, yo doy el dinheiro.[22]

– Então talvez acabemos perdendo! – concluí sorrindo. – Não, não... Olhe! Se o senhor realmente me acha tão sortudo (e eu sou assim apenas no jogo; em tudo o mais, certamente não), vamos

---

E agradecio Dio, ántes, che me la son levada de sobre!". Procuramos manter aqui a peculiaridade de sua fala. [N. T.]

20 No original: *"Ma porqué lei, – mi domandò, – non ha voluto occi aproveciarse de la sua forturna?"*. [N. T.]

21 *"Si, come puedo decir? avantaciarse, voilà!"* [N. T.]

22 *"Bien! – disse lui. – Podo ió por lei. Lei, la fortuna, ió metaró el dinero."* [N. T.]

fazer assim: sem qualquer compromisso entre nós ou responsabilidade da minha parte, pois não quero ter nenhuma, o senhor aposte o seu muito onde eu colocar o meu pouco, como fez hoje; e, se tudo se sair bem...

Ele não me deixou terminar: soltou uma risada estranha, que queria soar maliciosa, e disse:

– Oh, no, mi señor! No! Hoy, si, eu fiz isso: com certeza no farei amanhã! Se o señor apostar fuerte comigo, mucho bem! Se no, com certeza no farei! Mucho obrigado![23]

Olhei para ele, tentando entender o que estava dizendo: sem dúvida, na sua risada e nas suas palavras, havia uma suspeita ofensiva contra mim. Fiquei perturbado e pedi uma explicação.

Ele parou de rir; mas, no seu rosto, permaneceu um leve traço daquele riso.

– Digo que no, no faço – repetiu ele. – No digo mais![24]

Bati com força na mesa e, com a voz alterada, insisti:

– De jeito nenhum! O senhor tem de falar, explicar o que quis dizer com suas palavras e sua risada tola! Eu não entendo!

À medida que eu falava, vi-o empalidecer e quase diminuir de tamanho; evidentemente estava prestes a se desculpar. Levantei-me, indignado, dando de ombros.

– Bah! Eu desprezo o senhor e sua suspeita, que eu nem imagino qual seja!

Paguei minha conta e saí.

Conheci um homem respeitável e digno, que era muito admirado por sua singular inteligência: ele não era, nem pouco nem muito, admirado pelo par de calças que teimava em usar, que se não me engano eram claras e xadrezes, coladas às suas pernas finas. As roupas que vestimos, seu talhe, sua cor, podem fazer com que pensem de nós as coisas mais estranhas.

---

23 *"Eh no, segnore mio! no! Occi, sì, l'ho fatto: no lo fado domani seguramente! Si lei punta forte con migo, bien! si no, no lo fado seguramente! Gracie tante!"* [N. T.]

24 *"Digo che no, che no lo fado, – ripeté. – No digo altro!"* [N. T.]

O FALECIDO MATTIA PASCAL

Mas, apesar de não achar que estava malvestido, naquele momento eu sentia uma exasperação muito grande. Não usava casaca, é verdade, e sim um traje preto de luto, muito decente. E além do mais, se – vestido com essas mesmas roupas – aquele alemão a princípio tinha sido capaz de pensar que eu era um otário, tanto que pegara meu dinheiro com a maior facilidade; como agora esse outro achava que eu era um trapaceiro?

"Talvez seja por causa dessa barba enorme", pensava, andando, "ou por esse cabelo muito curto..."

Mergulhado nesses pensamentos, eu procurava um hotel qualquer, para me isolar e ver quanto tinha ganhado. Achava que estava cheio de dinheiro: tinha um pouco em todos os lugares, nos bolsos do paletó, das calças e do colete; ouro, prata, cédulas bancárias; devia ser muito, muito!

Ouvi soar as duas da manhã. As ruas estavam desertas. Um coche vazio passou; eu o tomei.

Com o pouco que eu tinha, conseguira juntar onze mil liras! Fazia algum tempo que eu não via dinheiro e, a princípio, pareceu-me uma grande quantia. Mas então, pensando na minha vida pregressa, senti uma grande humilhação por mim mesmo. Puxa vida! Então dois anos de biblioteca, acompanhados de todas as outras tragédias, haviam tornado meu coração tão mesquinho?

Comecei a me morder com meu novo veneno, olhando para o dinheiro esparramado na cama:

"Vá, homem virtuoso, manso bibliotecário, vá, volte para casa a fim de apaziguar a viúva Pescatore com esse tesouro. Ela vai acreditar que você o roubou e imediatamente começará a lhe dedicar uma grande estima. Ou melhor, vá para a América, como você decidira antes, se isso não lhe parecer uma recompensa digna pelo seu esforço. Agora você poderia, com tanto dinheiro. Onze mil liras! Que fortuna!"

Recolhi o dinheiro; enfiei-o na gaveta do criado-mudo e me deitei. Mas não consegui dormir. O que eu deveria fazer, enfim? Voltar a Monte Carlo, para devolver aqueles ganhos extraordinários? Ou me contentar com aquela quantia e apreciá-la modestamente? Mas como? Será que eu ainda teria ânimo e conseguiria me divertir, com aquela família que eu havia formado? Vestiria um pouco melhor minha mulher, que não só não se importava mais em me agradar, mas parecia fazer de tudo para me causar repugnância, ficando desarrumada o dia todo, sem espartilho, de chinelos e com as roupas que despencavam por todos os lados. Será que ela achava que, para um marido como eu, não valia mais a pena ficar bonita? Além do mais, depois do grave risco que ela correra no parto, não se recuperara bem. Quanto a seu estado de espírito, dia a dia se tornara mais dura, não só comigo, mas com todos. Esse ressentimento, e a falta de um verdadeiro e real afeto, começaram a alimentar nela uma preguiça indolente. Romilda nem sequer se afeiçoara à menina, cujo nascimento, junto com a outra, que morrera com poucos dias de vida, fora uma derrota diante do belo filho de Oliva, nascido cerca de um mês depois, saudável e sem dificuldades, após uma gravidez afortunada. Além disso, todos aqueles desgostos e os atritos que surgem da necessidade – assim como um gato preto se acomoda nas cinzas de uma lareira apagada – já haviam tornado nossa convivência odiosa. Com onze mil liras, será que eu poderia restaurar a paz na minha casa e ressuscitar o amor injustamente assassinado no berço pela viúva Pescatore? Loucura! E então? Ir para a América? Mas por que eu iria procurar tão longe a Sorte, quando parecia que ela queria me reter aqui, em Nice, sem que eu a buscasse, diante daquela loja de acessórios para jogo? Agora era necessário que eu me mostrasse digno dela, dos seus favores, se de fato, como parecia, ela queria concedê-los a mim. Ora, ora! Era tudo ou nada. No fim das contas, se eu perdesse, voltaria a ser como era antes. Afinal, o que eram onze mil liras?

Então, no dia seguinte, voltei a Monte Carlo. Voltei por doze dias seguidos. Não tinha mais jeito nem tempo de me surpreender com os favores, mais fabulosos que extraordinários, da Sorte: estava fora de mim, louco de fato; não me espanto nem mesmo agora, quando sei muito bem que ela estava me tramando uma armadilha, ao me favorecer daquele jeito e naquela medida. Em nove dias cheguei a juntar uma soma realmente enorme jogando como desesperado: depois do nono dia comecei a perder, perder

O FALECIDO MATTIA PASCAL

em queda livre. A inspiração prodigiosa, como se já não encontrasse alimento na minha esgotada energia nervosa, começou a me faltar. Eu não soube, ou melhor, não consegui parar a tempo. Mas parei, despertei, não por mim mesmo, e sim pela violência de um espetáculo horrível, que parecia bastante comum naquele lugar.

Dirigia-me às salas de jogos na manhã do décimo segundo dia quando o cavalheiro de Lugano, apaixonado pelo número doze, se aproximou de mim, chocado e ofegante, para me contar, mais com gestos que com palavras, que alguém acabara de se matar no jardim. Na hora pensei que fosse aquele meu espanhol e senti remorso. Eu tinha certeza de que ele me ajudara a vencer. No primeiro dia, depois de nossa discussão, ele não quisera apostar onde eu apostava, e sempre perdera; nos dias seguintes, vendo-me vencer com tanta persistência, tentara acompanhar meu jogo; mas então eu é que não queria mais: como guiado pela mão da própria Sorte, presente e invisível, comecei a passar de uma mesa a outra. Não o via fazia dois dias, desde que eu começara a perder, e talvez porque ele não estivesse mais me perseguindo.

Eu tinha certeza, chegando ao lugar indicado, de que iria encontrá-lo ali, caído no chão, morto. Mas, em vez dele, encontrei aquele jovem pálido que afetara um ar de sonolenta indiferença ao tirar os luíses do bolso da calça para apostá-los sem sequer olhar em que número.

Parecia menor, ali no meio da alameda: estava deitado de costas, com os pés juntos, como se primeiro tivesse se deitado, para não se machucar ao cair; um braço estava ao lado do corpo; o outro, um pouco levantado, com a mão enrugada e um dedo, o indicador, ainda no ato de disparar. O revólver estava perto dessa mão; um pouco à frente, o chapéu. A princípio, achei que a bala atravessara o olho esquerdo, de onde muito sangue, agora coagulado, tinha escorrido pelo seu rosto. Mas não: aquele sangue havia esguichado dali, bem como escorrera um pouco das narinas e orelhas; mais sangue, em grande quantidade, jorrara do pequeno orifício na têmpora direita, caindo no saibro amarelado da alameda, todo coagulado. Uma dúzia de moscas zumbia em torno dele; algumas delas pousaram, vorazes, em seu olho. Entre os muitos que assistiam à cena, ninguém pensou em afastá-las. Tirei meu lenço do bolso e o estendi sobre aquele pobre rosto horrivelmente desfigurado. Ninguém me agradeceu: eu tinha acabado com a melhor parte do espetáculo.

Fugi; voltei para Nice a fim de partir naquele mesmo dia.

Levava comigo pouco menos de oitenta e duas mil liras.

Eu poderia imaginar qualquer coisa, exceto que algo parecido aconteceria comigo na noite daquele mesmo dia.

VII. MUDANÇA DE TREM

EU PENSAVA:

"Vou resgatar a Stìa e me mudar para lá, para o campo, serei moleiro. A gente se sente melhor perto da terra; e embaixo dela, talvez, ainda melhor.

"Toda profissão, afinal, tem suas compensações, até a de coveiro. O moleiro pode se consolar com o barulho das mós e com o pó que voa pelos ares e o reveste de farinha.

"Tenho certeza de que, por enquanto, não se mói nem mesmo um saco lá no moinho. Mas assim que eu voltar:

"– Sr. Mattia, a trava do eixo! Sr. Mattia, o rolamento está quebrado! Sr. Mattia, os dentes da roda!

"Como na época em que minha santa mãe ainda estava viva e Malagna administrava.

"E, enquanto eu estiver no moinho, o administrador vai me roubar os frutos do campo; e se eu resolver cuidar disso, o moleiro roubará minha moenda. E daqui o moleiro e de lá o administrador brincarão de gangorra, e eu no meio, deliciando-me.

"Talvez fosse melhor se eu pegasse uma das roupas antigas de Francesco Antonio Pescatore no venerável baú da minha sogra, roupas que ela guarda como relíquias sagradas, conservadas com cânfora e pimenta, e vestisse com elas Marianna Dondi, mandando-a ser moleira e ficar de olho no administrador.

"O ar do campo certamente faria bem à minha mulher. Talvez, ao vê-la, as folhas de algumas árvores caiam; os passarinhos se calem; vamos esperar que a nascente não seque. E eu continuarei sendo bibliotecário, completamente sozinho, em Santa Maria Liberale."

Assim eu ia pensando, e o trem, enquanto isso, corria. Não conseguia fechar os olhos, pois o cadáver daquele rapaz logo me aparecia com uma precisão terrível, lá na alameda, pequeno e estirado sob as grandes árvores imóveis na manhã fria. Portanto, devia me consolar com outro pesadelo, não tão sangrento, pelo menos materialmente: o de minha sogra e de minha mulher. E me deleitava imaginando a cena da chegada, depois daqueles treze dias de misterioso desaparecimento.

Eu tinha certeza (parecia vê-las!) de que as duas iriam demonstrar, quando eu chegasse, a mais desdenhosa indiferença. Apenas uma olhadela, como se dissessem:

"Você aqui de novo? Não tinha quebrado o pescoço?"

Caladas elas, calado eu.

Mas pouco depois, sem dúvida, a viúva Pescatore começaria a despejar seu veneno, referindo-se ao emprego que eu talvez tivesse perdido.

De fato, eu levara comigo a chave da biblioteca: com a notícia do meu desaparecimento, certamente tiveram de arrombar a porta, por ordem da polícia: e não me encontrando morto lá dentro, nem tendo, por sua vez, sinais ou notícias minhas, o pessoal da prefeitura talvez tivesse esperado, três, quatro, cinco dias, uma semana, pelo meu retorno; depois, haviam dado meu posto a qualquer outro desocupado.

Então, o que eu estava fazendo ali sentado? Eu não tinha me jogado de novo, por iniciativa própria, no olho da rua? Pois que permanecesse ali! Duas pobres mulheres não podiam ser obrigadas a sustentar um vadio, um canalha, que fugia daquela maneira, sabe-se lá por qual motivo etc. etc.

Eu, calado.

Pouco a pouco a raiva de Marianna Dondi crescia, por causa do meu silêncio enervante, crescia, fervia, explodia. E eu, mesmo assim, calado!

O FALECIDO MATTIA PASCAL

Contudo, a certa altura, eu tiraria minha carteira do bolso do paletó e começaria a contar minhas notas de mil liras na mesa: aqui, aqui, aqui e aqui...

Os olhos e a boca de Marianna Dondi se abririam, e também os da minha mulher.

Então:

– Onde você roubou esse dinheiro?

–... Setenta e sete, setenta e oito, setenta e nove, oitenta, oitenta e um; quinhentos, seiscentos, setecentos; dez, vinte, vinte e cinco; oitenta e um mil setecentos e vinte e cinco liras e quarenta centavos no bolso.

Eu pegaria as notas tranquilamente, colocaria de volta na carteira e me levantaria.

– Vocês não me querem mais em casa? Bem, muito obrigado! Estou indo embora, passar bem.

Eu ria, pensando assim.

Meus companheiros de viagem me observavam e sorriam também, discretamente.

Então, para assumir uma atitude mais séria, começava a pensar nos meus credores, dentre os quais eu teria de dividir aquelas notas. Escondê-las, eu não podia. E depois, do que elas me serviriam, escondidas?

É claro que aqueles cães não me deixariam desfrutar do que eu ganhara. Para recuperar seu dinheiro, com o moinho da Stìa e os frutos do sítio, tendo de pagar também a administração, que devorava tudo como as mós do moinho (que tinha duas), quem sabe quantos anos teriam de esperar. Agora, com uma oferta de pagamento à vista, talvez eu me livrasse deles em boas condições. E fazia a conta:

"Um tanto para aquele chupim do Recchioni; um tanto para Filippo Brìsigo, e gostaria que fossem usados para pagar seu funeral: assim ele não tiraria mais sangue dos pobres! Um tanto para *Cichin* Lunaro, o turinense; um tanto para a viúva Lippani... Quem mais? Caramba! Ainda falta tanta gente! Della Piana, Bossi e Margottini... Lá se vão todas as minhas notas!"

No fim das contas, tudo que eu ganhara em Monte Carlo iria para eles! Que raiva por aqueles dois dias em que só perdi! Estaria rico de novo... rico!

Eu agora suspirava profundamente, o que fazia aumentar o sorriso dos meus companheiros de viagem. Mas não conseguia encontrar paz. A noite se aproximava: o ar parecia cinza; e o tédio da viagem era insuportável.

Na primeira estação italiana, comprei um jornal com a esperança de que me fizesse dormir. Abri-o e, à luz da lâmpada elétrica, comecei a ler. Tive o consolo de saber que o castelo de Valençay, leiloado pela segunda vez, havia sido concedido ao conde de Castellane pela soma de dois milhões e trezentos mil francos. A propriedade em torno do castelo era de dois mil e oitocentos hectares: a maior da França.

"Mais ou menos como a Stìa..."

Li que o imperador da Alemanha recebera a embaixada do Marrocos em Potsdam ao meio-dia, e que à recepção comparecera o secretário de Estado, o barão de Richtofen. A missão, apresentada depois à imperatriz, foi convidada a permanecer para o almoço, e quem sabe o quanto comeram!

O czar e a czarina da Rússia também haviam recebido uma missão tibetana especial em Peterhof, que oferecera às Suas Majestades presentes do lama.

"Presentes do lama?", perguntei-me, fechando os olhos, pensativo. "O que serão?"

Papoulas: porque adormeci. Mas papoulas de pouca virtude: acordei logo depois, com uma freada do trem que parava em outra estação.

Olhei para o relógio: oito e quinze. Dentro de uma hora, portanto, eu chegaria.

Ainda estava com o jornal nas mãos e o virei para procurar um presente melhor que os do lama na segunda página. Meus olhos se depararam com um suicídio, assim em negrito.

No mesmo instante pensei que poderia ser aquele de Monte Carlo, e me apressei a ler. Mas parei surpreso na primeira linha, impressa em caracteres minúsculos: "*Telegrafam-nos de Miragno*".

O FALECIDO MATTIA PASCAL   85

"De Miragno? Quem será que cometeu suicídio na minha aldeia?"

Eu li: *"Ontem, dia 28, sábado, foi encontrado na represa de um moinho um cadáver em estado de putrefação avançada..."*.

De repente, minha vista se turvou, pois parecia-me que eu vira o nome do meu sítio na linha seguinte; e, como eu mal conseguia ler, apenas com um olho, aquela letra minúscula, levantei-me para me aproximar da luz.

"... putrefação avançada. O moinho está localizado num sítio chamado Stìa, a cerca de dois quilômetros da nossa cidade. Quando a autoridade judicial chegou ao local, seguida de outras pessoas, o corpo foi tirado da represa para averiguações legais e deixado sob vigilância. Mais tarde, foi reconhecido como sendo..."

Meu coração veio parar na garganta e eu olhei, em pânico, para os meus companheiros de viagem, que estavam todos dormindo.

"Chegou ao local... tirado da represa... legais... foi reconhecido como sendo o do nosso bibliotecário..."

"Eu?"

"Chegou ao local... mais tarde... como sendo o do nosso bibliotecário Mattia Pascal, que estava desaparecido havia vários dias. Causa do suicídio: problemas financeiros."

"Eu... desaparecido... reconhecido... Mattia Pascal..."

Reli, com fúria e coração agitado, não sei mais quantas vezes essas poucas linhas. Num primeiro impulso, todas as minhas energias vitais se insurgiram violentamente para protestar: como se a notícia, tão irritante no seu laconismo impassível, pudesse também ser verdadeira para mim. Porém, mesmo se não fosse para mim, era verdadeira para os outros; e a certeza que esses outros tinham, desde a noite anterior, da minha morte, caía em mim como uma violência insuportável, permanente e esmagadora... Olhei mais uma vez para os meus companheiros de viagem e, como se também eles, diante de meus olhos, dormissem com aquela certeza, senti-me tentado a sacudi-los das suas posições desconfortáveis e penosas, agitá-los, despertá-los, gritar-lhes que isso não era verdade.

"Como é possível?"

E reli a notícia surpreendente mais uma vez.

Eu não podia ficar ali sem fazer nada. Queria que o trem parasse, que corresse freneticamente: aquele seu andar monótono, de autômato duro, surdo e grave, fazia minha agitação crescer cada vez mais. Abria e fechava as mãos continuamente, cravando as unhas nas palmas das mãos; amarfanhava o jornal; alisava-o de novo para ler a notícia que eu já sabia de cor, palavra por palavra.

"*Reconhecido!* Mas como é possível que eles me reconhecessem?... *Em estado de putrefação avançada...* bah!"

Vi-me por um momento, lá na água esverdeada da represa, encharcado, inchado, horrível, boiando... No horror instintivo, cruzei os braços no peito e com as mãos me apalpei, me apertei: "Eu, não; eu, não... Quem terá sido?... Parecia-se comigo, é claro... Talvez também tivesse uma barba como a minha... o mesmo tipo físico... E eles me reconheceram!... *Desaparecido havia vários dias...* Sim! Mas eu gostaria de saber, como gostaria, quem teve tanta pressa assim em me reconhecer. Era possível que aquele desgraçado fosse tão parecido comigo? Vestido como eu? Igualzinho? Será que foi ela, ela, Marianna Dondi, a viúva Pescatore? Oh! Ela me pescou imediatamente, me reconheceu no ato! Mas é claro que ela sabia que era mentira, tenha a santa paciência! – *É ele, é ele! Meu genro! Ah, pobre Mattia! Ah, meu pobre filho!* – E talvez tenha começado a chorar; talvez tenha se ajoelhado ao lado do corpo daquele pobre homem, que não podia chutá-la e gritar para ela: 'Mas saia daqui: eu não a conheço'."

Eu tremia. Finalmente o trem parou em outra estação. Abri a porta e corri para fora, pensando confusamente em fazer algo, naquele mesmo instante: um telegrama urgente para desmentir a notícia.

O salto que dei do vagão me salvou: como se aquela ideia estúpida tivesse sido sacudida do meu cérebro, me dei conta, num instante... mas sim! Minha libertação, a liberdade, uma vida nova!

Eu tinha oitenta e duas mil liras, e não teria de dá-las a mais a ninguém! Eu estava morto, mortinho: não tinha mais dívidas, não tinha mais mulher, não tinha mais sogra: ninguém! Livre! Livre! Livre! O que mais eu queria?

O FALECIDO MATTIA PASCAL 87

Com tais pensamentos em mente, devo ter tido um comportamento muito estranho na plataforma daquela estação. Deixara a porta do vagão aberta. Fui rodeado por várias pessoas, que gritavam para mim não sei o quê; uma delas finalmente me sacudiu e me empurrou, falando mais alto:

– O trem vai partir!

– Mas deixe, deixe que ele parta, meu caro senhor! – gritei para ele, por minha vez. – Vou mudar de trem!

Mas eu fora assaltado por uma dúvida: será que aquela notícia já havia sido desmentida? Talvez o erro já tivesse sido reconhecido em Miragno; os parentes do verdadeiro morto poderiam ter aparecido para contestar a falsa identificação.

Antes de me alegrar tanto, eu tinha de ter certeza, obter informações precisas e detalhadas. Mas como faria para buscá-las?

Procurei o jornal nos bolsos. Eu o deixara no trem. Virei-me para olhar os trilhos desertos, que brilhavam por um certo trecho na noite silenciosa, e me senti como se estivesse perdido, no vazio, naquela pobre estaçãozinha de passagem. Uma dúvida mais forte me assaltou então: e se aquilo tivesse sido um sonho?

Mas não:

"*Telegrafam-nos de Miragno. Ontem, dia 28, sábado...*"

Isso mesmo: poderia repetir o telegrama de cor, palavra por palavra. Não havia dúvida! No entanto, a notícia era lacônica, não me bastava.

Olhei a estação; li o nome: ALENGA.

Será que eu encontraria outros jornais naquele lugar? Dei-me conta de que era domingo. Portanto em Miragno, naquela manhã, saíra *Il Foglietto*, o único jornal da região. Eu tinha de obter um exemplar dele a qualquer custo. Lá encontraria todas as notícias detalhadas de que precisava. Mas como eu esperava encontrar *Il Foglietto* em Alenga? Pois bem: telegrafaria sob um nome falso para o editor do jornal. Eu conhecia o diretor, Miro Colzi, *Lodoletta*,[25] como todos o chamavam em Miragno, desde

---

25 Pequena cotovia, em italiano. [N. T.]

que ele, ainda jovem, publicara seu primeiro e único livro de versos com esse título delicado.

Para Lodoletta, no entanto, esse pedido de um exemplar do seu jornal, vindo de Alenga, não seria extraordinário? Com certeza a notícia mais "interessante" daquela semana e, portanto, a manchete do jornal, seria meu suicídio. E eu não estaria, então, exposto ao risco de que o pedido incomum provocasse em Lodoletta alguma suspeita?

"Mas oras!", pensei então. "Lodoletta não pode nem imaginar que eu na realidade não me afoguei. Ele procurará a razão do pedido em outro assunto importante do seu jornal. Há muito tempo ele vem lutando duro contra a prefeitura pelo encanamento de água e pela instalação do gás. Ele acreditará piamente que é por essa 'campanha' dele."

Entrei na estação.

Felizmente, o condutor do único coche, o do correio, ainda estava lá conversando com os funcionários da ferrovia: a aldeia ficava a cerca de três quartos de hora da estação, e a rua era muito íngreme.

Subi naquela decrépita carroça frágil, sem lanternas; e penetrei na escuridão.

Eu tinha tantas coisas a pensar, mas, de quando em quando, a violenta perturbação que eu sentira ao ler a notícia que falava tão diretamente da minha pessoa se reavivava em mim, naquela solidão negra e desconhecida, e eu me sentia então, por um momento, no vazio, como um pouco antes ao ver os trilhos desertos; sentia-me terrivelmente desligado da vida, um sobrevivente de mim mesmo, perdido, esperando para viver além da morte, sem saber ainda de que maneira.

Para me distrair, perguntei ao condutor se havia uma banca de jornais em Alenga:

– O que está dizendo? Não, senhor!

– Não vendem jornais em Alenga?

– Ah! Sim, senhor. Quem os vende é o farmacêutico, Grottanelli.

– Existe um hotel?

– Há a pousada do Palmentino.

O FALECIDO MATTIA PASCAL

O condutor tinha descido do coche para aliviar o velho rocim, que farejava o chão com as narinas. Eu mal o enxergava. A certa altura ele acendeu o cachimbo e eu pude vislumbrá-lo; então pensei: "Se ele soubesse quem está levando...".

Mas então fiz a pergunta a mim mesmo: "Quem ele está levando? Nem eu sei mais. Quem sou eu agora? Preciso pensar. Um nome, pelo menos um nome eu preciso me dar imediatamente, para assinar o telegrama e não ficar embaraçado se, na pousada, perguntarem meu nome. Bastará pensar num nome, por enquanto. Vamos ver! Como eu me chamo?"

Eu nunca poderia ter imaginado que teria tanta dificuldade, que ficaria tão nervoso ao escolher um nome e um sobrenome. Especialmente o sobrenome! Combinava sílabas ao acaso, sem pensar: certos sobrenomes surgiam, como: *Strozzani, Parbetta, Martoni, Bartusi*, o que me irritava ainda mais. Não lhes encontrava nenhuma propriedade, não faziam sentido. Como se, no fundo, os sobrenomes devessem ter sentido... Ora bolas! Qualquer um... Martoni, por exemplo, por que não? Carlo Martoni... É isso! Mas, pouco depois, desdenhava: "Sim! Carlo Martello...". E o nervosismo recomeçava.

Cheguei à aldeia sem ter escolhido nome algum. Felizmente ali, com o farmacêutico, que também era funcionário telegráfico e postal, merceeiro, papeleiro, jornaleiro, burro de carga e não sei mais o quê, não havia necessidade. Comprei uma cópia dos poucos jornais que ele tinha, jornais de Gênova: *Il Caffaro* e *Il Secolo XIX*; então perguntei se ele tinha *Il Foglietto* de Miragno.

Tinha cara de coruja, esse Grottanelli, com um par de olhos muito redondos, como de vidro, sobre os quais baixava, de quando em quando, quase com dificuldade, as pálpebras cartilaginosas.

– *Il Foglietto*? Não conheço.

– É um jornal provinciano, semanal – expliquei a ele. – Eu queria comprá-lo. O número de hoje, claro.

– *Il Foglietto*? Não conheço – repetia ele.

– Tudo bem! Não importa que o senhor não conheça: eu lhe pago as despesas por um vale postal à redação. Eu gostaria de receber dez, vinte exemplares, amanhã ou o mais breve possível. Pode ser?

Ele não respondia: com os olhos fixos, sem me encarar, repetia:

– *Il Foglietto*? Não conheço.

Finalmente resolveu fazer o vale postal sob minhas recomendações, indicando sua farmácia para entrega.

E no dia seguinte, depois de uma noite sem dormir, perturbada por uma tempestuosa onda de pensamentos, lá na pousada do Palmentino, recebi quinze exemplares do *Foglietto*.

Nos dois jornais de Gênova, que eu tinha me apressado a ler assim que ficara sozinho, não encontrei nenhuma notícia. Minhas mãos tremiam quando abri *Il Foglietto*. Na primeira página, nada. Olhei nas duas páginas internas, e de repente saltou à minha vista uma tarja negra no topo da terceira página e, abaixo, em grandes caracteres, meu nome. Assim:

MATTIA PASCAL

Não se tinha notícias dele havia vários dias: dias de tremenda consternação e angústia indescritível para a desolada família; consternação e angústia compartilhadas pela maioria de nossos cidadãos, que o amavam e estimavam pela bondade de sua alma, pela jovialidade de seu caráter e por aquela modéstia natural que lhe permitira, junto com suas outras aptidões, aguentar humildemente e com resignação o destino adverso, onde a prosperidade despreocupada o abandonara, nos últimos tempos, para dar lugar a uma condição modesta.

Quando, depois do primeiro dia de ausência inexplicável, a família preocupada foi até a Biblioteca Boccamazza, onde ele, muito zeloso de seu ofício, passava a maior parte do dia enriquecendo sua vivaz inteligência com leituras instrutivas, encontrou a porta fechada; imediatamente, diante dessa porta fechada, surgiu negra e alarmante a suspeita – uma suspeita logo dissipada pela esperança que durou vários dias, mas aos poucos se tornou mais forte – de que ele tivesse deixado a aldeia por algum motivo secreto.

Mas que infortúnio! A verdade infelizmente devia ser aquela!

O FALECIDO MATTIA PASCAL

A perda recente de sua amada mãe e, ao mesmo tempo, da única filhinha, depois da ruína de sua herança, perturbara profundamente o espírito de nosso pobre amigo. Tanto que, cerca de três meses atrás, pela primeira vez, à noite, ele já tentara pôr fim a seus dias miseráveis, ali, na represa daquele mesmo moinho, que o lembrava dos esplendores do passado de sua casa e de seu tempo afortunado.

... Não há maior dor
que se lembrar dos tempos felizes
na miséria...[26]

Com lágrimas nos olhos e aos soluços, diante do cadáver gotejante e desfigurado, contava-nos um velho moleiro, fiel e dedicado à família dos antigos patrões. A noite caíra, lúgubre; uma lamparina vermelha havia sido colocada no chão, perto do cadáver vigiado por dois carabineiros reais, e o velho Filippo Brina (apontamos seu nome para a admiração das pessoas de bem) falava e se lamentava conosco. Ele havia conseguido naquela triste noite evitar que o homem infeliz levasse a cabo o violento propósito; mas Filippo Brina não estava lá, pronto para impedi-lo, dessa segunda vez. E Mattia Pascal acabou jazendo, talvez uma noite inteira e metade do dia seguinte, na represa daquele moinho. Nem sequer tentamos descrever a angustiante cena que se seguiu no lugar quando, no outro dia, no início da noite, a viúva desconsolada se viu diante dos miseráveis restos irreconhecíveis de seu amado companheiro, que tinha ido se juntar a sua filhinha.

A aldeia inteira participou de sua dor e quis demonstrá-la acompanhando o cadáver até sua morada final, na qual nosso assessor municipal, o cavaliere Pomino, dirigiu a Mattia breves e comovidas palavras de adeus. Enviamos nossas mais sinceras condolências à pobre família imersa em luto, ao irmão Roberto, que não mora em Miragno, e com o coração dilacerado dizemos pela última vez ao nosso bom Mattia: – Adeus, caro amigo, adeus!

M. C.

---

26 "Nessun maggior dolore/ che ricordarsi dei tempi felice/ nella misèria..." Dante Alighieri, *A divina comédia* (Inferno, Canto V, vv.121-3). [N. T.]

Mesmo sem essas duas iniciais, eu teria reconhecido de longe Lodoletta como o autor do obituário.

Mas devo, antes de mais nada, confessar que a visão do meu nome impresso no jornal, sob aquela tarja preta, por mais que eu esperasse, não só não me animou, mas acelerou tanto meus batimentos que, depois de algumas linhas, tive de interromper a leitura. A "tremenda consternação e a angústia indescritível" da minha família não me fizeram rir, nem o amor e a estima dos meus concidadãos pelas minhas belas virtudes, nem meu zelo pelo ofício. A lembrança daquela minha tristíssima noite na Stìa, depois da morte da minha mãe e da minha pequena, que servira de prova, e talvez a mais forte, do meu suicídio, me surpreendeu a princípio, como uma inesperada e sinistra participação do acaso; depois me causou remorsos e humilhação.

Não! Eu não me matara por causa da morte da minha mãe e da minha filha, embora naquela noite talvez eu tenha tido essa ideia! Eu havia fugido, é verdade, desesperado; mas eis que agora voltava de uma casa de jogos, onde a Sorte sorriu para mim da maneira mais estranha, e continuava a sorrir, e outra pessoa se matara no meu lugar, outra pessoa que com certeza era um desconhecido, de quem eu roubava o lamento dos parentes distantes e dos amigos, e condenava – oh, zombaria suprema! – a sofrer aquele falso luto que não lhe pertencia, e até mesmo o elogio fúnebre do empoado *cavaliere* Pomino!

Essa foi a primeira impressão quando li meu obituário no *Foglietto*.

Mas então pensei que aquele pobre homem certamente não tinha morrido por minha causa e que eu, aparecendo vivo, não poderia fazê-lo ressuscitar; pensei que tirando proveito da sua morte, eu não só não enganava seus parentes, mas também estava lhes fazendo um favor: para eles, na verdade, o homem morto era eu e não ele, ao qual podiam acreditar que estivesse desaparecido e ainda esperar vê-lo reaparecer qualquer dia desses.

Restavam minha mulher e minha sogra. Eu realmente devia acreditar na sua dor pela minha morte, em toda aquela "angústia indescritível", naquela "angustiante cena" do necrológio fúnebre de Lodoletta? Caramba, teria sido suficiente abrir um pouquinho um dos olhos daquele pobre homem morto para perceber que não era eu; e mesmo que seus olhos permanecessem no fundo da represa, por favor!, uma mulher não pode facilmente confundir outro homem com o próprio marido, se realmente não quiser. Elas se apressaram em me reconhecer naquele homem morto? A viúva Pescatore agora esperava que Malagna, comovido e talvez com remorsos por aquele meu bárbaro suicídio, viesse em auxílio da pobre viúva? Pois bem: se elas estavam contentes, eu estava contentíssimo!

"Morto? Afogado? Ótimo, e não se fala mais nisso!"

Levantei-me, estendi os braços e dei um longo suspiro de alívio.

VIII. ADRIANO MEIS

IMEDIATAMENTE, NÃO TANTO PARA ENGANAR OS OUTROS – que tinham ou queriam se enganar por si mesmos com uma leviandade que no meu caso talvez pudesse não ser deplorável, mas que certamente não era digna de elogios –, e sim para obedecer à Sorte e satisfazer às minhas próprias necessidades, comecei a me transformar em outro homem.

Pouco ou nada eu podia elogiar daquele desafortunado que, por força, quiseram fazer terminar miseravelmente na represa de um moinho. Depois de cometer tantas tolices, talvez ele não merecesse melhor sorte.

Agora eu gostaria que, não apenas externamente, mas também no íntimo, nenhum traço dele permanecesse em mim.

Eu estava sozinho, e mais sozinho não poderia estar na face da Terra, desligado agora de todos os vínculos e todas as obrigações, livre, novo e absolutamente senhor de mim, sem o fardo do meu passado, e com o futuro à frente, que eu poderia modelar como quisesse.

Ah, um par de asas! Como eu me sentia leve!

O sentimento que as coisas passadas tinham me dado sobre a vida não precisava mais consistir, para mim, numa razão de ser. Eu devia conquistar um novo sentimento da vida, sem me valer, nem minimamente, da infeliz experiência do falecido Mattia Pascal.

Dependia de mim: eu podia e tinha de ser o artífice do meu novo destino, na medida em que a Sorte quisera concedê-lo a mim.

"E antes de tudo", dizia a mim mesmo, "vou cuidar desta minha liberdade: vou conduzi-la por caminhos planos e sempre novos, e jamais deixarei que se vista com roupas pesadas. Fecharei os olhos e me afastarei assim que o espetáculo da vida me parecer desagradável em algum momento. Tentarei me ocupar de coisas que normalmente são chamadas de inanimadas, e irei à procura de belas paisagens, de lugares agradáveis e tranquilos. Aos poucos, darei a mim mesmo uma nova educação; vou me transformar, observando as coisas com dedicação e paciência, para que, no final, eu possa dizer não apenas que vivi duas vidas, mas que fui dois homens."

Ainda em Alenga, para início de conversa, poucas horas antes de partir eu entrara num barbeiro, para aparar a barba: na verdade gostaria de me livrar de tudo, ali mesmo, até do bigode; mas o medo de levantar qualquer suspeita naquela pequena aldeia me impediu.

O barbeiro também era alfaiate, um homem velho, com as costas quase endurecidas pelo longo hábito de ficar curvado sempre na mesma posição, e usava os óculos bem na ponta do nariz. Mais que barbeiro, devia ser alfaiate. Caiu como um flagelo de Deus naquela barba que já não me pertencia, armado com uma grande tesoura de tosquia, que precisava ser sujeitada na ponta com a outra mão. Prendi a respiração: fechei os olhos e não os abri novamente até me sentir sacudido de leve.

O bom homem, todo suado, estendia-me um espelho para que eu pudesse dizer se ele cumprira bem a tarefa.

Aquilo era demais!

– Não, obrigado – recusei-me. – Pegue de volta. Não quero assustá-lo.

Arregalou os olhos, e:

– Assustar quem? – perguntou.

– Esse espelho, é claro! É muito belo! Deve ser antigo...

Era redondo, com o cabo de osso incrustado: quem sabe qual a sua história e onde e como tinha ido parar ali, naquela

O FALECIDO MATTIA PASCAL

alfaiataria-barbearia. Mas, enfim, para não desagradar o mestre, que continuava a olhar para mim espantado, coloquei-o diante dos olhos.

Se cumprira bem a tarefa!

Daquela primeira carnificina, entrevi que monstro sairia em breve da necessária e radical transformação física de Mattia Pascal! E ali estava uma nova razão para odiá-lo! O queixo pequenino, pontudo e recuado, que ele escondera por tantos anos sob aquela grande barba, pareceu-me uma traição. Agora teria de deixá--lo à mostra, aquela coisinha ridícula! E que nariz ele me deixara como legado! E o olho!

"Ah, esse olho", pensei, "assim, estático, virado para um lado, sempre será o olho de Mattia no meu novo rosto! Não poderei fazer nada além de escondê-lo, do melhor jeito, por trás de um par de óculos escuros, que de qualquer modo contribuirão para tornar minha aparência mais agradável. Vou deixar o cabelo crescer e, com essa bela testa ampla, com óculos e sem barba, vou parecer um filósofo alemão. Um sobretudo e um grande chapéu de abas largas."

Não havia outra escolha: com aquela aparência, eu tinha de ser filósofo. Bem, paciência: eu me armaria com uma filosofia sorridente e discreta para andar por essa pobre humanidade, que, por mais que eu me esforçasse, achava difícil não achar um pouco ridícula e insignificante.

O nome praticamente me foi oferecido dentro do trem, poucas horas depois de partir de Alenga para Turim.

Eu estava viajando com dois senhores que discutiam animadamente a iconografia cristã, na qual, para um ignorante como eu, ambos se mostravam muito eruditos.

Um deles, o mais novo, que tinha o rosto pálido envolvido por uma barba negra espessa e áspera, parecia sentir uma grande e particular satisfação em anunciar a notícia que ele dizia ser muito antiga, sustentada por Justino Mártir, Tertuliano e não sei mais quem, de que Cristo teria sido muito feio.

Falava com uma voz cavernosa, que estranhamente contrastava com seu ar inspirado.

– Isso, isso, muito feio! Extremamente feio! E também Cirilo de Alexandria! Sim, Cirilo de Alexandria chega a dizer que Cristo era o mais feio dos homens.

O outro, que era um senhorzinho muito magro, tranquilo em sua esqualidez ascética, mas com um vinco nos cantos da boca que traía uma ironia sutil, sentado todo ereto, com o longo pescoço esticado como se estivesse sob um jugo, sustentava em vez disso que não se devia confiar nos testemunhos mais antigos.

– Porque a Igreja, nos primeiros séculos, empenhada em consolidar a doutrina e o espírito do seu inspirador, dava pouca atenção, isso mesmo, muito pouca atenção a sua aparência corporal.

A certa altura eles começaram a falar de Verônica e de duas estátuas na cidade de Paneias, que se acreditava serem imagens de Cristo e da hemorroíssa.

– Mas é claro! – exclamou o jovem barbudo. – Hoje já não restam dúvidas! Essas duas estátuas representam o imperador Adriano com a cidade ajoelhada a seus pés.

O velho continuou a defender sua opinião pacificamente, que devia ser oposta, pois o outro, inabalável, olhando para mim, persistia em repetir:

– Adriano!

–... *Beronike*, em grego. De *Beronike* vem Verônica...

– Adriano! (*para mim*).

– Ou, *Verônica, vera icon*: distorção muito provável...

– Adriano! (*para mim*).

– Porque a *Beronike* dos Atos de Pilatos...

– Adriano!

Repetia *Adriano* sem parar! Não sei quantas vezes, sempre com os olhos fixos em mim.

Quando os dois desceram numa estação e me deixaram sozinho no compartimento, observei pela janela, para segui-los com os olhos: eles ainda estavam discutindo enquanto se afastavam.

Contudo, a certa altura o velhinho perdeu a paciência e começou a andar mais rápido.

– Quem disse isso? – o jovem perguntou em voz alta, parado, desafiadoramente.

O outro então se virou para gritar:

– Camillo de Meis!

Parecia que ele também estava gritando para mim aquele nome, para mim que, enquanto isso, repetia mecanicamente: – Adriano... – Imediatamente joguei fora o "de" e mantive o Meis.

"Adriano Meis! Sim... Adriano Meis: soa bem..."

Também achei que esse nome combinava com o rosto sem barba e os óculos, o cabelo comprido, o chapéu e o sobretudo que eu devia usar.

"Adriano Meis. Está bem! Eles me batizaram."

Tendo subtraído cada lembrança da minha vida anterior, decidido a começar uma nova vida a partir daquele momento, senti-me aliviado e fui invadido por uma revigorante alegria infantil; sentia minha consciência renovada e transparente e meu espírito alerta e pronto para tirar o máximo proveito de tudo para a construção do meu novo eu. Enquanto isso, meu espírito se agitava de alegria com aquela nova liberdade. Eu nunca tinha visto os homens e as coisas assim; o ar entre mim e eles de repente era mais diáfano; e as novas relações que deviam se estabelecer entre nós eram fáceis e leves, já que agora eu precisaria pedir-lhes muito pouco para me satisfazer intimamente. Ó deliciosa leveza da alma; serena e inefável embriaguez! A Sorte me libertara de todas as amarras, de repente me afastara da vida comum, tornando-me um estranho espectador dos dilemas em que os outros ainda estavam se debatendo, e me advertia:

"Você vai ver, você vai ver como ela lhe parecerá curiosa agora que você a olha do lado de fora! Eis ali alguém que se corrói por dentro e provoca um pobre velhinho dizendo que Cristo era o mais feio dos homens..."

Eu sorria. Sentia vontade de sorrir de tudo e para todas as coisas: para as árvores do campo, por exemplo, que corriam ao meu encontro com uma aparência muito estranha em sua fuga ilusória; para as casas espalhadas aqui e ali, onde eu me divertia em imaginar camponeses com as bochechas infladas para soprar a neblina, inimiga das oliveiras, ou com os punhos erguidos contra o céu, que não queria mandar água: e sorria para os passarinhos que debandavam, assustados com aquela coisa negra que corria pelos campos, trovejante; para o balanço dos fios telegráficos, pelos quais algumas notícias eram passadas aos jornais, como a de Miragno, do meu suicídio no moinho da Stìa; para as pobres mulheres dos cantoneiros, que exibiam a bandeira enrolada, grávidas e com o chapéu do marido na cabeça.

Porém, a certa altura, meu olhar recaiu na pequena aliança que ainda usava no dedo anular da mão esquerda. Foi um choque violento: cerrei os olhos e apertei uma mão contra a outra, tentando arrancar aquela argola de ouro, secretamente, para não vê-la de novo. Lembrei-me de que ela se abria e que em seu interior havia dois nomes gravados: *Mattia-Romilda*, e a data do nosso casamento. O que eu devia fazer com aquilo?

Abri os olhos e permaneci carrancudo por um tempo, contemplando-a na palma da mão.

Tudo ao meu redor tinha escurecido.

Aqui estava um resto da corrente que me amarrava ao passado! Anel pequeno, leve por si mesmo, no entanto tão pesado! Mas a corrente já estava quebrada, portanto que se partisse também aquele último elo!

Já estava a ponto de jogá-lo pela janela, mas me contive. Favorecido tão excepcionalmente pelo acaso, já não podia confiar nele; tinha de acreditar que tudo era possível, até mesmo isto: que uma pequena aliança jogada em campo aberto, encontrada sem querer por um camponês, passando de mão em mão, com aqueles dois nomes gravados internamente e a data, traria à tona a verdade: que o homem afogado na Stìa não era o bibliotecário Mattia Pascal.

"Não, não", pensei, "num lugar mais seguro... Mas onde?"

O trem, naquele momento, parou em outra estação. Olhei para fora e imediatamente me surgiu um pensamento, cuja execução, de início, me pareceu imprópria. Digo isso para que me sirva de desculpa junto àqueles que amam os belos gestos, pessoas pouco reflexivas, que gostam de esquecer que a humanidade também é tomada por certas necessidades, às quais infelizmente devem obedecer até aqueles que estão tomados por dores

O FALECIDO MATTIA PASCAL

profundas. César, Napoleão e, por mais indigno que pareça, até a mulher mais linda... Basta. De um lado estava escrito *Cavalheiros* e do outro *Damas*; e ali sepultei minha aliança de casamento.

Depois, nem tanto para me distrair quanto para tentar dar uma certa consistência àquela nova vida construída no vazio, comecei a pensar em Adriano Meis, imaginando seu passado, perguntando-me quem tinha sido meu pai, onde nasci etc. – cuidadosamente me esforçando para ver e gravar tudo nos mínimos detalhes.

Eu era filho único: acreditava que não havia nada a discutir quanto a isso.

"Mais único que eu... Mas não! Sabe-se lá quantos são como eu, na mesma condição, meus irmãos. É só deixar o chapéu e o paletó, com uma carta no bolso, no parapeito de uma ponte, num rio; e então, em vez de se jogar, ir embora tranquilamente, para a América ou para outro lugar. Um cadáver irreconhecível é pescado depois de alguns dias: deve ser o da carta deixada no parapeito da ponte. E não se fala mais nisso! É verdade que não demonstrei minha vontade: nem carta, nem paletó, nem chapéu... Mas também sou como eles, e mais ainda: posso desfrutar da minha liberdade sem remorso. Quiseram me presentear com essa liberdade, então..."

Então, seria filho único. Nascido... – seria prudente não especificar nenhum local de nascimento. Mas como? Não se pode nascer nas nuvens, tendo como parteira a lua, embora na biblioteca eu tenha lido que os antigos, dentre muitas outras profissões, atribuíam também esta à lua, e as mulheres grávidas a chamavam para ajudar, com o nome de Lucina.

Nas nuvens, não; mas num navio, por exemplo, pode-se nascer. Ótimo! Nascido em viagem. Meus pais estavam viajando... para me fazer nascer num navio. Ora, ora, sério mesmo?! Uma razão plausível para fazer viajar uma mulher grávida, prestes a dar à luz... Talvez meus pais tivessem ido para a América... Por que não? Tanta gente vai... Até Mattia Pascal, pobrezinho, queria ir para lá. E então as 82 mil liras, será que meu pai as ganhou lá na América? Ah, não! Com 82 mil liras no bolso, ele teria esperado que a esposa trouxesse seu filho ao mundo confortavelmente, em terra firme. E depois, convenhamos! Um imigrante não ganha tão fácil 82 mil liras na América. Meu pai... – a propósito, como se chamava? Paolo. Sim, Paolo Meis. Meu pai, Paolo Meis, havia se iludido, como tantos outros. Batalhara por três ou quatro anos; depois, desanimado, escrevera de Buenos Aires uma carta ao vovô...

Ah, um avô, um avô eu queria muito ter conhecido, um velhinho querido, a exemplo daquele que acabara de sair do trem, um estudioso da iconografia cristã.

Misteriosos caprichos da fantasia! Por qual necessidade inexplicável e de onde eu imaginara naquele momento meu pai, Paolo Meis, como um irresponsável? Sim, isso mesmo, ele havia dado ao pai tantas tristezas: casara-se contra sua vontade e fugira para a América. Talvez ele também dissesse que Cristo era muito feio. E lá na América Cristo realmente deve ter lhe parecido muito feio e desdenhoso, se com a esposa ali, quase dando à luz, viera embora assim que recebera o socorro do vovô.

Mas por que eu deveria ter nascido durante uma viagem? Não teria sido melhor nascer na América, na Argentina, alguns meses antes de meus pais voltarem para casa? Claro! Na verdade, meu avô se enternecera pelo neto inocente; por minha causa, só por minha causa ele perdoara o filho. Então eu, bebezinho, cruzei o oceano, e talvez na terceira classe, e durante a viagem peguei uma bronquite e só não morri por milagre. Muito bem!, meu avô sempre me dizia. No entanto, não precisei me lamentar, como se faz comumente, por não ter morrido com poucos meses. Não: porque, afinal, que reveses eu tinha sofrido na vida? Apenas um, para dizer a verdade: o da morte do meu pobre avô, com quem cresci. Meu pai, Paolo Meis, irresponsável e contrário a qualquer freio, fugiu de novo para os Estados Unidos depois de alguns meses, deixando a mulher e o filho com o avô; e lá morreu de febre amarela. Aos três anos, também fiquei órfão de mãe e, portanto, sem lembranças dos meus pais; tinha apenas essas poucas informações a respeito deles. Porém, havia mais! Eu nem sabia exatamente onde tinha nascido. Na Argentina, é certo! Mas onde? Vovô

O FALECIDO MATTIA PASCAL 103

não sabia, porque meu pai nunca lhe contara ou porque ele havia esquecido, e eu, é claro, não me lembrava.

Em resumo:

a) filho único de Paolo Meis; – b) nascido na América, na Argentina, sem qualquer outra informação; – c) vindo para a Itália quando tinha poucos meses (bronquite); – d) sem lembranças e quase sem informações dos pais; – e) criado pelo avô.

Onde? Um pouco ali, um pouco aqui. Primeiro em Nice. Lembranças confusas: Piazza Massena, a Promenade, Avenue de la Gare... Depois, em Turim.

Estava indo para Turim agora, com vários propósitos: escolher uma rua e uma casa onde meu avô me deixara até a idade de dez anos confiado aos cuidados de uma família, que eu imaginaria quando chegasse à cidade, para que tivessem todas as características do lugar; também me propunha a viver, ou melhor, a prosseguir imaginando ali, na realidade, a vida do menino Adriano Meis.

Essa busca, essa construção fantástica de uma vida não realmente vivida, mas coletada aos poucos nos outros e nos lugares, e feita e sentida como se fosse minha, me proporcionou uma estranha e nova alegria, embora acompanhada de uma certa tristeza, nos primeiros tempos da minha vida errante. Aquilo se tornou uma ocupação para mim. Vivia não apenas no presente, mas também pelo meu passado, ou seja, pelos anos que Adriano Meis não havia vivido.

Nada ou muito pouco sobrou do que eu havia fantasiado no início. É verdade que não se inventa nada que não tenha uma base, mais ou menos profunda, na realidade; até mesmo as coisas mais estranhas podem ser verdadeiras; de fato, nenhuma fantasia chega a conceber certas loucuras, certas aventuras inverossímeis que se desencadeiam e desabrocham do tumultuoso seio da vida; mas também, como e quanto a realidade viva e vibrante parece diferente das invenções que podemos extrair dela! De quantas coisas substanciais, minuciosas e inimagináveis nossa invenção necessita para se tornar novamente aquela mesma realidade da qual foi tirada, de quantos fios que a prendem ao complicado emaranhado da vida, fios que cortamos para torná-la independente!

E o que eu era, se não um homem inventado? Uma invenção ambulante que queria e, afinal de contas, tinha de se sustentar forçosamente por si mesma, embora baseada na realidade. Assistindo à vida dos outros e observando-a minuciosamente, via seus laços infinitos e, ao mesmo tempo, via meus muitos fios cortados. Será que eu poderia então reatar esses fios à realidade? Quem sabe para onde eles me arrastariam; talvez se tornassem, de súbito, rédeas de cavalos desabalados, que levariam ao precipício a pobre biga da minha invenção necessária. Não. Eu tinha de reatar esses fios apenas com a imaginação.

E eu seguia os meninos de cinco, de dez anos pelas ruas e jardins, e estudava seus movimentos, suas brincadeiras, e captava suas expressões, para compor pouco a pouco a infância de Adriano Meis. E consegui compô-la tão bem que no fim ela adquiriu uma consistência quase real na minha mente.

Não queria imaginar uma nova mãe. Teria parecido uma profanação da memória, viva e dolorosa, da minha mãe verdadeira. Mas um avô, sim, o avô da minha fantasia inicial, eu quis criar.

Oh, de quantos vovozinhos reais, de quantos velhinhos seguidos e estudados um pouco em Turim, um pouco em Milão, um pouco em Veneza, um pouco em Florença, meu avô foi composto! Tirava de um a tabaqueira de marfim e o lenço xadrez vermelho e preto, de outro a bengalinha, de um terceiro os óculos e a grande barba, de um quarto o modo de andar e assoar o nariz, de um quinto a maneira de falar e rir; e de todos esses surgiu um velhinho magro e um pouco excêntrico, amante das artes, um vovozinho audacioso, que não quis que eu seguisse um curso regular de estudos, preferindo me instruir com sua conversa animada e levando-me com ele, de cidade em cidade, aos museus e galerias.

Visitando Milão, Pádua, Veneza, Ravena, Florença, Perugia, ele sempre esteve comigo, como uma sombra, aquele meu vovozinho imaginário, que mais de uma vez falou comigo pela boca de um velho guia.

O FALECIDO MATTIA PASCAL

Mas eu queria viver também para mim mesmo, no presente. De tempos em tempos, assaltava-me a ideia da minha liberdade sem limites e única, e eu sentia uma felicidade súbita, tão intensa que eu quase me perdia num êxtase feliz; sentia essa felicidade preencher-me o peito com uma respiração muito longa e ampla, que animava todo o meu espírito. Só! Só! Só! Dono de mim! Sem ter de dar explicações de nada a ninguém! Eu podia ir aonde eu quisesse: Veneza? Para Veneza! Florença? Para Florença! E minha felicidade me seguia por toda parte. Ah, lembro-me de um pôr do sol em Turim, nos primeiros meses daquela nova vida, no rio Pó, perto da ponte em que uma barragem retém o ímpeto das águas que por ali passam com fúria: o ar tinha uma transparência maravilhosa; todas as coisas na sombra pareciam esmaltadas naquela limpidez; e eu, olhando, me senti tão embriagado pela minha liberdade que quase temia enlouquecer, temia não conseguir resistir por muito tempo.

Eu já havia efetuado minha transformação externa dos pés à cabeça: todo barbeado, com um par de óculos azul-claros e os cabelos compridos artisticamente desalinhados: parecia outra pessoa! Às vezes parava para conversar comigo mesmo na frente de um espelho e me acabava de rir.

"Adriano Meis! Que homem feliz! Pena que precisa ter esse estilo tão estranho... Mas o que importa? Tudo bem! Se não fosse pelo olho *dele*, daquele imbecil, até que você não seria, afinal de contas, tão feio, na extravagância levemente ousada da sua figura. Causa um pouco de riso às mulheres, é verdade. Mas a culpa, no fundo, não é sua. Se o outro não tivesse usado o cabelo tão curto, você não seria obrigado a usá-lo longos: e certamente não é pela sua vontade, eu sei, que agora anda sem barba como um padre. Paciência! Se as mulheres rirem... ria você também: é o melhor que pode fazer."

Eu vivia, por outro lado, comigo e para mim, quase exclusivamente. Trocava algumas palavras com os hoteleiros, com os garçons, com os vizinhos de mesa, mas nunca desejando manter conversas sérias. De fato, pela reserva que eu demonstrava, percebi que não pegara gosto em mentir. Além disso, os outros também mostravam pouca vontade de falar comigo: talvez por causa da minha aparência, eles me tomavam por estrangeiro. Lembro-me de que, ao visitar Veneza, não tive como tirar da cabeça de um velho gondoleiro que eu era alemão, austríaco. Tinha nascido, sim, na Argentina, mas de pais italianos. Minha verdadeira "estrangeirice", digamos assim, era outra e apenas eu a conhecia: eu não era mais nada; não tinha nenhum registro civil, exceto o de Miragno, mas este me dava como morto, com outro nome.

Eu não me preocupava com isso; no entanto, por austríaco não, por austríaco eu não queria passar. Eu nunca tivera a oportunidade de parar para pensar na palavra "pátria". Antes, eu tinha outras coisas em que pensar! Agora, na ociosidade, comecei a adquirir o hábito de refletir sobre tantas coisas que nunca pensei que pudessem me interessar. Na verdade, começava a pensar sem querer, e muitas vezes dava de ombros, aborrecido. Mas eu também precisava de algo para fazer quando me sentia cansado de andar, de ver. Para evitar reflexões irritantes e inúteis, algumas vezes começava a preencher folhas inteiras de papel com minha nova assinatura, tentando escrever com outra grafia, segurando a caneta de maneira diferente da que fazia antes. A certa altura, porém, rasgava o papel e jogava a caneta longe. Eu também podia muito bem ser analfabeto! Para quem eu precisava escrever? Eu nunca recebia, nem poderia mais, receber cartas de ninguém.

Esse pensamento, como tantos outros, me fazia mergulhar no passado. Revia então a casa, a biblioteca, as ruas de Miragno, a praia; e me perguntava: "Será que Romilda ainda está de luto? Talvez sim, para os olhos do mundo. O que será que ela está fazendo?". E a imaginava, como tantas e tantas vezes que a vira pela casa; e também imaginava a viúva Pescatore, que certamente amaldiçoava minha memória.

"As duas", pensava, "nunca devem ter ido visitar o pobre homem do cemitério, que também morreu de modo tão bárbaro. Onde será que elas me enterraram? Talvez tia Scolastica não tenha querido gastar comigo o tanto que ela gastou com minha mãe; Roberto, muito menos; Deve ter dito: 'Quem o mandou

O FALECIDO MATTIA PASCAL

fazer isso? Ele poderia finalmente viver com duas liras por dia, como bibliotecário'. Devo estar enterrado como um cachorro, no cemitério dos pobres... Vamos, vamos, não pensemos nisso! Sinto muito pelo pobre homem, que talvez tivesse parentes mais humanos que os meus, que o teriam tratado melhor. Mas enfim, até mesmo com ele, quem se importa agora? Não se pensa mais nisso!"

Continuei a viajar por algum tempo. Queria sair da Itália; visitei as belas comarcas do Reno, até Colônia, seguindo o curso do rio a bordo de um navio a vapor. Parei nas principais cidades: Mannheim, Worms, Mainz, Bingen, Koblenz... Queria ir mais ao norte de Colônia, sair da Alemanha, pelo menos ir até a Noruega; mas depois pensei que tinha de impor um certo freio à minha liberdade. O dinheiro que eu tinha precisava me servir durante toda a vida, e não era tanto assim. Talvez eu vivesse ainda uns trinta anos; portanto, como um fora da lei, sem qualquer documento em mãos que ao menos comprovasse minha existência real, era impossível obter algum emprego; se eu não quisesse me reduzir à miséria, tinha de aprender a viver com pouco. Feitas as contas, eu não podia gastar mais de duzentas liras por mês: era pouco, mas durante dois anos eu já tinha vivido com muito menos, e não apenas para mim. Portanto, eu me adaptaria.

No fundo, eu já estava um pouco cansado de estar sempre vagando sozinho e calado. Instintivamente começava a sentir necessidade de alguma companhia. Percebi isso num dia triste de novembro, em Milão, quando havia acabado de voltar de minha viagem à Alemanha.

Estava frio e à noite com certeza iria chover. Sob um lampião, vi um velho vendedor de fósforos, cuja caixa, que ele segurava à sua frente com uma alça a tiracolo, o impedia de ficar bem envolvido por uma capa gasta que levava nos ombros. Pendia-lhe dos punhos apertados no queixo um cordãozinho, que ia até seus pés. Abaixei-me para olhar e descobri, entre seus sapatos esfarrapados, um cachorrinho minúsculo, de poucos dias de idade, que tremia todo de frio e não parava de gemer, aconchegado ali. Pobre animalzinho! Perguntei ao velho se estava à venda. Ele respondeu que sim, por pouco valor, embora valesse muito: ah, aquele pequeno animal se tornaria um lindo e grande cachorro.

– Vinte e cinco liras...

O pobre cachorrinho continuou a tremer, sem se orgulhar da avaliação: com certeza sabia que o dono, ao dar-lhe esse preço, não estimava de maneira alguma seus futuros méritos, mas a imbecilidade que pensara ter lido no meu rosto.

Contudo, pensei que, se comprasse aquele cachorro, teria à minha disposição um amigo fiel e discreto, o qual, para me amar e estimar, nunca perguntaria quem eu realmente era, de onde vinha e se meus documentos estavam em ordem; mas também teria de pagar um imposto: eu, que não os pagava mais! Parecia-me um primeiro comprometimento da minha liberdade, uma leve afronta que estava prestes a lhe fazer.

– Vinte e cinco liras? Passar bem! – disse ao velho vendedor.

Enterrei o chapéu até os olhos e, sob a fina garoa que o céu já começava a enviar, me afastei, porém considerando, pela primeira vez, que minha liberdade ilimitada sem dúvida era muito boa, mas também um pouquinho tirana, pois não me permitia nem ao menos comprar um cachorrinho.

IX. UM POUCO DE NEBLINA

SE O PRIMEIRO INVERNO HAVIA SIDO RIGOROSO, chuvoso, com neve, eu mal notara, por causa do divertimento das viagens e da embriaguez da nova liberdade. Agora o segundo me surpreendia um pouco cansado, como eu disse, de vagar por aí e decidido a me impor um freio. E eu percebia que... sim, havia um pouco de neblina, sim; e fazia frio. Percebia que, por mais que meu espírito se opusesse a ser influenciado pelas mudanças climáticas, ele sofria suas consequências.

"Mas será", eu me repreendia, "que deveria não mais haver nuvens para que você possa aproveitar sua liberdade em paz?!"

Eu me divertira, indo para cima e para baixo: Adriano Meis tivera sua juventude despreocupada naquele ano; agora era necessário que se tornasse um homem, que se recolhesse em si mesmo, que formasse hábitos de vida calmos e modestos. Oh, aquilo seria fácil, livre como eu era e sem obrigação nenhuma!

Era o que eu achava, e comecei a pensar em que cidade seria conveniente me estabelecer, pois eu não podia mais permanecer como um pássaro sem ninho, se realmente quisesse ter uma existência regular. Mas onde? Numa cidade grande ou pequena? Não conseguia me resolver.

Fechava os olhos e, em pensamento, voava para as cidades que já havia visitado; de uma para outra, demorando-me em cada uma até ver precisamente aquela rua, aquela praça, enfim, aquele lugar do qual eu mantinha a memória mais vívida; e dizia: "Aqui eu já estive! Mas quanta vida foge ao meu conhecimento e, no entanto, continua a fervilhar aqui e ali de várias formas!" E ainda, em quantos lugares eu disse: "Aqui eu gostaria de ter uma casa! Como eu ficaria feliz em morar aqui!". E invejava os habitantes que, tranquilamente, com seus hábitos e ocupações de costume, podiam morar ali, sem conhecer aquela dolorosa sensação de incerteza que mantém suspensa a alma do viajante.

Essa dolorosa sensação de incerteza ainda me dominava e não me fazia amar a cama em que eu dormia, os vários objetos ao meu redor.

Cada objeto, em nós, geralmente se transforma de acordo com as imagens que evoca e agrupa, por assim dizer, em torno de si. Certamente, um objeto também pode agradar por si mesmo, por causa da diversidade de sensações aprazíveis que nos desperta numa percepção harmoniosa; mas com muito mais frequência o prazer que um objeto nos dá não é encontrado no objeto em si mesmo. A fantasia o embeleza, envolvendo-o e quase iluminando-o de imagens caras. Nem o percebemos mais como ele realmente é, e sim como que animado pelas imagens que suscita em nós ou que nossos hábitos associam a ele. Em suma, no objeto amamos o que colocamos de nós mesmos, o acordo, a harmonia que estabelecemos entre ele e nós, a alma que ele adquire apenas para nós e que é formada por nossas memórias.

Então, como tudo isso podia acontecer comigo num quarto de hotel?

Mas será que eu podia ter uma casa, minha casa, toda minha? Tinha pouco dinheiro... Mas uma casinha modesta, de poucos cômodos? Calma: antes era necessário pensar, considerar bem muitas coisas. É claro que livre, totalmente livre, eu só poderia ser assim, com minha mala na mão: aqui hoje, amanhã acolá. Se me estabelecesse em algum lugar, dono de uma casa, então: registros e impostos no mesmo instante! E não teria de me registrar em cartório? Mas com certeza! E como? Com um nome falso? E daí, quem sabe, talvez a polícia fizesse investigações secretas a meu respeito... Em suma, confusões e inconvenientes!... Não, vamos

O FALECIDO MATTIA PASCAL

lá: eu sabia que nunca mais poderia ter uma casa minha, objetos que me pertencessem. Mas eu podia me hospedar com alguma família, num quarto mobiliado. Devia me afligir por tão pouco? O inverno, o inverno me inspirava essas reflexões melancólicas. A iminente festa de Natal que faz desejar o calor de um cantinho querido, o recolhimento, a intimidade do lar.

Eu certamente não devia me lamentar por minha casa. A outra, mais antiga, a casa paterna, a única de que eu podia me lembrar com tristeza, já fora destruída havia muito tempo, e não por causa da minha nova situação. Então eu tinha de me contentar, pensando que realmente não estaria mais feliz se tivesse passado aquelas festividades de Natal em Miragno, com minha esposa e minha sogra (que horror!).

No entanto, para rir, para me distrair, eu me imaginava com um belo panetone debaixo do braço, na frente da porta da minha casa.

"Posso entrar? Ainda moram aqui as sras. Romilda Pescatore, viúva Pascal, e Marianna Dondi, viúva Pescatore?"

"Sim, senhor. Mas quem deseja vê-las?"

"Eu seria o falecido marido da sra. Pascal, aquele pobre senhor que morreu no ano passado, afogado. Estou vindo por um breve instante do outro mundo para passar as festas em família, com a permissão dos meus superiores. Depois disso vou embora de novo."

Revendo-me assim, tão de repente, a viúva Pescatore morreria de medo? Mas que nada! Ela? Até parece! Ele teria me matado de novo depois de dois dias.

Minha sorte – eu tinha de me convencer disso –, minha sorte consistia precisamente nisto: em ter me livrado de minha esposa, de minha sogra, das dívidas, das aflições humilhantes de minha primeira vida. Agora eu estava completamente livre. Não me bastava? Caramba, eu ainda tinha uma vida inteira pela frente. Por enquanto... quem sabe quantos outros estavam sozinhos como eu!

"Sim, mas estes", me levava a refletir o mau tempo, aquela maldita neblina, "ou são estrangeiros e têm casa em outro local, à qual podem regressar algum dia, ou, se não tiverem casa, como você, podem tê-la amanhã, e enquanto isso podem se hospedar com algum amigo. Você, ao contrário, se quer mesmo saber, você sempre e em todo lugar será um forasteiro: eis a diferença. Forasteiro da vida, Adriano Meis."

Dava de ombros, aborrecido, exclamando: "Tudo bem! Menos empecilhos. Não tenho amigos? Posso tê-los mais tarde..."

No restaurante que eu frequentava naqueles dias, um senhor, meu vizinho de mesa, se mostrara inclinado a fazer amizade comigo. Devia ter uns 40 anos: um pouco calvo, moreno, com óculos de ouro, que não se assentavam bem no nariz, talvez devido ao peso da corrente de ouro. Ah, um homenzinho tão simpático! Imaginem que, quando se levantava da cadeira e punha o chapéu na cabeça, de repente parecia outro: parecia um jovenzinho. O problema estava nas pernas, tão pequenas que nem chegavam ao chão quando estava sentado: ele não se levantava propriamente da cadeira; ele descia dela. Tentava remediar esse defeito usando saltos altos. O que há de errado nisso? Os saltos faziam muito barulho, mas tornavam seus passinhos de perdiz graciosamente imperiosos.

Ele era muito inteligente, sagaz – talvez um pouquinho extravagante e volúvel –, mas tinha seu próprio ponto de vista, original; além do mais, era um *cavaliere*.

Ele me dera seu cartão: *"Cavaliere Tito Lenzi"*.

Esse cartão de visitas por pouco não foi um motivo de infelicidade para mim, por causa da má figura que eu achava ter feito, já que não podia dar o meu a ele. Eu ainda não tinha cartões de visita: sentia um certo escrúpulo de imprimi-los com meu novo nome. Que besteira! Ninguém pode viver sem cartões de visita? Você fala seu nome, e pronto.

Então fiz isso; mas, para dizer a verdade, dei meu nome verdadeiro... basta!

Como o *cavaliere* Tito Lenzi sabia falar! Sabia até latim; citava Cícero como ninguém.

– Consciência? Mas a consciência de nada serve, meu caro senhor! A consciência, como guia, é insuficiente. Talvez bastasse, mas se fosse castelo e não praça, por assim dizer; se

O FALECIDO MATTIA PASCAL

113

conseguíssemos nos conceber isoladamente, e a consciência não estivesse, por natureza, aberta aos outros. Na consciência, em suma, acho que existe uma relação essencial... com certeza essencial, entre mim, que penso, e os outros seres que são pensados por mim. E, portanto, não há ninguém que se baste por si mesmo, o senhor me entende? Quando os sentimentos, as inclinações, os gostos desses outros que são pensados por mim ou que o senhor pensa não se refletem em mim ou no senhor, não podemos estar nem saciados, nem tranquilos, nem felizes; tanto isso é verdade que todos nós lutamos para que nossos sentimentos, nossos pensamentos, nossas inclinações, nossos gostos se reflitam na consciência dos outros. E se isso não acontece, porque... por assim dizer, o ar do momento não se presta a transportar e fazer florescer as sementes, meu caro senhor ... as sementes da sua ideia na mente dos outros, o senhor não pode dizer que sua consciência é suficiente. É suficiente para quê? É suficiente para que o senhor viva sozinho? Para que se dissipe nas sombras? Ora, bolas! Ouça: odeio a retórica, uma velha fanfarrona mentirosa, uma coruja de óculos. A retórica, com certeza, moldou esta bela frase com o peito estufado: "Eu tenho minha consciência e isso me basta". Ah, vá! Cícero já dizia: *Mea mihi consciencia pluris est quam hominum sermo.*[27] Mas Cícero, digamos a verdade: muito eloquente, porém... Deus nos livre e guarde, meu caro senhor! Mais chato que um violinista amador!

Eu teria dado um beijo nele. Porém, esse meu caro homenzinho não queria ficar apenas nos discursos espirituosos e presunçosos, dos quais dei aqui uma amostra; começou a me fazer confidências; e então eu, que achava que nossa amizade estava indo bem, de repente senti certo constrangimento, senti dentro de mim quase uma força que me obrigava a me afastar, a me retrair. Enquanto ele falou e a conversa girou em torno de assuntos vagos, tudo correu bem; mas agora o *cavaliere* Tito Lenzi queria que eu falasse.

– O senhor não é de Milão, é?

– Não...

---

27 "Mais me vale minha consciência que a opinião dos homens." [N. T.]

– Está aqui de passagem?

– Sim...

– Milão é uma bela cidade, não é?

– Linda, sim...

Eu parecia um papagaio amestrado. E quanto mais suas perguntas me encurralavam, mais eu me afastava com minhas respostas. E logo cheguei à América. Mas quando o homenzinho soube que eu tinha nascido na Argentina, pulou da cadeira e veio apertar minha mão calorosamente:

– Eu o felicito, meu caro senhor! Eu o invejo! Ah, a América... Já estive lá.

Ele esteve lá? Ah, não!

– Nesse caso – apressei-me a dizer-lhe –, sou eu que devo felicitar o senhor, porque quase posso dizer que não estive na América, embora tenha nascido lá; vim embora quando tinha poucos meses; portanto, meus pés realmente não tocaram o solo americano!

– Que pena! – o *cavaliere* Tito Lenzi exclamou com pesar. – Mas o senhor deve ter parentes lá, imagino!

– Não, ninguém...

– Ah, então o senhor veio para a Itália com toda a família e se estabeleceu aqui? Onde foi morar?

Dei de ombros:

– Ah! – suspirei, aflito. – Um pouco aqui, um pouco ali... não tenho família e... e ando por aí.

– Que prazer! Sorte sua! Anda por aí... Não tem mesmo ninguém?

– Ninguém...

– Que felicidade! Que sortudo! Eu o invejo!

– Então o senhor tem família? – perguntei-lhe por minha vez, para desviar a atenção da minha pessoa.

– Não, infelizmente! – suspirou então, franzindo a testa. – Sou sozinho e sempre fui sozinho!

– Então o senhor é igual a mim!

– Mas estou entediado, meu caro senhor! Aborrecido! – exclamou o homenzinho. – Para mim, a solidão... ah sim, enfim, cansei. Tenho muitos amigos; mas acredite, não é nada bom, em certa idade, ir para casa e não encontrar ninguém. Bah! Existem

O FALECIDO MATTIA PASCAL

aqueles que percebem isso e aqueles que não percebem, meu caro senhor. Quem o percebe fica muito pior, porque no final se encontra sem energia e sem vontade. Aquele que percebe, de fato, diz: "Não devo fazer isso, não devo fazer aquilo para evitar fazer essa ou aquela estupidez". Tudo bem! Mas a certa altura ele vê que a vida é uma completa estupidez, e então me diga o que significa não ter feito nada: significa no mínimo não ter vivido, meu caro senhor.

– Mas – tentei consolá-lo – ainda há tempo, felizmente...

– De fazer alguma estupidez? Mas eu já fiz tantas, acredite! – respondeu ele com um gesto e um sorriso fugaz. – Viajei, andei por aí como o senhor e... aventuras, aventuras... muitas delas curiosas e picantes... sim, claro, já me aconteceu. Olhe, por exemplo, em Viena, uma noite...

Meu queixo caiu. Como?! Aventuras amorosas, ele? Três, quatro, cinco na Áustria, na França, na Itália... até mesmo na Rússia! E que aventuras! Uma mais ousada que a outra... Para dar um exemplo, eis um diálogo entre ele e uma mulher casada:

ele:

– Bom, quando se pensa nisso, eu sei, querida senhora... Trair o marido, meu Deus! Lealdade, honestidade, dignidade... três palavras grandes e sagradas, com muita ênfase no *dade*. E também: a honra! Outra palavra enorme... Mas, na prática, creia-me, é diferente, querida senhora: algo momentâneo! Pergunte às suas amigas que já se aventuraram nisso.

a mulher casada:

– Sim; e todas elas tiveram uma grande desilusão!

ele:

– Mas olhe, é compreensível! Porque impedidas, retidas por aquelas palavras sagradas, elas levaram um ano, seis meses, muito tempo para se decidir. E a desilusão surge precisamente a partir da desproporção entre a importância do fato e o tempo que se dedica a pensar nele. Devemos resolver isso imediatamente, querida senhora! Eu penso, eu faço. É tão simples!

Bastava olhar para ele, bastava considerar sua pessoinha pequena e ridícula, para perceber que ele estava mentindo, sem necessidade de outras provas.

Depois do espanto, senti-me profundamente embaraçado por ele, que não percebia o efeito miserável que aquelas lorotas produziam, é claro, e também por mim, que o via mentir com tanta desenvoltura e gosto, ele que não tinha nenhuma necessidade daquilo; enquanto eu, que não podia deixar de mentir, achava difícil e sofria, sentindo minha alma se contorcer pela mentira. Constrangimento e raiva. Sentia vontade de pegá-lo pelo braço e gritar: "Desculpe-me, *cavaliere*, mas por quê? Por quê?"

Se, no entanto, o desânimo e a raiva eram razoáveis e naturais em mim, percebi, refletindo bem, que essa pergunta seria no mínimo estúpida. Na verdade, se o caro homenzinho se esforçava tanto para que eu acreditasse naquelas aventuras, a razão era precisamente que ele não precisava mentir; enquanto eu... era forçado pela necessidade. O que para ele poderia ser uma piada e quase o exercício de um direito, era para mim, ao contrário, uma obrigação desagradável, uma condenação.

E o que eu concluía dessa reflexão? Infelizmente que eu, condenado inevitavelmente a mentir em virtude da minha condição, nunca poderia ter um amigo, um verdadeiro amigo de novo. E, portanto, nem casa nem amigos... Amizade significa confiança; e como eu poderia ter confiado a alguém o segredo daquela minha vida sem nome e sem passado, nascida como um fungo do suicídio de Mattia Pascal? Eu só poderia ter relacionamentos superficiais, permitir-me com meus colegas apenas uma breve troca de palavras estranhas.

Bem, eram os inconvenientes do meu destino. Paciência! Ia perder o ânimo por isso?

"Vou viver comigo e para mim, como vivi até agora!"

Mas, para dizer a verdade, temia que eu não me contentasse ou satisfizesse apenas com minha própria companhia. E então, tocando meu rosto e sentindo-o sem barba, passando a mão pelos meus longos cabelos ou arrumando os óculos no nariz, era tomado por uma estranha sensação: quase me parecia que eu não era mais eu, que eu não estava tocando em mim mesmo.

Sejamos justos, eu me disfarçara daquele jeito para os outros, não para mim. Eu deveria ficar, quando estivesse sozinho, tão mascarado? E se tudo o que eu fingira e imaginara de Adriano Meis não devia servir aos outros, para quem tinha de servir? Para mim? Mas eu, quando muito, poderia acreditar naquilo apenas se os outros acreditassem.

Ora, se esse Adriano Meis não tinha coragem de mentir, de se atirar com vontade na vida, e ia e vinha para o hotel, cansado de se ver sozinho, naqueles tristes dias de inverno, nas ruas de Milão, e se fechava na companhia do falecido Mattia Pascal, eu suspeitava que minha vida começaria a andar mal; que, em suma, não me aconteceria nada de divertido e que minha boa sorte, então...

Mas a verdade talvez fosse esta: por causa da minha liberdade ilimitada, era difícil para mim começar a viver de outra forma. No momento de tomar uma decisão, sentia-me como se estivesse preso, parecia ver muitos impedimentos, sombras e obstáculos.

E eis que eu me lançava de novo pelas ruas, observava tudo, parava por qualquer bobagem, refletia longamente sobre as mínimas coisas; cansado, parava num café, lia um jornal, olhava para as pessoas que entravam e saíam; no final, saía também. Mas a vida, considerada assim, com os olhos de um espectador forasteiro, parecia-me agora sem qualquer peso ou propósito; sentia-me perdido naquela agitação. E enquanto isso, o barulho, o alvoroço contínuo da cidade me atordoava.

"Oh, por que os homens", perguntava a mim mesmo, inquieto, "se esforçam para tornar o mecanismo da sua vida cada vez mais complicado? Por que todo esse estupor de máquinas? E o que o homem fará quando as máquinas fizerem tudo? Será que ele então perceberá que o chamado progresso não tem nada a ver com felicidade? De todas as invenções com as quais a ciência acredita honestamente enriquecer a humanidade (e acaba empobrecendo-a, pois são tão caras), que alegria sentimos depois de tudo, mesmo quando as admiramos?"

No dia anterior, eu havia encontrado num bonde elétrico um pobre homem, daqueles que não conseguem deixar de dizer aos outros tudo o que lhes passa pela cabeça.

– Que bela invenção! – disse-me ele. – Com dois centavos, em poucos minutos, ando por meia Milão.

Aquele pobre homem via apenas os dois centavos da corrida, e não percebia que seu mísero salário se esvaía, não sendo suficiente para que ele vivesse embriagado por aquela vida ruidosa, com o bonde elétrico, com luz elétrica etc. etc.

No entanto, a ciência, pensava eu, tem a ilusão de tornar a existência mais fácil e mais confortável! Mas, mesmo admitindo que ela a torne realmente mais fácil, com todas as suas máquinas tão difíceis e complicadas, pergunto eu: "E há pior serviço, para aqueles que estão condenados a uma luta inútil, do que torná-la fácil e quase mecânica?".

Voltava para o hotel.

Ali, num corredor, pendurada no vão de uma janela, havia uma gaiola com um canário. Não podendo conversar com os outros e sem saber o que fazer, eu começava a falar com ele, com o pássaro: imitava seu pios com meus lábios, e ele realmente acreditava que alguém falava com ele e o escutava, e talvez colhesse naquele meu piado caras notícias de ninhos, de folhas, de liberdade... Ele se agitava na gaiola, se virava, pulava, olhava de lado, balançando a cabeça, depois me respondia, perguntava, escutava de novo. Pobre passarinho! Ele sim me comovia, embora eu não soubesse o que lhe dissera...

Pensando bem, será que algo similar não nos acontece? Também não acreditamos que a natureza fala conosco? E não parece que captamos um significado em suas vozes misteriosas, uma resposta, de acordo com nossos desejos, às perguntas inquietantes que lhe dirigimos? E no entanto a natureza, em sua infinita grandeza, talvez não tenha a mais ínfima consciência de nós e de nossa vã ilusão.

Vejam só o que uma piada motivada pela ociosidade faz com um homem condenado a ficar sozinho consigo mesmo! Eu chegava a ter vontade de bater em mim mesmo. Estava prestes a me tornar um grande filósofo?

Não, não, minha conduta não era lógica. Eu não podia continuar agindo assim. Tinha de vencer todas as barreiras, tomar uma decisão, de uma vez por todas.

Em suma, eu precisava viver, viver, viver.

X. PIA DE ÁGUA BENTA E CINZEIRO

ALGUNS DIAS DEPOIS CHEGUEI A ROMA, com a intenção de ali me estabelecer.

Por que em Roma e não em outro lugar? Hoje percebo o verdadeiro motivo, depois de tudo o que aconteceu comigo, mas não vou contar para não estragar minha história com reflexões que, a essa altura, seriam inadequadas. Então, escolhi Roma, em primeiro lugar porque gostava dela acima de todas as outras cidades, e depois porque me parecia mais adequada a hospedar com indiferença, dentre tantos forasteiros, um forasteiro como eu.

A escolha da casa, ou seja, de um quarto decente em alguma rua tranquila, com uma família discreta, me custou muito esforço. Finalmente a encontrei na via Ripetta, com vista para o rio. Para falar a verdade, a primeira impressão que tive da família que me hospedaria não foi muito agradável; tanto que, quando voltei para o hotel, fiquei pensando por muito tempo se não devia continuar procurando.

Na porta, no quarto andar, havia duas placas: paleari em uma, papiano na outra; embaixo delas, um cartão de visitas, pregado com duas tachinhas de cobre, no qual se lia: *Silvia Caporale*.

Um homem velho, beirando os 60 anos (Paleari? Papiano?), veio abrir a porta vestido com cuecas de algodão, com os pés enfiados num par de chinelos imundos, o peito nu, rosado e gordote, totalmente sem pelos, as mãos ensaboadas e com um formidável turbante de espuma na cabeça.

– Oh, desculpe-me! – exclamou ele. – Pensei que fosse a criada... Sinto muito que me encontre assim... Adriana! Terenzio! Venham aqui agora! Há aqui um senhor... Tenha um pouquinho de paciência; entre... O que o senhor deseja?

– É aqui que se aluga um quarto mobiliado?

– Sim, senhor. Aqui está minha filha: fale com ela. Vamos, Adriana, o quarto!

Apareceu, toda embaraçada, uma moça pequenina, loira, pálida, de olhos azuis, doces e melancólicos, como todo o rosto. Adriana, como eu! "Ah, veja isso!", pensei. "Nem se fosse combinado!"

– Mas onde está Terenzio? – perguntou o homem do turbante de espuma.

– Oh, meu Deus, papai, você sabe muito bem que ele está em Nápoles, desde ontem. Vá embora! Se você se olhasse no espelho... – respondeu a moça, mortificada, com uma vozinha afável que, apesar da ligeira irritação, expressava a suavidade do seu caráter.

Ele se retirou, repetindo: "Ah, sim! Ah, sim!", arrastando os chinelos e continuando a ensaboar a cabeça careca e também a barba grisalha.

Eu não pude deixar de sorrir, mas gentilmente, para não envergonhar ainda mais a filha. Ela semicerrou os olhos, como para não ver meu sorriso.

Pensei a princípio que ela fosse uma garotinha; então, olhando atentamente para o seu rosto, percebi que já era uma mulher e, portanto, talvez fosse obrigada a usar aquela roupa que a tornava um pouco desajeitada, pois não se ajustava ao seu corpo e às suas feições delicadas. Trajava meio-luto.

Falando baixinho e desviando o olhar de mim (quem sabe qual impressão lhe causei, a princípio!), ela me levou, por um corredor escuro, ao quarto que eu devia alugar. Quando a porta se abriu, senti meu peito se alargar sob o ar e a luz que entravam por duas grandes janelas que davam para o rio. Via-se ao fundo o monte Mario, a ponte Margherita e todo o novo bairro Prati até Castel Sant'Angelo; via-se dali a velha ponte de Ripetta e a nova,

O FALECIDO MATTIA PASCAL

que estava sendo construída ao lado; mais à frente a ponte Umberto e todas as casas antigas de Tordinona que seguiam a ampla curva do rio; na parte inferior, do outro lado, era possível ver as colinas verdes do Gianicolo, com a fonte de San Pietro in Montorio e a estátua equestre de Garibaldi.

Graças àquela vista extraordinária, aluguei o quarto, que por sinal era decorado com graciosa simplicidade, com uma tapeçaria clara, branca e azul-celeste.

– Este pequeno terraço ao lado – explicou-me a senhorita de roupão – também nos pertence, pelo menos por enquanto. Vão derrubá-lo, dizem, porque ele tem uma saliência.

– Tem... o quê?

– Uma saliência: não se diz assim? Mas levará algum tempo até que o Lungotevere esteja pronto.

Ao ouvi-la falar baixinho, com tanta seriedade, vestida daquela maneira, sorri e disse:

– Ah, sim?

Ela ficou ofendida. Baixou os olhos e comprimiu de leve o lábio entre os dentes. Para ser cortês, também lhe falei com seriedade:

– E desculpe-me, senhorita: não há meninos aqui, há?

Balançou a cabeça sem abrir a boca. Talvez na minha pergunta ele ainda sentisse um traço de ironia, que no entanto eu não queria demonstrar. Eu havia dito "meninos" e não "meninas". Apressei-me a me corrigir novamente.

– E... me diga, senhorita: não alugam outros quartos, não é?

– Esse é o melhor – respondeu ela sem olhar para mim. – Se não lhe agrada...

– Não, não... eu estava perguntando para saber se...

– Nós alugamos outro – disse ela então, levantando os olhos com um ar de indiferença forçada. – Do outro lado... dando para a rua. É ocupado por uma jovem que está conosco há dois anos: dá aulas de piano... mas não em casa.

Esboçou, assim dizendo, um sorriso ligeiro e melancólico. E acrescentou:

– Somos eu, meu pai e meu cunhado...

– Paleari?

– Não: Paleari é meu pai; meu cunhado se chama Terenzio Papiano. Mas ele deve ir embora, com o irmão que por enquanto também mora aqui conosco. Minha irmã morreu... há seis meses.

Para mudar de assunto, perguntei-lhe quanto deveria pagar; acertamos rápido o valor do aluguel; eu lhe perguntei se precisava deixar um depósito.

– Tanto faz – respondeu ela. – Se preferir deixar o nome...

Apalpei os bolsos do paletó, sorrindo nervosamente, e disse:

– Eu não tenho... Eu nem tenho cartão de visitas... Meu nome é Adriano, sim, realmente: escutei que a senhorita também se chama Adriana. Talvez isso a desagrade...

– Oh, não! Por quê? – disse ela, evidentemente percebendo meu curioso constrangimento e rindo, dessa vez, como uma verdadeira menina.

Eu também ri e acrescentei:

– E então, se a senhorita não se importa, meu nome é Adriano Meis: é isso! Posso me mudar hoje mesmo, à noite? Ou é melhor voltar amanhã...

Ela respondeu: "Como quiser", mas fui embora com a impressão de que teria lhe dado um grande prazer se não tivesse voltado. Eu tivera a ousadia de não dar a devida consideração àquele seu traje.

Mas pude verificar por mim mesmo, alguns dias depois, que a pobre garota era obrigada a usar aquela roupa, da qual ela talvez tivesse se livrado de muito boa vontade. Todo o peso da casa recaía nos seus ombros, e ai de nós se ela não estivesse lá!

O pai, Anselmo Paleari, o velho que me abrira a porta com um turbante de espuma na cabeça, também tinha o cérebro feito de espuma. No mesmo dia em que entrei na sua casa, ele se apresentou, nem tanto – disse ele – para se desculpar pela maneira indecente que me aparecera da primeira vez quanto pelo prazer de conhecer-me, pois eu parecia ser um estudioso ou artista, talvez:

– Estou errado?

– Está. Artista... nada disso! Estudioso... um pouco... gosto de ler um livro ou outro.

O FALECIDO MATTIA PASCAL

– Oh, o senhor tem alguns muito bons! – disse ele, olhando para as lombadas dos poucos que eu já colocara na prateleira da escrivaninha. – Depois, outro dia, vou lhe mostrar os meus, sim? Também tenho alguns ótimos! Sim!

Encolheu os ombros e ficou ali parado, absorto, com os olhos vagos, evidentemente sem se lembrar de mais nada, nem onde nem com quem estava; repetiu mais duas vezes: "Sim!... Sim!", com os cantos da boca contraídos, e deu-me as costas, indo embora sem se despedir.

Fiquei um pouco surpreso; mas então, quando ele me mostrou os livros em seu quarto como havia prometido, entendi não só essa pequena distração mental, mas também muitas outras coisas. Os livros traziam títulos do tipo: *La Mort et l'au-delà; L'homme et ses corps; Les sept principes de l'homme; Karma; La clef de la Théosophie; ABC de la Théosophie; La doctrine secrète; Le Plan Astral* etc. etc.

O sr. Anselmo Paleari era adepto da escola teosófica.

Ele havia sido afastado, antes do tempo, do seu posto de chefe de departamento de não sei qual ministério, e aquilo o arruinou, não apenas financeiramente, mas também porque, livre e dono do seu tempo, aprofundara-se em fantásticos estudos e meditações nebulosas, afastando-se cada vez mais da vida material. Pelo menos metade da sua pensão era destinada à compra desses livros. Ele já havia formado uma pequena biblioteca. A doutrina teosófica, no entanto, não devia satisfazê-lo por completo. Com certeza o bicho da crítica o atormentava, porque, além desses livros de teosofia, ele também possuía uma rica coleção de ensaios e estudos filosóficos antigos e modernos e livros de investigação científica. Nos últimos tempos, também se lançara a experiências espíritas.

Ele havia descoberto na srta. Silvia Caporale, professora de piano, sua inquilina, extraordinárias faculdades mediúnicas, ainda não muito desenvolvidas, para dizer a verdade, mas que sem dúvida iriam se desenvolver, com o tempo e com o exercício, até que se revelassem superiores àquelas de todos os médiuns mais célebres.

Eu, de minha parte, posso afirmar que nunca vi um rosto tão feio e vulgar, como uma máscara carnavalesca, e um par de olhos mais tristes que os da srta. Silvia Caporale. Eram muito negros, intensos, ovais, e davam a impressão de ter por dentro um contrapeso de chumbo, como os dos bonecos mecânicos. A srta. Silvia Caporale tinha mais de 40 anos e também um belo bigodinho, sob o nariz achatado sempre vermelho.

Soube depois que essa pobre mulher sofria de amor e bebia; tinha consciência de que era feia, já estava velha e, por desespero, bebia. Algumas noites voltava para casa num estado verdadeiramente deplorável: com o gorro, o nariz feito uma bolinha vermelha como um tomate e os olhos semicerrados, mais tristes que nunca.

Ela se jogava na cama, e de repente todo o vinho ingerido saía-lhe transformado numa torrente infinita de lágrimas. Cabia então à pobre mamãezinha vestida de meio-luto velá-la, confortá-la até tarde da noite: a srta. Adriana tinha pena dela, uma pena que vencia a repugnância: sabia que era sozinha no mundo e muito infeliz, tomada por aquela raiva que a fazia odiar a vida, contra a qual já havia atentado duas vezes; a srta. Adriana levava-a pouco a pouco a prometer que seria boazinha e nunca voltaria a fazer daquelas; mas no dia seguinte ela aparecia toda emperiquitada e se comportando como um macaco, transformada de repente numa criança ingênua e caprichosa.

As poucas liras que ganhava de vez em quando ensinando canções a alguma atriz estreante de café-concerto ela usava para beber ou se empetecar, e não pagava nem o aluguel do quarto nem o pouco que a família lhe dava de comer. Mas não podiam mandá-la embora. Como o sr. Anselmo Paleari teria feito com suas experiências espíritas?

No fundo, porém, havia outro motivo. A srta. Caporale, dois anos antes, quando a mãe morreu, se desfizera da sua casa e, vindo morar ali com os Paleari, emprestara a Terenzio Papiano cerca de seis mil liras, derivadas da venda dos móveis, para um negócio que ele lhe propusera, muito seguro e lucrativo: as seis mil liras tinham sumido.

O FALECIDO MATTIA PASCAL

125

Quando a própria srta. Caporale, chorando, me fez essa confissão, de alguma forma desculpei o sr. Anselmo Paleari, que no início me parecera insano por manter uma mulher desse tipo em contato com a própria filha.

É verdade que pela pequena Adriana, que parecia tão instintivamente boa e também muito sensata, talvez não houvesse nada a temer: na verdade, mais que tudo, a moça sentia-se intimamente ofendida por aquelas práticas misteriosas do pai, pela evocação de espíritos por meio da srta. Caporale.

A pequena Adriana era religiosa. Notei logo nos primeiros dias, por causa de uma pia de água benta de vidro azul pendurada na parede do meu quarto, em cima do criado-mudo ao lado da minha cama. Eu tinha ido para a cama com o cigarro na boca, ainda aceso, e comecei a ler um dos livros do sr. Paleari; distraído, joguei a bituca na pia. No dia seguinte, a pia desaparecera. No criado-mudo, entretanto, havia um cinzeiro. Perguntei-lhe se ela havia tirado a pia da parede; e ela, levemente ruborizada, respondeu:

– Me desculpe, mas achei que o senhor precisava mais de um cinzeiro.

– Mas havia água benta na pia?

– Sim. Aqui em frente fica a igreja de São Roque...

E foi embora. Será que aquela pequenina matrona queria, então, me tornar santo, indo buscar água benta para minha pia na própria pia de São Roque? Para a minha e para a sua, com certeza. O pai não devia usá-la. E a pia da srta. Caporale, se é que havia uma, devia conter de preferência vinho santo.

Cada mínima coisa – suspenso como eu estava havia muito tempo num vazio estranho – agora me fazia mergulhar em longas reflexões. Essa da pia me levou a pensar que, desde menino, eu nunca mais me dedicara a práticas religiosas nem entrara em igreja alguma para rezar, desde que Pinzone, que me levava à igreja junto com Berto por ordem da minha mãe, fora embora. Nunca senti necessidade de me perguntar se realmente tinha fé. E Mattia Pascal tivera uma morte horrível sem o conforto religioso.

De repente, vi-me numa condição muito falsa. Para todos aqueles que me conheciam, eu me livrara – bem ou mal – do pensamento mais irritante e angustiante que se poderia ter: a morte. Quem sabe quantos, em Miragno, diziam: "Sorte dele, no fim das contas! De alguma forma resolveu seu problema".

Entretanto, eu não resolvera nada. Agora eu tinha em mãos os livros de Anselmo Paleari, e esses livros me ensinaram que os mortos, os verdadeiros, estavam em condições idênticas à minha, nas "conchas" de *Kâmaloka*,[28] especialmente os suicidas, que o sr. Leadbeater, autor de *Plan Astral (premier degré du monde invisible, d'après la théosophie)*, mostra como são excitados por todos os tipos de apetites humanos aos quais não podem satisfazer, pois lhes falta o corpo carnal, que no entanto eles ignoram ter perdido.

"Oh, olhe", pensava, "eu podia quase acreditar que realmente me afoguei no moinho da Stìa e, enquanto isso, me iludia achando que ainda estava vivo."

Sabe-se que certos tipos de loucura são contagiantes. A do sr. Paleari, embora no início eu lhe tenha resistido, finalmente me atacou. Não que eu realmente acreditasse que estava morto: não teria sido tão ruim, já que o problema é morrer e, assim que se morre, não acho que podemos ter o triste desejo de voltar à vida. De súbito, percebi que eu realmente ainda tinha de morrer: esse era o mal! Quem mais se lembrava disso? Depois do meu suicídio na Stìa, naturalmente não via mais nada além da vida diante de mim. E então, agora, o sr. Anselmo Paleari me apresentava incessantemente a sombra da morte.

Ele não sabia falar de mais nada, aquele santo homem! Falava do assunto com tanto fervor e deixava escapar, no calor da sua fala, certas imagens e expressões tão singulares que, ao ouvi-lo, imediatamente passava a vontade que eu tinha de me afastar dele e ir morar em outro lugar. Além disso, a doutrina e a fé do sr. Paleari, embora às vezes me parecessem infantis, eram reconfortantes, no final das contas; e já que, infelizmente, ele me

---

28 Segundo a teosofia, é a primeira condição assumida pela entidade humana após a morte. [N. T.]

O FALECIDO MATTIA PASCAL

apresentara a ideia de que, algum dia, eu teria realmente de morrer, não me desagradava ouvi-lo falar daquela maneira.

– Qual a lógica disso? – perguntou-me um dia, depois de ter lido um trecho de um livro de Finot, cheio de uma filosofia tão sentimentalmente macabra que parecia o sonho de um coveiro morfinômano sobre a vida, transformada em nada além de vermes nascidos da decomposição do corpo humano. – Existe lógica nisso? Matéria, sim, matéria: admitamos que tudo seja matéria. Mas há formas e formas, maneiras e maneiras, qualidades e qualidades: existe a pedra e o éter imponderável, caramba! No meu próprio corpo há a unha, o dente, o cabelo e o delicado tecido ocular. Sim, senhor, quem pode dizer que não? O que chamamos de alma também deve ser matéria; mas vamos concordar que não deve ser matéria como a unha, o dente, o cabelo: deve ser matéria como o éter, ou sabe-se lá o quê. O éter, sim, admite-se como hipótese, e a alma não? Existe alguma lógica? Matéria, sim senhor. Siga meu raciocínio e veja aonde eu chego, no final das contas. Vamos à natureza. Hoje consideramos o homem como herdeiro de uma sucessão inumerável de gerações, não é verdade? Como produto de um desenvolvimento muito lento da natureza. O senhor, meu caro sr. Meis, acredita que o homem também é uma fera, uma fera muito cruel e em geral pouco valiosa? Eu também concordo com isso, e digo: está bem, o homem representa na escala dos seres um degrau não muito alto; do verme ao homem digamos que há oito, digamos sete, digamos cinco passos. Mas, minha nossa! A Natureza lutou por milhares, milhares e milhares de séculos para escalar esses cinco degraus, do verme ao homem; é certo que teve de evoluir nesse assunto para chegar a esse quinto degrau como forma e substância, para se tornar essa fera que rouba, essa fera que mata, essa fera mentirosa, mas que também é capaz de escrever *A divina comédia*, sr. Meis, e de se sacrificar como fizeram minha mãe e a sua; e, de repente, zás, voltar ao ponto zero? Existe alguma lógica? Meu nariz ou meu pé podem se tornar vermes, não minha alma, caramba! A alma também é matéria, é claro, quem diz que não? Mas não como meu nariz ou meu pé. Qual a lógica disso?

– Desculpe-me, sr. Paleari – objetei. – Um grande homem está passeando, cai, bate a cabeça e se torna um idiota. Onde está a alma?

O sr. Anselmo ficou por um tempo olhando, como se de repente uma pedra caísse diante dos seus pés.

– Onde está a alma?

– Sim, o senhor ou eu, eu que não sou um grande homem, mas que também... enfim, também penso: ando, caio, bato a cabeça, me torno um idiota. Onde está a alma?

O sr. Paleari estendeu as mãos e, com uma expressão de benigna compaixão, respondeu:

– Mas, santo Deus, por que o senhor quer cair e bater a cabeça, meu caro sr. Meis?

– É só um exemplo...

– Não, senhor, nada disso: pode andar tranquilamente. Veja só os velhos que, sem precisar cair e bater a cabeça, podem naturalmente se tornar idiotas. Bem, o que isso significa? O senhor quer provar com isso que, se o corpo enfraquece, a alma também se torna débil, para mostrar que a extinção de um equivale à extinção do outro? Mas me desculpe! Imagine o caso oposto: corpos extremamente exaustos em que a luz da alma brilha com grande força: Giacomo Leopardi! E muitos outros idosos, como por exemplo Sua Santidade Leão XIII! E então, me diga! Mas imagine um piano e um músico: certo dia, quando está tocando, o piano quebra; uma tecla não bate mais; duas, três cordas se despedaçam; e então?! Com um instrumento tão avariado, o músico, forçosamente, mesmo sendo muito bom, vai tocar mal. E se o piano depois se calar, o músico não existirá mais?

– O cérebro seria o piano; o músico, a alma?

– É uma comparação antiga, sr. Meis! Pois, se o cérebro se avariar, a alma necessariamente se tornará idiota ou louca, ou sabe-se lá o quê. Isso significa que, se o músico quebrou o instrumento, não por acidente, mas por inadvertência ou vontade própria, vai pagar: quem quebra, paga. Tudo se paga, claro. Mas essa é outra questão. Desculpe-me, não significa nada para o senhor que toda a humanidade, todinha, desde que o mundo é

O FALECIDO MATTIA PASCAL

mundo, sempre desejou ter uma outra vida, no além? Este é um fato, um fato, uma prova real.

– Como dizem: é o instinto de conservação...

– Não, senhor, porque eu pouco me importo, sabe, com essa casca ordinária que me cobre! Ela pesa em mim, eu a suporto porque sei que tenho de suportá-la; mas se me provarem que, depois de tê-la suportado por mais cinco ou seis ou dez anos, não terei pagado o preço de forma alguma, e que tudo acabará aí, eu a jogo fora hoje mesmo, neste exato momento: e onde fica então o instinto de conservação? Eu me conservo apenas porque sinto que não pode terminar assim! Mas dizem que uma coisa é um único homem, e outra é a humanidade. O indivíduo acaba, a espécie continua sua evolução. Que bela maneira de pensar! Veja só! Como se a humanidade não fosse eu, não fosse o senhor e, um por um, todos. E cada um de nós não sente a mesma coisa, isto é, que seria a coisa mais absurda e mais atroz se tudo terminasse aqui, neste sopro miserável que é nossa vida terrena: cinquenta, sessenta anos de aborrecimento, de miséria, de cansaço: para quê? Para nada! Para a humanidade? Mas e se um dia a humanidade também acabar? Pense um pouco: e toda essa vida, todo esse progresso, toda essa evolução, para que teriam existido? Para nada? No entanto o nada, o puro nada, dizem que não existe... Restabelecimento do astro, não é mesmo? Como o senhor disse outro dia. Tudo bem: restabelecimento; mas devemos ver em que sentido. O mal da ciência, veja, sr. Meis, é exatamente este: que ela quer se ocupar apenas da vida.

– Pois... – suspirei, sorrindo – ... é que temos de viver...

– Mas também temos de morrer! – respondeu o sr. Paleari.

– Eu entendo; mas por que pensar tanto sobre isso?

– Por quê? Porque não podemos entender a vida se de algum modo não explicarmos a morte! O critério que dirige nossas ações, o fio para sair deste labirinto, a luz, em suma, sr. Meis, a luz deve vir de lá, da morte.

– Com a escuridão que existe lá?

– Escuridão? Escuridão para o senhor! Tente acender ali uma lamparina de fé com o óleo puro da alma. Se essa lamparina faltar, passaremos por aqui, pela vida, como cegos, apesar de toda a luz elétrica que inventamos! A lâmpada elétrica é boa, muito boa, para a vida. Mas nós, caro sr. Meis, também precisamos de um lume que nos forneça um pouco de luz para a morte. Olhe, eu até tento, algumas noites, acender uma pequena lamparina de vidro vermelho; devemos nos esforçar de todas as maneiras, tentar ver de qualquer modo. No momento meu genro Terenzio está em Nápoles, mas voltará daqui a alguns meses, e então eu o convidarei a participar de alguma das nossas modestas sessões, se quiser. E quem sabe se aquela lamparina... Chega, não quero dizer mais nada.

Como se pode ver, a companhia de Anselmo Paleari não era muito agradável. Mas pensando bem, eu poderia, sem correr risco, ou melhor, sem me ver forçado a mentir, desejar outra companhia menos distante da vida? Ainda me lembrava do *cavaliere* Tito Lenzi. O sr. Paleari, por outro lado, nem se interessava em saber algo sobre mim, satisfeito pela atenção que eu dedicava aos seus discursos. Quase todas as manhãs, depois da ablução habitual de todo o corpo, ele me acompanhava nas minhas caminhadas; íamos até o alto do Gianicolo ou do Aventino ou do Monte Mario, às vezes até a Ponte Nomentano, sempre falando sobre a morte.

"Olhe só o que eu ganhei", pensava eu, "por não ter morrido de verdade!"

Às vezes eu tentava falar de outra coisa, mas parecia que o sr. Paleari não tinha olhos para o espetáculo da vida ao redor; quase sempre andava com o chapéu na mão; a certa altura, ele o erguia como se para cumprimentar alguma sombra e exclamava:

– Tolices!

Só uma vez ele me fez uma pergunta pessoal:

– Por que o senhor está em Roma, sr. Meis?

Dei de ombros e respondi:

– Porque eu gosto daqui...

– E, no entanto, é uma cidade triste – comentou ele, balançando a cabeça. – Muitos ficam surpresos de que nenhum negócio prospere, de que nenhuma ideia tome corpo aqui. Mas se surpreendem porque não querem reconhecer que Roma está morta.

– Roma também está morta? – exclamei, consternado.

– Faz muito tempo, sr. Meis! E todo esforço para fazê-la reviver é inútil, acredite. Encerrada no sonho do seu majestoso passado, ela não quer mais saber dessa vida insignificante que insiste em formigar à sua volta. Quando uma cidade teve uma vida como a de Roma, com personagens tão marcantes e singulares, não pode se tornar uma cidade moderna, ou seja, uma cidade como outra qualquer. Roma está lá, com seu grande coração despedaçado, atrás do Capitólio. Essas novas casas pertencem a Roma? Olhe, Sr. Meis. Minha filha Adriana me contou sobre a pia batismal que estava no seu quarto, lembra? Adriana tirou aquela pia do quarto; mas, no dia seguinte, ela caiu da sua mão e quebrou: sobrou apenas a pequena concha, que agora está no meu quarto, em cima da escrivaninha, e eu a uso da mesma forma que o senhor, antes, a usou por distração. Bem, sr. Meis, o destino de Roma é idêntico. Os papas fizeram – à sua maneira, é claro – uma pia; nós italianos fizemos, à nossa maneira, um cinzeiro. De todos os lugares viemos aqui para bater as cinzas do nosso charuto, símbolo da frivolidade da nossa vida miserável e do prazer amargo e venenoso que nos oferece.

XI. À NOITE, OLHANDO O RIO

À MEDIDA QUE NOSSA PROXIMIDADE AUMENTAVA, devido à consideração e à benevolência que o dono da casa demonstrava por mim,
crescia-me a dificuldade de tratamento, o constrangimento secreto que eu já experimentara e que muitas vezes agora se tornava agudo como um remorso, ao me ver ali, como um intruso
naquela família, com um nome falso, com as feições modifica-
das, com uma existência fictícia e quase inconsistente. E decidia
me afastar o máximo possível, lembrando-me constantemente
de que não devia me aproximar demais da vida alheia, que eu
tinha de fugir de toda intimidade e me contentar em viver daquele jeito, afastado.

– Livre! – ainda dizia, mas já estava começando a compreen-
der o sentido e a medir os limites dessa minha liberdade.

Por exemplo: liberdade significava estar ali à noite, olhando
pela janela, olhando para o rio que fluía negro e silencioso entre
as novas margens e sob as pontes que refletiam as luzes dos lampiões, tremulando como cobras de fogo; seguir com a imaginação
o curso dessas águas, desde a remota fonte dos Apeninos, através
de tantos campos, passando então pela cidade, depois pelo campo novamente, até a foz; forjar no pensamento o mar tenebroso
e palpitante em que aquelas águas, depois de tanto correr, iam
se perder; e abrir, de quando em quando, a boca num bocejo.

– Liberdade... liberdade... – murmurava eu. – Mas não seria a mesma coisa se eu estivesse em outro lugar?

Certas noites, eu via no pequeno terraço ao lado da minha janela a mãezinha da casa naquela roupa de meio-luto, ocupada em regar os vasos de flores. "Aqui está a vida!", pensava. E com os olhos seguia a doce menina em seu cuidado gentil, esperando de vez em quando que ela olhasse para a minha janela. Mas em vão. Ela sabia que eu estava lá; mas, quando estava sozinha, fingia não notar. Por quê? Essa reserva era apenas efeito da timidez ou talvez ela se ressentisse, em segredo, a cara mãezinha, pela pouca consideração que eu cruelmente insistia em demonstrar-lhe?

Então ela, deixando de lado seu regador, debruçava-se no parapeito do pequeno terraço e também começava a olhar para o rio, talvez para me demonstrar que não se importava nem um pouco comigo, pois tinha pensamentos muito sérios para meditar, naquela posição, e também necessidade de solidão.

Eu sorria para mim mesmo, pensando assim; mas então, ao vê-la afastar-se do terraço, refletia que meu julgamento também poderia estar errado, resultado do despeito instintivo que todos sentem quando se veem desprezados. "Por que, afinal de contas", eu me perguntava, "ela deveria se preocupar comigo, me dirigir a palavra sem necessidade? Eu que represento a desgraça da sua vida, a loucura do seu pai; quem sabe eu signifique uma humilhação para ela. Talvez ela ainda lamente a época em que seu pai trabalhava e não havia necessidade de alugar quartos e ter estranhos na casa. E depois, um estranho como eu! Talvez eu lhe cause medo, pobre criança, com meu olho e esses óculos...".

O barulho de algum coche na ponte de madeira me tirava daquelas reflexões; eu suspirava fundo e me afastava da janela; olhava para a cama, olhava para os livros, ficava um pouco indeciso entre uma e outros, finalmente dava de ombros, pegava o chapéu e saía, esperando me libertar, lá fora, daquele tédio irritante.

Eu seguia, de acordo com a inspiração do momento, para as ruas mais movimentadas ou para os lugares solitários. Lembro-me de uma noite, na praça San Pietro, da impressão de sonho, de um sonho quase distante que eu tinha daquele mundo secular, encerrado nos braços do majestoso pórtico, no silêncio que parecia amplificado pelo contínuo rumor das duas fontes. Eu me aproximei de uma delas, e então aquela água me pareceu viva, e todo o resto quase espectral e profundamente melancólico em sua solenidade silenciosa e imóvel.

Quando estava voltando pela via Borgo Nuovo, a certa altura me deparei com um homem bêbado que, passando por mim e me vendo pensativo, inclinou-se, adiantou de leve a cabeça, olhando para mim de baixo para cima, e me disse, sacudindo ligeiramente meu braço:

– Alegria!

Parei abruptamente, surpreso, para olhá-lo dos pés à cabeça.

– Alegria! – repetiu ele, acompanhando a exortação com um gesto de mão que significava: "O que você está fazendo? No que está pensando? Não se preocupe com nada!".

E ele se afastou, cambaleante, amparando-se na parede com uma das mãos.

Naquela hora, naquela rua deserta, perto do grande templo e com os pensamentos que a construção me despertara ainda em mente, a aparição daquele bêbado e seu estranho conselho amável e filosoficamente piedoso me surpreenderam: permaneci não sei por quanto tempo acompanhando aquele homem com os olhos, então senti minha surpresa quase se romper numa risada maluca.

"Alegria! Sim, meu caro. Mas eu não posso ir a uma taverna como você, para procurar a alegria que você me aconselha no fundo de um copo. Não conseguirei encontrá-la ali, infelizmente! Não conseguirei encontrá-la em nenhum lugar! Eu vou ao café, meu caro, entre pessoas de bem que fumam e falam sobre política. Todos poderíamos ser alegres, até mesmo felizes, sob apenas uma condição, segundo um advogado imperial que frequenta meu café: que fôssemos governados por um bom rei absolutista. Você não sabe, pobre filósofo bêbado, dessas coisas; elas nem passam pela sua cabeça. Mas a causa real de todos os nossos males, de nossa tristeza, sabe qual é? A democracia, meu caro, a democracia, ou seja, o governo da maioria. Porque, quando o poder está nas mãos de um só homem, este sabe que é apenas um e tem de satisfazer a muitos; mas, quando muitos governam, pensam apenas em contentar-se a si mesmos, e então surge a mais estúpida e odiosa tirania: a tirania disfarçada de liberdade. Mas com certeza! Oh, por que você acha que eu sofro? Sofro justamente por causa dessa tirania disfarçada de liberdade... Vamos voltar para casa!"

Mas aquela era a noite dos encontros.

Passando, um pouco depois, por Tordinona quase na escuridão, ouvi um grito estridente, entre vários outros sufocados, num dos becos que desembocam nessa rua. De súbito, surgiu à minha frente um grupo de valentões. Eram quatro miseráveis, armados de paus retorcidos, que cercavam uma mulher da rua.

Menciono essa aventura não para me gabar de um ato de coragem, mas sim para contar o medo que senti pelas suas consequências. Eram quatro patifes, mas eu também tinha uma boa bengala com ponta de ferro. É verdade que dois deles me atacaram com facas. Eu me defendi o melhor que pude, brandindo a bengala e saltando de lá para cá para não ser pego; no final, consegui acertar na cabeça do mais violento um golpe bem certeiro com a ponta de ferro: vi-o cambalear, depois correr; os outros três então, talvez temendo que alguém estivesse chegando por causa dos gritos da mulher, o seguiram. Eu, não sei como, estava ferido na testa. Gritei para a mulher, que ainda não tinha parado de clamar por ajuda, que ficasse calada; mas ela, vendo-me com o rosto coberto de sangue, não conseguia se conter e, chorando, toda desgrenhada, queria me ajudar enfaixando-me com o lenço de seda que trazia no pescoço e havia se rasgado na luta.

– Não, não, obrigado – disse a ela, afastando-me com repugnância. – Chega... não é nada! Vá embora, vá logo... Não deixe que a vejam.

E fui até o chafariz, que fica sob a rampa da ponte mais próxima, para molhar o rosto. Mas, enquanto eu estava lá, chegaram dois guardas ofegantes, que queriam saber o que havia acontecido. Imediatamente, a mulher, que era de Nápoles, começou a

O FALECIDO MATTIA PASCAL

narrar o "imbróglio em que ela e eu havíamos nos metido", proferindo em relação à minha pessoa as frases mais afetuosas e admiráveis do seu repertório dialetal. Deu um trabalhão me livrar daqueles dois policiais zelosos, que queriam a todo custo me levar com eles para que eu desse queixa do ocorrido. Ótimo! Não me faltava mais nada! Ir para a delegacia àquela altura do campeonato! Aparecer no dia seguinte estampado nos jornais quase como um herói, logo eu que precisava me manter calado, na sombra, ignorado por todos...

Pois bem, herói eu não poderia mais ser. A menos que, sendo herói, eu morresse... Mas se eu já estava morto!

– Desculpe-me, mas o senhor é viúvo, sr. Meis?

Essa pergunta foi dirigida a mim à queima-roupa, certa noite, pela srta. Caporale no pequeno terraço, onde ela estava com Adriana e onde me convidaram para passar algum tempo em sua companhia.

Na hora fiquei sem ação; respondi:

– Eu não; por quê?

– Porque o senhor sempre esfrega o anular com o polegar, como alguém que quer girar o anel em volta do dedo. Assim... Não é mesmo, Adriana?

Mas vejam só até onde vão os olhos das mulheres, ou melhor, de certas mulheres, pois Adriana declarou que nunca havia notado.

– Você não deve ter prestado atenção! – exclamou a srta. Caporale.

Eu tinha de reconhecer que, embora nunca tivesse prestado atenção nisso, poderia ser que eu tivesse esse hábito.

– Eu usei, na verdade – vi-me forçado a acrescentar –, por um longo tempo, um pequeno anel neste dedo, que então tive de mandar um ourives cortar, pois ele me apertava demais e me machucava.

– Pobre anelzinho! – gemeu então, com voz melosa, a quarentona, tomada aquela noite por um linguajar infantil. – Ele era muito apertado? Não queria mais sair do seu dedo? Pode ter sido a lembrança de um...

– Silvia! – interrompeu a pequena Adriana, num tom de reprovação.

– Qual o problema? – reiniciou a outra. – Eu queria falar sobre um primeiro amor... Vamos, conte-nos alguma coisa, sr. Meis. Como é possível que o senhor nunca fale?

– Pois – disse eu – estava pensando na dedução que a senhorita tirou do meu hábito de esfregar o dedo. Dedução arbitrária, cara senhorita. Porque os viúvos, até onde sei, não costumam tirar a aliança. Quando a mulher já se foi, sua falta pesa mais que a aliança. De fato, assim como os veteranos gostam de ostentar suas medalhas, acredito que os viúvos gostem de usar a aliança.

– Sim, sim! – exclamou a srta. Caporale. – O senhor habilmente muda de assunto.

– Como assim?! Se ao invés disso eu quero aprofundá-lo!

– Aprofundar o quê?! Eu nunca aprofundo nada. Eu tive essa impressão, só isso.

– Que eu sou viúvo?

– Sim, senhor. Você também não acha, Adriana, que o sr. Meis tem um ar de viúvo?

Adriana tentou olhar para mim, mas imediatamente baixou os olhos, sem conseguir – tímida como era – sustentar o olhar alheio; sorriu levemente com seu habitual sorriso doce e melancólico, e disse:

– Mas como é que vou saber sobre o ar dos viúvos? Você é engraçada!

Um pensamento, uma imagem deve ter brilhado nesse ponto na sua mente; ela se perturbou e virou-se para olhar o rio lá embaixo. Com certeza a outra entendeu, porque suspirou e se virou para olhar o rio também.

Uma quarta pessoa, invisível, evidentemente veio se interpor entre nós. Por fim também entendi, olhando para a roupa de meio-luto de Adriana, e pensei que Terenzio Papiano, o cunhado que ainda estava em Nápoles, não devia parecer um viúvo pesaroso, e que consequentemente essa aparência, de acordo com a srta. Caporale, quem tinha era eu.

O FALECIDO MATTIA PASCAL

Confesso que gostei que a conversa terminasse assim tão mal. A dor causada a Adriana pela lembrança da sua irmã morta e do viúvo Papiano era, para a srta. Caporale, o castigo por sua indiscrição.

Mas, sejamos justos, será que o que me parecia indiscrição não era, no fundo, uma curiosidade natural, bastante desculpável, já que necessariamente devia nascer daquela espécie de estranho silêncio que pairava em torno da minha pessoa? E como a solidão já era insuportável para mim e eu não podia resistir à tentação de me aproximar dos outros, também era necessário que às perguntas desses outros, que tinham todo o direito de saber com quem estavam falando, eu satisfizesse, resignado, da melhor maneira possível, ou seja, mentindo, inventando: não havia meio-termo! Não era culpa dos outros, a culpa era minha; é verdade que eu a agravaria com uma mentira; mas, se não quisesse mentir, se isso me fazia sofrer, eu tinha de ir embora, retomar minha peregrinação retraída e solitária.

Percebia que a própria Adriana, que nunca me fazia uma pergunta indiscreta, também ouvia com atenção o que eu respondia à srta. Caporale, que, para falar a verdade, muitas vezes ultrapassava os limites da curiosidade natural e desculpável.

Uma noite, por exemplo, lá no pequeno terraço, onde costumávamos nos reunir quando eu voltava do jantar, ela me perguntou – rindo e se esquivando de Adriana, que gritava agitadíssima: "Não, Silvia, eu lhe proíbo! Não se atreva!". Ela me perguntou:

– Desculpe-me, sr. Meis, mas Adriana quer saber por que o senhor não deixa crescer ao menos o bigode...

– Não é verdade! – gritou Adriana. – Não acredite, sr. Meis! Foi ela, ao contrário... eu...

De repente, a cara mamãezinha começou a chorar. No mesmo instante a srta. Caporale tentou consolá-la, dizendo:

– Mas não chore, por favor! Qual é o problema? O que há de errado nisso?

Adriana afastou-a com uma cotovelada:

– É errado que você tenha mentido, e isso me dá uma raiva! Nós estávamos falando sobre os atores do teatro que são todos...

assim, e então você disse: "Como o sr. Meis! Vai saber por que ele não deixa crescer pelo menos o bigode...", e eu repeti: "Sim, vai saber por quê...".

– Bem – a srta. Caporale continuou –, quem diz "Vai saber por quê..." significa que quer saber!

– Mas você disse isso antes! – protestou Adriana, no auge da raiva.

– Posso responder? – perguntei, para acalmar os ânimos.

– Não, me desculpe, sr. Meis: boa noite! – disse Adriana, e se levantou para sair.

Mas a srta. Caporale a segurou pelo braço:

– Ei, como você é boba! Foi uma brincadeira... O sr. Adriano é tão bom que nem liga para isso. Não é verdade, sr. Adriano? Diga a ela... por que o senhor não deixa crescer pelo menos o bigode.

Dessa vez Adriana riu, ainda com lágrimas nos olhos.

– Por trás disso há um mistério – respondi, alterando a voz zombeteiramente. – Sou um conspirador!

– Nós não acreditamos! – exclamou a srta. Caporale no mesmo tom; mas depois acrescentou: – Contudo, escute: que o senhor é misterioso não se pode duvidar. Por exemplo: o que o senhor estava fazendo hoje, depois do almoço, no correio?

– Eu, no correio?

– Sim, no correio. O senhor nega? Eu vi com meus próprios olhos. Por volta das quatro... eu estava passando pela praça San Silvestro...

– Deve ter se enganado, senhorita: não era eu.

– Sim, sim – disse a srta. Caporale, incrédula. – Correspondência secreta... Por que, não é mesmo, Adriana, este cavalheiro nunca recebe cartas em casa? Quem me contou foi a criada.

Adriana se agitou, aborrecida, na cadeira.

– Não lhe dê atenção – disse ela, dirigindo-me um rápido olhar, triste e quase carinhoso.

– Nem em casa nem no correio! – respondi. – É verdade, infelizmente! Ninguém me escreve, senhorita, pela simples razão de que não tenho ninguém que possa escrever para mim.

– Nem mesmo um amigo? Como isso é possível? Ninguém?

O FALECIDO MATTIA PASCAL

– Ninguém. Somos apenas minha sombra e eu, na Terra. Eu a levo para passear, essa sombra, aqui e ali o tempo todo, e nunca permaneci por tanto tempo, até hoje, num lugar para poder estreitar uma amizade duradoura.

– Sorte sua – exclamou a srta. Caporale, suspirando – que o senhor possa viajar o tempo inteiro! Conte-nos pelo menos sobre suas viagens, se não quiser falar sobre qualquer outra coisa.

Aos poucos, depois de ter superado os inconvenientes das primeiras perguntas embaraçosas, evitando algumas com os remos da mentira, que me serviam de alavanca e suporte, me agarrando, com ambas as mãos, àqueles que me ameaçavam mais de perto, para me desviar com cautela, devagar, o barco da minha ficção pôde finalmente se soltar e içar a vela da fantasia.

E então, depois de mais de um ano de silêncio forçado, experimentava um grande prazer em conversar, conversar, todas as noites, no terraço, sobre aquilo que eu vira, as observações que fizera, os incidentes que me ocorreram aqui e acolá. Eu mesmo me surpreendia por ter reunido, viajando, tantas impressões, que o silêncio quase havia enterrado em mim e que agora, ao falar, ressuscitavam, pulavam vivas dos meus lábios. Essa surpresa íntima dava à minha narrativa cores extraordinárias; e do prazer que as duas mulheres demonstravam ao me ouvir, pouco a pouco nascia em mim a nostalgia de um bem do qual eu realmente não havia desfrutado; e essa nostalgia, agora, também dava sabor à minha narrativa.

Depois de algumas noites, a atitude e o comportamento da srta. Caporale em relação a mim mudaram de forma radical. Seus olhos tristes se enlanguesceram tão intensamente que mais do que nunca recordaram a imagem do contrapeso interno de chumbo, e o contraste entre eles e o rosto de máscara de carnaval parecia mais engraçado do que jamais fora. Não havia dúvida: a srta. Caporale se apaixonara por mim!

Apesar de ter ficado divertidamente surpreso, percebi que em todas aquelas noites não falara para ela, mas para aquela outra mulher que sempre estivera em silêncio me ouvindo. Porém, era evidente que essa outra mulher também havia sentido que eu falava apenas para ela, pois de imediato se estabeleceu entre nós uma espécie de acordo tácito para apreciarmos o efeito cômico e imprevisível dos meus discursos sobre as cordas sentimentais extremamente sensíveis da professora de piano quarentona.

Entretanto, apesar dessa descoberta, nenhum pensamento impuro me invadiu em relação a Adriana: sua bondade sincera, impregnada de tristeza, não podia inspirá-lo. Contudo, eu experimentava uma grande alegria por aquela primeira intimidade, tanto quanto sua delicada timidez me permitia. Era um olhar fugaz, como um lampejo de graça muito doce; era um sorriso de piedade pela ridícula ilusão daquela pobre mulher; era uma advertência benévola que ela acenava para mim com os olhos e com um leve movimento de cabeça, se eu me excedesse um pouco, para nossa íntima diversão, e desse um fio de esperança ao papagaio que ora pairava nos céus da beatitude, ora perdia o rumo devido a um puxão súbito e violento meu.

– O senhor não deve ter muito coração – disse-me certa vez a srta. Caporale –, se o que diz é verdade, embora eu não acredite, de ter passado tão incólume pela vida.

– Incólume? Como?

– Sim, quero dizer, sem nunca ter se apaixonado...

– Ah, nunca, senhorita, nunca!

– Não quis nos dizer, entretanto, de onde veio aquele anelzinho que o senhor mandou um ourives cortar porque lhe machucava demais seu dedo...

– E me machucava mesmo! Eu não contei? Mas claro que contei! Era uma lembrança do meu avô, senhorita.

– Mentira!

– Como quiser; mas olhe, posso até lhe dizer que meu avô me deu o anel em Florença, saindo da Galeria degli Uffizi, e sabe por quê? Porque eu, que tinha então 12 anos, havia confundido um Perugino com um Rafael. Isso mesmo. Como recompensa por esse erro, recebi o pequeno anel, comprado numa das lojas de ponte Vecchio. Na verdade, não sei por que meu avô acreditava firmemente que a pintura de Perugino deveria ser atribuída a Rafael. Eis então o mistério explicado! A senhorita há de convir que entre a mão de um menino de 12 anos e essa minha mão de hoje há uma enorme diferença. Vê? Agora eu sou assim, como essa mãozona que não comporta anéis graciosos. Talvez eu até tenha coração, mas também sou justo, senhorita; eu me olho no espelho, com este lindo par de óculos que também não deixam de ser lamentáveis, e sinto meu ânimo despencar: "Como você pode esperar, meu caro Adriano", digo a mim mesmo, "que alguma mulher se apaixone por você?".

– Oh, que ideia! – exclamou a srta. Caporale. – Mas o senhor acha que é justo, falando assim? Ao contrário, é muito injusto para com as mulheres. Pois saiba que a mulher, meu caro sr. Meis, é mais generosa que o homem e não presta atenção apenas à beleza exterior.

– Digamos então que a mulher também é mais corajosa que o homem, senhorita. Porque reconheço que, além da generosidade, seria preciso uma boa dose de coragem para amar de verdade um homem como eu.

– Mas deixe de tolices! O senhor gosta de se imaginar e até de se tornar mais feio do que é.

– Isso é verdade. E a senhorita sabe por quê? Para não inspirar compaixão a ninguém. Veja bem, se eu procurasse me embelezar de alguma forma, os outros diriam: "Olhe só para aquele pobre homem: ele se esforça em parecer menos feio com esse bigode!". Assim não. Eu sou feio? Sim, bem feio, do fundo do coração, sem misericórdia. O que a senhorita me diz?

A srta. Caporale suspirou profundamente.

– Eu digo que está errado – respondeu ela. – Se o senhor tentasse deixar crescer um pouco a barba, por exemplo, imediatamente perceberia que não é o monstro que diz ser.

– E esse olho aqui? – perguntei a ela.

– Oh, meu Deus, já que o senhor fala com tanta naturalidade sobre isso – disse a srta. Caporale –, há tempos que quero lhe dizer: por que o senhor não faz uma operação, coisa tão fácil hoje em dia? Se quisesse, em pouco tempo o senhor poderia se livrar desse defeitinho.

– Vê só, senhorita? – concluí. – Talvez a mulher seja mais generosa que o homem, mas observe que pouco a pouco a senhorita foi me aconselhando a ter outro rosto.

Por que eu insistia tanto nesse discurso? Eu realmente queria que a professora Caporale declarasse ali, na presença de Adriana, que ela me amaria, ou na verdade já me amava, mesmo assim, sem barba e com aquele olho vesgo? Não. Eu havia falado tanto e dirigido tantas perguntas detalhadas à srta. Caporale porque percebi o prazer talvez inconsciente que Adriana sentia pelas respostas triunfantes que ela me dava.

Entendi então que, apesar da minha aparência estranha, ela *poderia* me amar. Eu nem sequer confessei a mim mesmo; porém, daquela noite em diante, a cama que eu ocupava na casa me parecia mais macia, mais belos todos os objetos ao meu redor, mais leve o ar que eu respirava, mais azul o céu, mais esplêndido o sol. Eu queria acreditar que essa mudança ainda dependesse do fato de Mattia Pascal ter terminado lá, no moinho da Stìa, e de que eu, Adriano Meis, depois de ter vagado um tanto perdido naquela nova liberdade ilimitada, finalmente conseguira o equilíbrio, conseguira o ideal a que me propusera: tornar-me outro homem, viver outra vida, que agora eu sentia, sim, sentia plena dentro de mim.

E meu espírito voltou a ser alegre, como nos primeiros anos da juventude; perdeu o veneno da experiência. Até o sr. Anselmo Paleari não me parecia mais tão entediante: a sombra, a névoa, a fumaça da sua filosofia tinham se desvanecido ao sol daquela minha nova alegria. Pobre sr. Anselmo! Das duas coisas, segundo ele, nas quais se devia pensar na Terra, ele não percebera que pensava apenas em uma, mas quem sabe se, nos seus bons tempos, ele também tenha pensado em viver! Era mais digna de compaixão a professora Caporale, a quem nem mesmo o vinho poderia proporcionar a *alegria* daquele inesquecível bêbado da Via Borgo Nuovo: ela queria viver, coitadinha, e considerava pouco generosos os homens que só se importavam com a beleza externa. Será que no íntimo, na sua alma, ela se sentia bonita? Oh, quem sabe de quais e quantos sacrifícios ela teria realmente sido capaz se tivesse encontrado um homem "generoso"! Talvez nunca mais bebesse nem mesmo um gole de vinho.

"Se reconhecemos", pensei, "que errar é humano, a justiça não é uma crueldade sobre-humana?"

E decidi não ser mais cruel com a pobre srta. Caporale. Eu me propus a isso, mas infelizmente fui cruel sem querer; e ainda tanto mais quanto menos eu queria ser. Minha afabilidade foi uma nova atração para seu fogo fácil. E, no entanto, acontecia o seguinte: às minhas palavras, a pobre mulher empalidecia, enquanto Adriana corava. Eu não sabia bem o que estava dizendo, mas sentia que cada palavra, seu som, sua expressão nunca perturbava aquela a quem era realmente dirigido, nunca quebrava a harmonia secreta que já – não sei como – havia se estabelecido entre nós.

As almas têm seu próprio modo de se entender, de se tornar íntimas, até chegar a se tratar de modo informal, enquanto nossas pessoas continuam ainda impedidas pela troca de palavras comuns, na escravidão das exigências sociais. As almas têm suas próprias necessidades e suas próprias aspirações que o corpo não entende, quando vê a impossibilidade de satisfazê-las e traduzi--las em ação. E sempre que duas pessoas se comunicam assim, apenas com as almas, se se encontram a sós em algum lugar, experimentam uma perturbação agonizante e quase uma repulsa violenta de qualquer mínimo contato material, um sofrimento que as afasta e que cessa imediatamente quando uma terceira intervém. Depois que a angústia passa, as duas almas aliviadas se olham e voltam a sorrir uma para a outra de longe.

Quantas vezes não tive essa experiência com Adriana! Mas o embaraço que ela sentia era então para mim efeito natural da reserva e timidez da sua pessoa; e o meu, eu acreditava que vinha do remorso causado por aquela mentira ficcional a que eu me submetia, o fingimento contínuo do meu ser, diante da candura e da ingenuidade daquela criatura doce e afetuosa.

Eu a via agora com outros olhos. Mas ela não tinha realmente mudado no último mês? Seus olhos fugazes não se acendiam agora com uma luz interior mais vívida? E os sorrisos dela agora não achavam menos penoso o esforço de se fazer de sábia mãezinha, que antes me parecia afetação?

Sim, talvez ela também instintivamente obedecesse à minha própria necessidade, à necessidade de me iludir com uma nova vida, sem querer saber qual nem como. Um vago desejo, como uma aura da alma, abrira lentamente, para ela e para mim, uma janela no futuro, de onde um raio de calor inebriante nos atingia; mas não sabíamos nos aproximar daquela janela nem para fechá-la nem para ver o que havia além dela.

A pobre srta. Caporale sentiu os efeitos da nossa pura e suave embriaguez.

– Oh, sabe, senhorita – disse-lhe certa noite –, que estou quase decidido a seguir seu conselho?

– Qual deles? – perguntou-me ela.

– De ser operado por um oculista.

A srta. Caporale bateu palmas, toda feliz.

– Ah! Muito bem! O dr. Ambrosini! Chame o Ambrosini: ele é o melhor, fez a operação de catarata da minha pobre mãe. Você viu, Adriana, que o espelho falou? O que eu lhe disse?

Adriana sorriu, e eu também.

– Não foi o espelho, senhorita – disse eu. – Foi a necessidade que surgiu. Há algum tempo o olho me incomoda: nunca me serviu bem, mas eu não gostaria de perdê-lo.

Não era verdade: a srta. Caporale estava certa. O espelho, o espelho falara e me dissera que se uma operação relativamente fácil pudesse fazer desaparecer do meu rosto a característica tão peculiar de Mattia Pascal, Adriano Meis também poderia dispensar os óculos azuis, deixar crescer um bigode e ajustar-se da melhor forma, corporalmente, às suas novas condições de espírito.

Alguns dias mais tarde, uma cena noturna, que presenciei escondido atrás da persiana de uma das minhas janelas, veio me perturbar de repente.

A cena aconteceu no pequeno terraço onde eu estivera até as dez da noite em companhia das duas mulheres. Tendo me retirado para o meu quarto, comecei a ler, distraído, um dos livros favoritos do sr. Anselmo sobre reencarnação. A certa altura, pareceu-me

O FALECIDO MATTIA PASCAL 147

ouvir pessoas conversando no terraço: prestei atenção para ver se Adriana estava lá. Não. Duas pessoas falavam baixo, excitadas: ouvi uma voz masculina, que não era a do sr. Paleari. Mas não havia outros homens na casa a não ser ele e eu. Intrigado, aproximei-me da janela para espiar atrás da persiana. No escuro, parecia-me discernir a srta. Caporale. Mas quem era o homem com quem ela falava? Será que Terenzio Papiano de repente voltara de Nápoles? De uma palavra proferida um pouco mais alto pela srta. Caporale, entendi que eles estavam falando de mim. Aproximei-me ainda mais da persiana e apurei os ouvidos. O homem estava irritado com as notícias que a professora de piano certamente lhe dera sobre mim; e naquele instante ela procurava atenuar a impressão que essas notícias haviam produzido no espírito dele.

– Rico? – perguntou ele, a certa altura.

E a srta. Caporale:

– Não sei. Parece que sim! O certo é que ele vive sem fazer nada...

– Sempre fica em casa?

– Claro que não! Amanhã você vai vê-lo...

Ela disse exatamente assim: *você vai vê-lo*. Então ela o tratava por *você*; portanto Papiano (não havia mais dúvidas) era amante da srta. Caporale... E por que então, em todos aqueles dias, ela se mostrara tão condescendente comigo?

Minha curiosidade se aguçou ainda mais; porém, como se de propósito, os dois começaram a falar baixinho. Não sendo mais capaz de usar os ouvidos, tentei me ajudar com os olhos. E então vi a srta. Caporale pousar uma mão no ombro de Papiano, que pouco depois a rejeitou rudemente.

– Mas como eu poderia impedi-lo? – disse ela, levantando um pouco a voz com intensa exasperação. – Quem sou eu? O que eu represento nesta casa?

– Vá chamar Adriana! – ordenou ele então, imperioso.

Ouvindo o nome de Adriana naquele tom de voz, apertei os punhos e senti o sangue ferver nas minhas veias.

– Ela está dormindo – disse a srta. Caporale.

E ele, sombrio, ameaçador:

– Vá acordá-la! Agora!

Não sei como não escancarei as persianas, furioso. O esforço que fiz para me dominar me fez voltar à razão. As mesmas palavras que a pobre mulher pronunciara com tanta irritação vieram aos meus lábios: "Quem sou eu? O que eu represento nesta casa?".

Afastei-me da janela. No entanto, imediatamente me ocorreu a desculpa de que eu também era parte interessada: os dois estavam falando de mim, e o homem ainda queria continuar o assunto com Adriana. Eu precisava saber qual era a disposição de espírito dele em relação a mim.

No entanto, a facilidade com que aceitei essa desculpa para a indelicadeza que estava cometendo, espionando e escutando de modo tão oculto, me fez perceber que eu estava fazendo valer meu próprio interesse só para não tomar conhecimento daquele, muito mais vivo, que outra pessoa fazia despertar em mim naquele momento.

Tornei a olhar através das frestas da persiana.

A srta. Caporale não estava mais no pequeno terraço. O outro, sozinho, olhava para o rio com os cotovelos apoiados no parapeito e a cabeça entre as mãos.

Tomado de exasperada ansiedade, esperei curvado, apertando os joelhos com força, que Adriana aparecesse no pequeno terraço. A longa espera não me deixou nada cansado, ao contrário, me animou pouco a pouco, fui tomado por uma satisfação viva e crescente: concluí que Adriana, lá dentro, não queria se render à arrogância daquele vilão. Talvez a srta. Caporale tenha lhe implorado de mãos juntas. Enquanto isso, ele era consumido pelo despeito, aqui no terraço. Eu esperava, a certo ponto, que a professora viesse dizer que Adriana não quisera se levantar. Mas não: ela veio!

Papiano foi imediatamente ao encontro dela.

– A senhorita vá para a cama! – ordenou ele à srta. Caporale. – Deixe-me falar com minha cunhada.

A professora obedeceu, e então Papiano tentou fechar as venezianas entre a sala de jantar e o pequeno terraço.

O FALECIDO MATTIA PASCAL

– De jeito nenhum! – disse Adriana, estendendo o braço contra a veneziana.

– Mas eu tenho de falar com você! – gritou o cunhado de maneira sombria, esforçando-se para falar baixo.

– Pois fale! O que você quer me dizer? – recomeçou Adriana.

– Poderia ter esperado até amanhã.

– Não! Agora! – respondeu ele, agarrando o braço de Adriana e puxando-a para ele.

– Mas oras! – gritou Adriana, desvencilhando-se com altivez. Não aguentei mais: abri a persiana.

– Oh! Sr. Meis! – chamou ela imediatamente. – O senhor pode vir aqui um instantinho, por favor?

– Estou indo, senhorita! – apressei-me em responder.

Meu coração pulou no peito de alegria, de gratidão: num instante eu estava no corredor, mas ali, na porta do meu quarto, enrodilhado num baú, encontrei um jovem franzino, muito loiro, de rosto longo e diáfano, que mal abria um par de olhos azuis, lânguidos e atônitos. Parei por um momento, surpreso, olhando-o; imaginei que fosse o irmão de Papiano; corri para o terraço.

– Deixe-me apresentá-lo, sr. Meis – disse Adriana –, ao meu cunhado Terenzio Papiano, que acaba de chegar de Nápoles.

– Muito prazer! Encantado! – exclamou ele, fazendo uma reverência e apertando minha mão calorosamente. – Lamento ter estado ausente de Roma todo esse tempo; mas tenho certeza de que minha cunhadinha soube ajeitar tudo, não é verdade? Se estiver faltando alguma coisa, é só falar! Se o senhor precisar, por exemplo, de uma escrivaninha maior... ou de algum outro objeto, diga sem cerimônias... Gostamos de agradar os hóspedes que nos honram.

– Muito obrigado – disse eu. – Realmente não sinto falta de nada. Obrigado.

– Mas é nosso dever, oras! E disponha de mim também, em todas as oportunidades, se eu puder fazer qualquer coisinha... Adriana, minha filha, você estava dormindo: volte para a cama, se quiser...

– Oh, então... – disse Adriana, sorrindo tristemente – ... agora que me levantei...

E se aproximou do parapeito para olhar o rio.

Senti que ela não queria me deixar sozinho com o cunhado. O que temia? Permaneceu por ali, absorta, enquanto Papiano, com o chapéu ainda nas mãos, falava-me de Nápoles, onde precisou ficar mais tempo do que havia previsto, para copiar um grande número de documentos do arquivo privado da excelentíssima duquesa dona Teresa Ravaschieri Fieschi: *Mamãe Duquesa*, como todos a chamavam, *Mamãe Caridade*, como ele gostava de chamá--la: documentos de extraordinário valor, que trariam novas luzes sobre o fim do reinado das duas Sicílias e especialmente sobre a figura de Gaetano Filangieri, príncipe de Satriano, que o marquês Giglio, dom Ignazio Giglio d'Auletta, de quem ele, Papiano, era secretário, pretendia ilustrar numa minuciosa e sincera biografia. Sincera na medida em que a devoção e lealdade aos Bourbons permitiriam ao senhor marquês.

Ele não parava de falar. Certamente se deleitava com sua loquacidade, dava à sua voz inflexões de ator amador, e aqui soltava uma risadinha, ali fazia um gesto expressivo. Deixou-me tonto como um sino badalando, e de vez em quando eu aprovava com a cabeça e dava uma olhada para Adriana, que continuava observando o rio.

– Oh, infelizmente! – concluiu Papiano, em voz de barítono. – Bourbônico e clerical, o marquês Giglio d'Auletta! E eu, eu que... (tenho de me policiar para dizer isso em voz baixa, mesmo aqui na minha casa)... eu, que todas as manhãs, antes de sair, aceno para a estátua de Garibaldi no Gianicolo (o senhor já a viu? daqui se vê muito bem), eu que poderia gritar a qualquer momento: "Viva o 20 de Setembro!", tenho de fazer papel de secretário! Muito bom homem, para ser sincero, mas mesmo assim bourbônico e clerical. Sim, senhor... É meu pão! Juro que muitas vezes penso em cuspir nesse pão, o senhor me perdoe! Ele fica entalado aqui na minha garganta, me asfixia... Mas o que eu posso fazer? O pão! O pão!

Ele deu de ombros duas vezes, levantou os braços e bateu as mãos nos quadris.

– Vamos lá, Adrianinha! – disse ele então, aproximando-se dela e tomando sua cintura levemente com as mãos: – Para a cama! Já é tarde. O cavalheiro deve estar com sono.

Em frente à porta do meu quarto, Adriana apertou minha mão com força, como nunca fizera. Quando fiquei sozinho, mantive o punho fechado por um longo tempo, como se para conservar o toque da sua mão. Durante toda aquela noite fiquei pensando, debatendo-me em meio a anseios contínuos. A hipocrisia cerimoniosa, o servilismo insinuante e loquaz, a malícia daquele homem certamente tornariam intolerável minha permanência naquela casa, na qual ele – sem dúvida – queria se fazer de tirano, aproveitando-se da estupidez do sogro. Quem sabe a que expedientes recorreria! Já havia me dado uma mostra, mudando de assunto quando cheguei. Mas por que ele achava tão ruim que eu me hospedasse naquela casa? Por que eu não era um inquilino, para ele, como qualquer outro? O que a srta. Caporale lhe dissera a meu respeito? Ele poderia seriamente ter ciúmes dela? Ou estava com ciúmes de alguma outra mulher? Sua maneira arrogante e suspeita; tendo enxotado a srta. Caporale para ficar sozinho com Adriana, a quem havia começado a falar com tanta violência; a rebelião de Adriana, que não permitira que ele fechasse a veneziana; a perturbação que a tomava sempre que se mencionava o cunhado ausente, tudo, tudo isso reiterava em mim a suspeita odiosa de que ele tinha algum objetivo relacionado a ela.

Bem, mas por que eu estava tão preocupado com isso? Afinal eu não poderia deixar aquela casa, se ele me incomodasse por qualquer coisa? O que me retinha ali? Nada. Mas, com ternura, lembrei-me de que ela me chamara ao terraço, como se para ser protegida por mim, e que no fim apertara minha mão com força...

Eu tinha deixado a janela aberta, as persianas abertas. A certa altura, a lua, declinando, apareceu no vão da minha janela, como se quisesse me espionar, me surpreender ainda acordado na cama, para me dizer:

"Já entendi, meu caro, já entendi! E você, ainda não? Realmente?"

XII. O OLHO E PAPIANO

– A TRAGÉDIA DE ORESTES NUM TEATRO DE MARIONETES! – O sr. Anselmo Paleari veio me anunciar. – Marionetes automáticas, a última invenção. Esta noite, às oito e meia, na via dei Prefetti, número 54. Você devia ir lá, sr. Meis.

– A tragédia de Orestes?

– Sim! *D'après Sophocle*, diz o cartaz. Deve ser *Electra*. Agora me ouça: que ideia estranha me vem à mente! Se, no momento culminante, justamente quando a marionete que representa Orestes vai vingar a morte do pai em Egisto e na mãe, o céu de papel do teatro se rasgasse, o que aconteceria? Me diga.

– Não sei – respondi, dando de ombros.

– Mas é muito fácil, sr. Meis! Orestes ficaria terrivelmente perplexo com aquele buraco no céu.

– E por quê?

– Deixe-me dizer. Orestes ainda sentiria impulsos de vingança, gostaria de segui-los com paixão arrebatada, mas seus olhos, naquele instante, se deteriam no rasgo, por onde todos os tipos de influência maligna entrariam em cena, e ele sentiria seu ânimo despencar. Em suma, Orestes se tornaria Hamlet. Toda a diferença, sr. Meis, entre a tragédia antiga e a moderna consiste nisto, acredite: num furo no céu de papel.

E saiu, tropeçando nos chinelos.

Dos cumes nublados de suas abstrações, o sr. Anselmo costumava deixar seus pensamentos caírem como avalanches. A razão, o nexo, a conveniência de tais pensamentos permaneciam lá em cima, nas nuvens, de modo que era difícil, para quem o escutava, entender alguma coisa.

No entanto, a imagem da marionete Orestes intrigada pelo buraco no céu permaneceu por algum tempo na minha mente. A certa altura, suspirei: "Abençoadas são as marionetes em cujas cabeças de madeira o céu falso se preserva sem furos! Não há perplexidades angustiadas, nem restrições, nem dificuldades, nem sombras, nem piedade: nada! E elas podem agir bravamente e representar com gosto sua comédia, e amar e ter consideração e estima por si mesmas, sem nunca sofrer vertigens ou tontura, porque para sua estatura e suas ações aquele céu é um telhado proporcional".

"E o protótipo dessas marionetes, caro sr. Anselmo", continuei pensando, "o senhor tem em casa, e é seu indigno genro Papiano. Ninguém fica mais contente que ele com aquele céu de papelão, baixinho, sob sua cabeça, uma morada confortável e tranquila daquele Deus proverbial, com vestes largas, pronto para fechar os olhos e levantar a mão em sinal de perdão; daquele Deus que repete sonolento à vista de qualquer travessura: 'Ajuda a ti mesmo, que eu te ajudo?'. E o seu Papiano é ajudado em todos os sentidos. A vida para ele é quase um jogo de habilidades. E como ele gosta de se meter em todas as intrigas: animado, engenhoso, falador!"

Papiano tinha cerca de 40 anos e era alto e robusto, um pouco calvo, com grandes bigodes grisalhos sob o nariz, um belo narigão de narinas frementes; olhos cinzentos, afiados e inquietos como as mãos. Via tudo e se metia em tudo. Enquanto, por exemplo, falava comigo, percebia – não sei como – que Adriana, atrás dele, demorava a limpar e arrumar algum objeto no quarto, e imediatamente, como uma flecha:

– *Pardon!*

Corria até ela, pegava o objeto de suas mãos:

– Não, minha filha, olhe: é assim que se faz!

O FALECIDO MATTIA PASCAL

E o limpava, punha-o de volta no lugar e voltava para mim. Ou percebia que seu irmão, que sofria de ataques epilépticos, "caía em transe", e corria para dar-lhe tapas nas bochechas, batidinhas no nariz:

– Scipione! Scipione!

Ou soprava em seu rosto até fazê-lo voltar a si.

Quem sabe como eu teria me divertido, se não tivesse aquele maldito telhado de vidro!

Com certeza ele percebeu isso desde os primeiros dias, ou pelo menos teve um vislumbre. Começou a me assediar todo cheio de cerimônias, que eram como iscas para me fazer falar. Parecia-me que cada palavra dele, cada pergunta, mesmo as mais óbvias, escondia uma armadilha. Eu não queria mostrar desconfiança para não aumentar suas suspeitas; mas a irritação que ele me causava com aquele comportamento opressor de serviçal me impedia de disfarçar bem.

Minha irritação também provinha de outras duas causas internas e secretas. Uma era a seguinte: que eu, sem ter cometido más ações, sem ter feito mal a ninguém, tinha de olhar para todos os lados, receoso e desconfiado, como se tivesse perdido o direito de ficar em paz. A outra, eu não queria confessar a mim mesmo e, portanto, me irritava mais ainda. Eu queria poder dizer:

"Estúpido! Vá embora, livre-se de uma vez por todas desse chato de galochas!"

Eu não ia embora: não podia mais ir.

A luta que eu travava comigo mesmo para não assumir o que sentia por Adriana me impedia de pensar nas consequências, devido à minha condição anormal de existência, desse sentimento. E ficava ali, perplexo, irritado com meu descontentamento, continuamente agitado, porém sorrindo por fora.

Eu ainda não tinha muito certeza do que descobrira naquela noite, escondido atrás da persiana. Parecia que a má impressão que eu causara em Papiano pelas notícias recebidas da srta. Caporale fora imediatamente apagada quando fui apresentado a ele. Papiano me atormentava, é verdade, mas era como se ele não pudesse evitar; certamente não com a finalidade secreta de me

156   LUIGI PIRANDELLO

fazer ir embora, muito pelo contrário! O que ele estava maquinando? Adriana, depois do seu regresso, se tornara triste e esquiva como nos primeiros dias. A srta. Silvia Caporale tratava Papiano por "senhor", pelo menos na presença dos outros, mas aquele fanfarrão a tratava por "você" abertamente; chegava até mesmo a chamá-la de *Rea Silvia*;[29] e eu não sabia como interpretar esse seu comportamento íntimo e jocoso. Com certeza aquela mulher infeliz não merecia muito respeito por causa da sua vida desordenada, mas tampouco devia ser tratada assim por um homem que não tinha parentesco nem afinidade com ela.

Certa noite (era lua cheia, e parecia dia), de minha janela eu a vi, sozinha e triste, no pequeno terraço, onde agora raramente nos reuníamos, e não mais com o prazer de antes, porque Papiano também vinha e falava por todos nós. Impulsionado pela curiosidade, pensei em surpreendê-la naquele momento de abandono.

Como de costume, encontrei no corredor, perto da porta do meu quarto, o irmão de Papiano, empoleirado no baú, na mesma posição em que o vira pela primeira vez. Ele havia escolhido o baú como morada ou me vigiava por ordem do seu irmão?

A srta. Caporale estava chorando no pequeno terraço. No começo, ela não queria me dizer nada, apenas reclamou de uma dor de cabeça muito forte. Então, como se tomada de uma resolução repentina, virou-se para mim, estendeu a mão e me perguntou:

– O senhor é meu amigo?

– Se a senhorita quiser me conceder essa honra... – respondi, curvando-me.

– Obrigada. Não seja tão formal, por favor! Se soubesse como necessito de um amigo, um verdadeiro amigo, agora mesmo! O senhor deveria entender, já que é sozinho no mundo, como eu... Mas o senhor é um homem! Se o senhor soubesse... se soubesse...

Mordeu o lencinho que segurava nas mãos, para evitar chorar; não conseguindo, rasgou-o várias vezes, com raiva.

– Mulher, feia e velha – exclamou ela. – Três infortúnios para os quais não há remédio! Por que estou viva?

---

29 Reia Silvia, vestal mãe de Rômulo e Remo, na mitologia romana. [N. T.]

O FALECIDO MATTIA PASCAL   157

– Acalme-se, vamos lá – implorei a ela, aflito. – Por que a senhorita diz isso?

Não consegui dizer mais nada.

– Porque... – começou ela, mas parou de repente.

– Diga – insisti. – Se a senhorita precisa de um amigo...

Ela levou o lencinho rasgado aos olhos e...

– Eu preciso é morrer! – gemeu ela, com uma tristeza tão profunda e intensa que imediatamente senti um nó angustiado na garganta.

Jamais esquecerei a dolorosa curva daquela boca murcha e sem atrativos ao proferir essas palavras, nem o tremor do seu queixo, no qual se retorciam alguns pelos pretos.

– Mas nem a morte me quer – recomeçou. – Nada... desculpe, sr. Meis! Que ajuda o senhor poderia me dar? Nenhuma. No máximo, de palavras... sim, um pouco de compaixão. Sou órfã e tenho de ficar aqui, tratada como... talvez o senhor já tenha notado. E eles não têm direito, sabe?! Porque não estão me dando nenhuma esmola...

E então a srta. Caporale me falou das 6 mil liras das quais Papiano se apropriara, que eu já mencionara.

Por mais que o sofrimento daquela infeliz me tocasse, certamente não era o que eu queria saber dela. Aproveitando-me (confesso) da agitação em que ela se encontrava, talvez até por ter tomado alguns drinques a mais, me aventurei a perguntar-lhe:

– Mas me desculpe, senhorita, por que deu a ele esse dinheiro?

– Por quê? – ela apertou os punhos. – Duas perfídias, uma mais negra que a outra! Dei-lhe o dinheiro para mostrar-lhe que eu entendera muito bem o que ele queria de mim. O senhor entendeu? Com a esposa ainda viva, ele...

– Entendi.

– Imagine – recomeçou com ardor. – A pobre Rita...

– A esposa?

– Sim, Rita, irmã de Adriana... Dois anos doente, entre a vida e a morte... Imagine se eu... Mas aqui todos sabem como me comportei; Adriana sabe e por isso me estima; ela sim, coitadinha. Mas como eu fiquei, agora? Olhe: por causa dele, eu também tive de me desfazer do piano, que era tudo para mim... o senhor entende?! Não só pela minha profissão: eu conversava com meu piano! Quando jovem, na Academia, eu compunha; mais tarde também, já formada; depois parei. Mas quando eu tinha o piano ainda compunha, apenas para mim, de improviso; desabafava... às vezes eu ficava arrebatada até cair no chão, acredite, desmaiada. Eu mesma não sabia o que saía da minha alma: tornava-me uma só coisa com meu instrumento e meus dedos já não vibravam num teclado: eu fazia minha alma chorar e gritar. Só posso dizer-lhe isto, que uma noite (estávamos, minha mãe e eu, numa sobreloja) as pessoas se reuniram na rua e me aplaudiram por muito tempo. E eu quase tive medo.

– Desculpe, senhorita – propus então, para consolá-la de alguma forma. – E a senhorita não pode alugar um piano? Eu gostaria muito, muito de ouvi-la tocar; e se a senhorita...

– Não – interrompeu-me ela –, o que eu tocaria agora?! Acabou para mim. Eu arranho umas melodias sem graça. Chega. Acabou...

– Mas o sr. Terenzio Papiano – arrisquei-me novamente a perguntar – nunca lhe falou em devolver o dinheiro?

– Ele? – disse a srta. Caporale com um gesto de ira. – Eu nunca lhe pedi! Mas sim, ele me promete agora, se eu ajudá-lo... Sim! Ele quer que eu o ajude, logo eu; teve a audácia de me propor na maior tranquilidade...

– Ajudá-lo? Em quê?

– Numa nova perfídia! Compreende? Vejo que o senhor entendeu.

– Adri... a... a srta. Adriana? – balbuciei.

– Exatamente. Eu é que devo convencê-la! Eu, o senhor entende?

– A se casar com ele?

– Claro. O senhor sabe por quê? Aquela pobre coitada tem, ou melhor, deveria ter 14 ou 15 mil liras de dote: o dote da irmã, que Papiano teria de devolver ao sr. Anselmo imediatamente, já que Rita morreu sem deixar filhos. Não sei que confusão ele fez. Pediu um ano para a devolução. Agora espera que... Mas chega... aí vem Adriana!

O FALECIDO MATTIA PASCAL

Fechada em si mesma e mais reservada que de costume, Adriana veio até nós: pôs o braço em volta da cintura da srta. Caporale e me cumprimentou com um leve aceno. Eu senti, depois dessas confidências, uma raiva violenta ao vê-la tão submissa e quase escravizada pela tirania odiosa daquele trapaceiro. Pouco depois, no entanto, o irmão de Papiano apareceu no pequeno terraço, como uma sombra.

– Lá vem ele – disse a srta. Caporale suavemente a Adriana.

Esta estreitou os olhos, sorriu amargamente, sacudiu a cabeça e se retirou do terraço, dizendo:

– Com licença, sr. Meis. Boa noite.

– O espião – sussurrou-me a srta. Caporale, com uma piscadela.

– Mas do que a srta. Adriana tem medo? – disse eu, na minha crescente irritação. – Ela não entende que, comportando-se assim, dá mais pretexto ao outro de se encher de soberba e agir pior que um tirano? Olhe, senhorita, confesso-lhe que sinto grande inveja de todos aqueles que sabem aproveitar e se interessam pela vida, e os admiro. Entre aqueles que se resignam a ser escravos e aqueles que assumem, mesmo com arrogância, o papel de patrões, minha simpatia é para com estes últimos.

A srta. Caporale notou a animação com que eu havia falado e, desafiadoramente, me disse:

– E por que o senhor não tenta ser o primeiro a se rebelar?

– Eu?

– O senhor, o senhor – disse ela, olhando-me nos olhos, provocante.

– O que eu tenho a ver com isso? – respondi. – Eu só posso me rebelar de um jeito: indo embora.

– Bem – concluiu a srta. Caporale maliciosamente –, talvez Adriana não queira isso.

– Que eu vá embora?

Ela girou no ar o lencinho esfarrapado e em seguida o enrolou no dedo, suspirando:

– Quem sabe!

Eu dei de ombros.

160   LUIGI PIRANDELLO

– Vamos jantar! Jantar! – exclamei; e a deixei plantada ali no pequeno terraço.

Para começar, naquela mesma noite, ao passar pelo corredor, parei em frente ao baú no qual Scipione Papiano voltara a se postar e:

– Com licença – disse a ele –, o senhor não teria outro lugar para sentar-se mais confortavelmente? Aqui o senhor me atrapalha.

Ele me olhou como um palerma, com olhos lânguidos, imperturbável.

– Entendeu? – insisti, sacudindo-o pelo braço.

Mas era como se eu estivesse falando com uma parede! Então a porta do fundo do corredor se abriu e Adriana apareceu.

– Por favor, senhorita – disse a ela –, veja se consegue fazer esse pobre sujeito entender que pode ir e se sentar em outro lugar.

– Ele é doente – Adriana tentou desculpá-lo.

– E ainda por cima é doente! – respondi. – Aqui não é um bom lugar: falta-lhe ar... e depois, sentado num baú... Quer que eu fale com o irmão dele?

– Não, não – ela se apressou em responder. – Eu vou falar, pode deixar.

– Ele vai entender – acrescentei –, ainda não sou rei para ter uma sentinela à porta.

Perdi o domínio de mim mesmo daquela noite em diante; comecei a forçar a timidez de Adriana abertamente; fechei os olhos e me abandonei, sem pensar, aos meus sentimentos.

Pobre e querida mãezinha! No começo, ela se mostrou como dividida entre dois sentimentos: medo e esperança. Ela não podia confiar nesta última, adivinhando que o despeito me impelia; mas, por outro lado, eu sentia que o medo nela também era causado pela esperança até então secreta e quase inconsciente de não me perder. Portanto, como agora eu alimentava essa esperança, com meus novos e resolutos modos, ela não conseguia se render completamente ao medo.

Contudo, essa perplexidade delicada, essa reserva honesta impediram que eu ficasse imediatamente cara a cara comigo

O FALECIDO MATTIA PASCAL

mesmo e fizeram que eu me empenhasse cada vez mais na disputa, quase implícita, com Papiano.

Eu esperava que Papiano me enfrentasse desde o primeiro dia, abandonando os costumeiros elogios e cerimônias. Mas muito pelo contrário: ele tirou o irmão do posto de guarda ali no baú, como eu queria, e chegou a zombar do ar desajeitado e desconcertante de Adriana na minha presença.

– Perdoe minha cunhadinha, sr. Meis: ela é tão envergonhada quanto uma freira!

Essa complacência inesperada, esse desembaraço me preocupou. Aonde ele queria chegar?

Certa noite, eu o vi chegar à casa junto com um homem que entrou batendo com força a bengala no chão, como se, tendo nos pés um par de sapatos de pano que não faziam barulho, batesse com a bengala para se convencer de que estava andando.

– Onde está esse meu caro parente? – começou a gritar com um forte sotaque de Turim, sem tirar da cabeça o chapeuzinho de abas marcadas, enfiado quase até os olhos, enevoados pelo vinho, e com o cachimbo na boca, com o qual parecia estar cozinhando o nariz, mais vermelho que o da srta. Caporale. – Onde está esse meu caro parente?

– Aqui está – disse Papiano, apontando para mim; então me falou: – Sr. Adriano, uma grata surpresa! O sr. Francesco Meis, de Turim, seu parente.

– Meu parente? – exclamei, surpreso.

O homem fechou os olhos, levantou a mão como um urso levanta a pata e a manteve em suspenso, esperando que eu a apertasse.

Deixei-o ali naquela pose para contemplá-lo por um tempo, e então:

– Que farsa é essa? – perguntei.

– Não, desculpe, por quê? – disse Terenzio Papiano. – O sr. Francesco Meis me garantiu que é seu...

– Primo – confirmou aquele, sem abrir os olhos. – Todos os Meis são parentes.

– Mas eu não tenho o prazer de conhecê-lo! – protestei.

– Ah, mas essa é boa! – exclamou ele. – É justamente por isso que vim vê-lo.

– Meis? De Turim? – perguntei, fingindo buscar na memória. – Mas eu não sou de Turim!

– Como?! Me desculpe – disse Papiano –, mas o senhor não me disse que até os dez anos morou em Turim?

– Pois sim! – retomou o homem então, aborrecido que se questionasse algo de que ele não tinha dúvida. – Primo, primo! Este cavalheiro aqui... qual é o nome dele?

– Terenzio Papiano, ao seu dispor.

– Terenziano: ele me contou que seu pai foi para a América. Então, sabe o que isso quer dizer? Que você é filho do tio Antonio que foi para a América. E nós dois somos primos.

– Mas se meu pai se chamava Paolo...

– Antonio!

– Paolo, Paolo, Paolo. O senhor quer saber melhor que eu?

Ele encolheu os ombros e esticou os lábios para a frente:

– Eu achava que era Antonio – disse ele, esfregando o queixo cerrado de uma barba de pelo menos quatro dias, quase inteiramente grisalha. – Não vou dizer que não: deve ser Paolo. Não me lembro muito bem, porque nem o conheci.

Pobre homem! Talvez soubesse melhor que eu como se chamava aquele seu tio que tinha ido para a América; mas se conformou, porque queria ser meu parente a todo custo. Ele me disse que seu pai, que se chamava Francesco como ele e era irmão de Antonio... ou seja, de Paolo, meu pai... havia deixado Turim quando ele ainda era um moleque de 7 anos, e que – pobre empregado – sempre viveu longe da família, um pouco aqui, um pouco ali. Portanto, ele sabia pouco dos parentes, seja paternos ou maternos: no entanto, tinha certeza absoluta de que era meu primo.

Mas e o avô, pelo menos o avô ele tinha conhecido?, perguntei a ele. Bem, sim: ele o conhecera, mas não conseguia lembrar precisamente se em Pavia ou Piacenza.

– Ah, é? Conheceu mesmo? E como ele era?

Ele era... ele não se lembrava, francamente.

– Já se passaram trinta anos...

O FALECIDO MATTIA PASCAL

Ele não parecia de forma alguma agir de má-fé; parecia um desgraçado que afogara sua alma em vinho, para não sentir muito o peso do tédio e da miséria. Inclinava a cabeça, com os olhos fechados, aprovando tudo o que eu dizia para me divertir à sua custa. Tenho certeza de que, se eu tivesse dito a ele que, quando crianças, havíamos crescido juntos e que eu puxara seu cabelo várias vezes, ele teria concordado da mesma maneira. Eu não devia duvidar apenas de uma coisa, que éramos primos; nisso ele não podia transigir: era ponto pacífico, nem se discutia.

A certa altura, porém, olhando para Papiano e vendo-o se divertir, minha vontade de brincar passou. Mandei embora o pobre homem meio bêbado, cumprimentando-o: "Meu caro parente!", e perguntei a Papiano, com os olhos fixos nos dele, para fazê-lo entender que de tonto eu não tinha nada:

– Diga-me agora aonde o senhor foi desencavar esse belo paspalhão.

– Me desculpe, sr. Adriano! – disse o trapaceiro, a quem não posso deixar de reconhecer uma grande genialidade. – Reconheço que não fui muito feliz...

– Mas o senhor é sempre tão feliz! – exclamei.

– Não, quero dizer: o senhor não gostou do que eu fiz. Mas acredite que foi uma coincidência. Veja: eu tive de ir à agência tributária esta manhã, em nome do marquês, meu patrão. Enquanto estava lá, ouvi chamarem alto: "Sr. Meis! Sr. Meis!". Eu me viro na mesma hora, acreditando que o senhor está lá também, por algum negócio, penso que talvez precise de mim, estou sempre pronto para servi-lo. Mas não! Eles chamavam por esse belo paspalhão, como o senhor disse com razão; e assim, tão... por curiosidade, eu me aproximei e perguntei se ele realmente se chamava Meis e de que lugar ele era, porque eu tinha a honra e o prazer de hospedar um sr. Meis em casa... Foi assim que aconteceu! Ele me garantiu que devia ser seu parente e quis vir conhecê-lo...

– Na agência tributária?

– Sim senhor, ele trabalha lá: auxiliar fiscal.

Eu devia acreditar nele? Quis me certificar. E era verdade sim; mas também era verdade que Papiano, desconfiado, enquanto eu queria confrontá-lo abertamente para expor suas patranhas secretas, fugia, fugia de mim para fuçar no meu passado e me atacar pelas costas. Conhecendo-o bem, eu tinha motivos para temer que ele, com aquele faro no nariz, fosse um cão de caça para não se demorar muito procurando à toa: se farejasse a menor pista, certamente a seguiria até o moinho da Stìa.

Portanto, imaginem meu medo quando, alguns dias depois, enquanto eu estava no quarto lendo, escutei uma voz vinda do corredor, como se fosse do outro mundo, uma voz ainda viva na minha memória.

– *Agradezco a Dios, que la tirou de cima de mí!*[30]

O Espanhol? Aquele espanhol barbudo e atarracado de Monte Carlo? Aquele que queria jogar comigo e com quem eu brigara em Nice?... Ah, por Deus! Ali estava a pista! Papiano conseguira descobri-la!

Levantei-me de um salto, segurando-me à mesinha para não cair, por causa do repentino e angustiante espanto: estupefato, quase aterrorizado, apurei os ouvidos, com a intenção de fugir assim que os dois – Papiano e o Espanhol (era ele, não havia dúvida: eu tinha reconhecido sua voz) – atravessassem o corredor. Fugir? E se Papiano, ao entrar, tivesse perguntado à criada se eu estava em casa? O que ele pensaria da minha fuga? Mas, por outro lado, será que ele já sabia que eu não era Adriano Meis? Calma! O que o Espanhol poderia saber a meu respeito? Ele me vira em Monte Carlo. Será que eu tinha dito a ele que meu nome era Mattia Pascal? Talvez! Não me lembrava...

Sem notar, vi-me parado diante do espelho, como se alguém tivesse me levado até lá pela mão. Olhei para mim mesmo. Ah, aquele olho maldito! Talvez ele me reconhecesse por causa do olho. Mas como, como Papiano fora capaz de chegar lá, até minha aventura em Monte Carlo? Isso me surpreendia mais que qualquer outra coisa. O que fazer? Nada. Esperar ali pelo que estava para acontecer.

---

30 No original: *"Agradecio Dio, ántes che me la son levada de sobre!"*. [N. T.]

O FALECIDO MATTIA PASCAL

165

Nada aconteceu. E, no entanto, o medo não me abandonou, nem mesmo na noite do mesmo dia, quando Papiano, explicando-me o mistério insolúvel e terrível daquela visita, mostrou-me que ele não estava na trilha do meu passado, e que só o acaso, do qual eu vinha gozando os favores há muito tempo, quisera fazer-me outro, pondo novamente à minha frente o Espanhol, que talvez nem se lembrasse mais de mim.

Segundo as informações que Papiano me deu sobre ele, se eu fosse a Monte Carlo não podia deixar de encontrá-lo, já que era um jogador profissional. Era estranho que o encontrasse agora em Roma, ou melhor, que eu, vindo a Roma, me hospedasse numa casa que ele também frequentava. É claro que, se eu não tivesse nada a temer, esse caso não me pareceria tão estranho: quantas vezes não topamos inesperadamente, por coincidência, com alguém que conhecemos em outro lugar? Além disso, ele tinha ou acreditava ter boas razões para ir a Roma e à casa de Papiano. O erro era meu ou do acaso, que me fizera raspar a barba e mudar de nome.

Há cerca de vinte anos, a filha única do marquês Giglio d'Auletta, de quem Papiano era secretário, se casara com dom Antonio Pantogada, adido da embaixada da Espanha junto à Santa Sé. Pouco depois do casamento, Pantogada, descoberto uma noite pela polícia numa casa de jogos junto com outros membros da aristocracia romana, havia sido chamado de volta a Madri. Lá ele fez a mesma coisa, e talvez até um pouco pior, portanto foi forçado a deixar a diplomacia. Dali em diante, o marquês d'Auletta não tivera mais paz, sendo forçado a enviar dinheiro para pagar as dívidas do genro incorrigível. Há quatro anos, a esposa de Pantogada morrera, deixando uma jovem de cerca de 16 anos, que o marquês decidiu levar para viver com ele, sabendo muito bem em que mãos ela cairia. Pantogada não queria deixá-la escapar; mas depois, forçado por uma necessidade urgente de dinheiro, ele se rendeu. Agora ameaçava constantemente seu sogro de levar a filha de volta, e naquele dia ele viera a Roma com essa intenção, para extorquir mais dinheiro do pobre marquês, sabendo muito bem que este nunca deixaria sua querida neta Pepita nas mãos de Pantogada.

Papiano tinha palavras árduas para descrever a indigna chantagem de Pantogada. E sua raiva generosa era verdadeiramente sincera. E enquanto ele falava, não pude deixar de admirar a conduta privilegiada de sua consciência que, embora realmente se indignasse com a perversidade de outras pessoas, permitia que ele fizesse coisas semelhantes ou quase, muito tranquilamente, em detrimento daquele bom homem, seu sogro Paleari.

Mas dessa vez o marquês Giglio queria se rebelar. Por isso, Pantogada devia permanecer em Roma por um longo tempo e certamente viria à casa de Terenzio Papiano, com quem ele devia se entender às mil maravilhas. Um encontro entre mim e o Espanhol talvez fosse inevitável, qualquer dia desses. O que fazer?

Não podendo contar com os outros, aconselhei-me novamente com o espelho. Ali, a imagem do falecido Mattia Pascal, vindo à tona do fundo da represa, com aquele olho, a única coisa que me restava do falecido, falou assim:

"Em que confusão horrorosa você se meteu, Adriano Meis! Você tem medo de Papiano, confesse! E gostaria de pôr a culpa em mim, toda em mim, só porque eu briguei com o Espanhol em Nice. No entanto, eu estava certo, você sabe disso. Você acha que será suficiente, por ora, apagar meu último traço do seu rosto? Bem, siga o conselho da srta. Caporale e chame o dr. Ambrosini, para consertar seu olho. Então... veremos!"

XIII. A LAMPARINA

QUARENTA DIAS NO ESCURO.

Um sucesso, oh, a operação havia sido um sucesso. Só que talvez meu olho ficasse um tantico maior que o outro. Paciência! E enquanto isso, oh, quarenta dias no escuro, no meu quarto.

Pude comprovar que o homem, quando sofre, faz uma ideia particular do bem e do mal, ou seja, do bem que outros deveriam lhe fazer e do qual ele se acha merecedor, como se por causa de seus sofrimentos ele tivesse direito a uma compensação; e do mal que ele pode fazer aos outros, como se fosse autorizado por seus sofrimentos. E, se os outros não lhe fizerem o bem, quase por dever, ele os acusa; e por todo o mal que faz, quase por direito, pede desculpas facilmente.

Depois de alguns dias daquela prisão às escuras, meu desejo, a necessidade de ser confortado de alguma forma cresceu até a exasperação. Eu sabia muito bem que estava numa casa estranha; e por isso tive de agradecer aos meus hospedeiros pelos cuidados gentis que dedicavam a mim. Mas esses cuidados não me eram suficientes; ao contrário, me irritavam, como se estivessem fazendo aquilo por desaforo. Claro! Porque eu imaginava de quem eles vinham. Adriana me demonstrava, por meio deles, que estava ali em pensamento, o dia todo comigo, no meu quarto; oh, muito obrigado pelo consolo! Mas o que me valia aquilo, se eu a perseguia pela casa com meus próprios pensamentos, o dia todo, com avidez? Só ela poderia me consolar: era seu dever; ela que, mais que os outros, podia entender como e quanto o tédio pesava sobre mim, quanto me corroía o desejo de vê-la ou de senti-la pelo menos perto de mim.

E a inquietação e o tédio também cresciam por causa da raiva que me causara a notícia da súbita partida de Pantogada de Roma. Será que eu teria ficado enfurnado no quarto quarenta dias no escuro, se soubesse que ele iria partir tão cedo?

Para me consolar, o sr. Anselmo Paleari queria me provar, com um longo argumento, que a escuridão era imaginária.

– Imaginária? Isso aqui? – gritei para ele.

– Tenha paciência que eu lhe explico.

E me apresentou (talvez como uma preparação para as experiências espíritas que dessa vez seriam feitas em meu quarto, para que eu me distraísse um pouco), me apresentou, como eu dizia, uma concepção filosófica toda sua, muito particular, que talvez pudesse ser chamada de *lamparinasofia*.

De tempos em tempos, o bom homem se interrompia para me perguntar:

– O senhor está dormindo, sr. Meis?

Eu ficava tentado a responder:

– Sim, me desculpe, estou dormindo, sr. Anselmo.

Mas, já que a intenção no fundo era boa, era me fazer companhia, eu respondia que estava me divertindo muito e implorava para que ele continuasse.

E o sr. Anselmo continuava, demonstrando que, para nossa infelicidade, não somos como a árvore que vive sem ter percepção de si mesma, para a qual a terra, o sol, o ar, a chuva, o vento não parecem diferentes dela: coisas amigáveis ou prejudiciais. A nós homens, porém, quando nascemos, coube um triste privilégio: o de *nos sentirmos* vivos, com a bela ilusão que nos resulta disso: isto é, de assumir como uma realidade exterior a nós esse nosso sentimento interno da vida, mutável e variado, de acordo com os tempos, os acontecimentos e a sorte.

O FALECIDO MATTIA PASCAL 169

E esse sentimento da vida, para o sr. Anselmo, era exatamente como uma lamparina que cada um de nós leva consigo, acesa; uma lamparina que nos faz vagar pela Terra e nos permite ver o mal e o bem; uma lamparina que projeta ao nosso redor um círculo de luz mais ou menos amplo, além do qual existe uma sombra negra, a sombra assustadora que não existiria se a lamparina não estivesse acesa em nós, mas que devemos infelizmente considerar verdadeira, enquanto a lamparina se mantiver viva. Apagada no final com um sopro, a noite perpétua nos receberá depois do dia esfumaçado da nossa ilusão, ou será que ficaremos à mercê do Ser, que só terá rompido as formas vãs da nossa razão?

– O senhor está dormindo, sr. Meis?

– Continue, pode continuar, sr. Anselmo: não estou dormindo. Parece que estou vendo o senhor e sua lamparina.

– Ah, bem... Mas, como o senhor está com o olho machucado, não vamos muito longe na filosofia, hein? Vamos tentar, em vez disso, perseguir os vaga-lumes perdidos, que seriam nossas lamparinas, na escuridão do destino humano. Antes de tudo, eu diria que são de muitas cores; o que o senhor acha? De acordo com a cor do vidro que nos fornece a ilusão, a grande comerciante, grande comerciante de vidros coloridos. Mas me parece, sr. Meis, que em certas épocas da história, assim como em certas épocas da vida individual, é possível verificar a predominância de uma determinada cor, não é? De fato, em todas as épocas, geralmente se estabelece entre os homens um certo acordo de sentimentos, que dá luz e cor àquelas lamparinas que são os termos abstratos: *Verdade, Virtude, Beleza, Honra* e sabe-se lá mais o quê... O senhor não acha que era vermelha, por exemplo, a grande lanterna da Virtude pagã? Da cor roxa, cor deprimente, a da Virtude cristã. A chama de uma ideia comum é alimentada pelo sentimento coletivo; mas se esse sentimento se rompe, a lanterna do termo abstrato permanece de pé, porém a chama da ideia estala em seu interior, cintila e tremula, como geralmente acontece em todos os períodos chamados de transição. Rajadas de vento violentas, que de repente apagam todas aquelas lamparinas, não são raras na história. Que prazer! Na súbita escuridão, o tumulto das lamparinas é indescritível: quem vai por ali, quem vai para lá, quem volta, quem fica girando perdido; já não encontram o caminho: colidem, juntam-se por um momento em grupos de dez ou vinte; mas não podem chegar a um acordo, e voltam a se espalhar em grande confusão, em fúria angustiada: como formigas que não encontram mais a entrada do formigueiro, tampada por uma criança cruel. Parece-me, sr. Meis, que estamos agora passando por um desses momentos. Muita escuridão e muita confusão! Todas as lamparinas se apagaram. A quem devemos nos voltar? Retroceder, talvez, em direção às lamparinas sobreviventes, aquelas que os grandes mortos deixaram acesas no túmulo? Lembro-me de um lindo poema de Niccolò Tommaseo:

Minha pequena lamparina
Não brilha como sol
Nem, como incêndio, exala fumaça;
Não chia nem se consome,
Mas com seu cume tende
·Ao céu que a deu a mim.

Ela estará sobre mim, na sepultura,
Viva; nem chuva nem vento,
Nem os anos terão influência;
E aqueles que passarem,
Errantes, com a luz apagada,
A iluminarão na minha.[31]

Mas como, sr. Meis, se falta à nossa lamparina o óleo sagrado que abastecia a do Poeta? Muitos ainda vão às igrejas para prover suas lamparinas com o alimento necessário. São, em sua maioria, pobres velhos, pobres mulheres, para quem a vida mentiu e que

---

31 *La piccola mia lampa/ Non, come sol, risplende,/ Nè, come incendio, fuma;/ Non stride e non consuma,/ Ma con la cima tende/ Al ciei che me la diè.// Starà su me, sepolto,/ Viva; nè pioggia o vento,/ Nè in lei le età potranno;/ E quei che passeranno/ Erranti, a lume spento,/ Lo accenderan da me.* [N. T.]

O FALECIDO MATTIA PASCAL

avançam na escuridão da existência, com esse sentimento iluminado como uma lamparina votiva, que eles protegem, com um
cuidado ansioso, do sopro gelado das últimas desilusões, para
suportar pelo menos até lá, até a borda fatal, à qual se apressam,
mantendo os olhos na chama e pensando constantemente: *"Deus
está me vendo!"*, para não ouvir o clamor da vida em volta, que soa
em seus ouvidos como blasfêmias. *"Deus está me vendo..."* porque
eles o veem, não somente em si mesmos, mas em tudo, até na
sua miséria, nos seus sofrimentos, sentem que terão uma recompensa no final. A luz fraca, mas calma, dessas lamparinas certamente desperta uma inveja angustiante em muitos de nós; para
outros, por sua vez, que se julgam armados, como Júpiter, com
o raio domado pela ciência e, em vez dessas lamparinas, carre-
gam triunfalmente lâmpadas elétricas, inspira uma comiseração
desdenhosa. Então eu pergunto, sr. Meis: e se toda essa escuridão, esse enorme mistério sobre o qual os filósofos inicialmente
especularam e que agora, mesmo renunciando a investigá-lo, a
ciência não exclui, não era no fundo um engano como qualquer
outro, um engano da nossa mente, uma fantasia que não se colo-
re? Se finalmente nos convencêssemos de que todo esse mistério
não existe fora de nós, mas apenas em nós, e necessariamente,
graças ao famoso privilégio do sentimento que temos da vida, ou
seja, a lamparina da qual falei até agora? E se a morte, afinal, que
nos causa tanto horror, não existisse e fosse apenas, não a extinção da vida, mas o sopro que extingue essa lamparina em nós,
isto é, a infeliz percepção que temos dela, dolorosa, temerosa,
porque limitada, definida por esse círculo de sombras fictícias,
além do breve âmbito da pobre luz, que nós, pobres vaga-lumes
perdidos, projetamos ao nosso redor, e no qual nossa vida permanece aprisionada, excluída a qualquer momento da vida universal e eterna, à qual nos parece que um dia teremos de voltar,
enquanto já estamos lá e sempre ficaremos lá, mas sem esse sentimento de exílio que nos angustia? O limite é ilusório, é relativo
à nossa pouca luz, à nossa individualidade: não existe na realidade da natureza. Nós – não sei se isso vai agradá-lo –, nós sempre
vivemos e sempre viveremos no universo; mesmo agora, nessa

nossa forma, participamos de todas as manifestações do universo, mas não o conhecemos, não o vemos, porque infelizmente essa maldita lamparina tremulante nos mostra apenas o pouco que sua luz alcança; se ao menos o víssemos como realmente é! Mas não, senhor: ela o pinta à sua própria maneira e nos mostra certas coisas das quais devemos realmente lamentar, coisas das quais talvez em outra forma de existência não tenhamos mais boca para poder rir loucamente. Rir, sr. Meis, de todas as aflições vãs e estúpidas que ela provocou em nós, de todas as sombras, de todos os fantasmas ambiciosos e estranhos que fez surgir diante de nós e ao redor, do medo que nos inspirou!

Oh, por que então o sr. Anselmo Paleari, enquanto falava – e com razão – tão mal da lamparina que cada um de nós carrega consigo, queria acender outra agora, de vidro vermelho, ali no meu quarto, para suas experiências espíritas? Uma só já não bastava?, perguntei a ele.

– É uma compensação! – respondeu. – Uma lamparina contra a outra! Afinal, em algum momento ela se apaga, o senhor sabe!

– E lhe parece que este seja o melhor meio de ver algo? – arrisquei-me a observar.

– Desculpe-me, mas isso que chamamos de luz – rebateu o sr. Anselmo prontamente – pode servir para nos enganar aqui, na chamada vida; para nos fazer ver além disso, é totalmente inútil, acredite, é até prejudicial. São pretensões estúpidas de certos cientistas de coração mesquinho e intelecto mais mesquinho ainda, que querem acreditar, para sua própria conveniência, que com essas experiências se ofenda a ciência ou a natureza. Mas não, senhor! Queremos descobrir outras leis, outras forças, outra vida na natureza (sempre na natureza, caramba!), que vá além da experiência normal, muito limitada; queremos forçar a compreensão estreita que nossos sentidos limitados geralmente nos dão dela. Perdão, mas não são os cientistas os primeiros que esperam pelo ambiente e pelas condições adequadas para ter sucesso em suas experiências? Pode-se trabalhar sem a câmara escura na fotografia? E então? Existem, além de tudo, muitos meios de controle!

O FALECIDO MATTIA PASCAL

Mas o sr. Anselmo, como pude constatar algumas noites depois, não usava nenhum deles. Eram experiências em família! Ele poderia suspeitar que a srta. Caporale e Papiano tivessem prazer em enganá-lo? Por que fariam isso? Qual a graça? Ele estava mais que convencido e não precisava dessas experiências para fortalecer sua fé. Como homem de bem que era, nem imaginava que eles poderiam enganá-lo com outros propósitos. Quanto à mesquinhez angustiante e pueril dos resultados, a teosofia se encarregava de dar uma explicação muito plausível. Os seres superiores do *Plano Mental*, ou de um plano ainda mais elevado, não podiam descer para se comunicar conosco por meio de um médium, por isso era necessário se contentar com as manifestações grosseiras de almas inferiores mortas, do *Plano Astral*, isto é, do mais próximo ao nosso, simples assim.

E quem poderia lhe dizer o contrário?[32]

Eu sabia que Adriana sempre se recusara a testemunhar essas experiências. Desde que eu estava confinado no quarto, no escuro, ela entrara apenas muito raramente, e nunca sozinha, para me perguntar como eu estava. Essa pergunta sempre parecia, e era de fato, feita por pura educação. Ela sabia, ela sabia muito bem como eu estava! Eu até notava um certo tom de ironia maliciosa na sua voz, pois ela não sabia por que eu de repente decidira me sujeitar à operação e, portanto, tinha de acreditar que eu sofria por vaidade, para me tornar mais bonito ou menos feio, com o olho consertado de acordo com o conselho da srta. Caporale.

– Estou bem, senhorita! – respondia-lhe. – Não vejo nada...

– Sim, mas vai ver, vai ver melhor depois – dizia então Papiano.

Aproveitando-me do escuro, eu levantava o punho, como se fosse acertar a cara dele. Com certeza ele fazia aquilo de propósito, para que eu perdesse a pouca paciência que ainda me restava. Não era possível que ele não notasse o aborrecimento que

---

32 "A fé", escreveu o mestre Alberto Fiorentino, "é substância de algo que se espera, e argumento e prova do que não se vê" (*Nota de dom Eligio Pellegrinotto*). [N. A.]

me causava: eu lhe demonstrava de todas as formas, bocejando, bufando; no entanto, lá estava ele: continuava a entrar em meu quarto quase todas as noites (ah, ele sim) e ficava lá por horas, tagarelando sem parar. Naquela escuridão, sua voz quase me tirava o fôlego, fazia que eu me contorcesse na cadeira como se tivesse levado uma ferroada, crispava os dedos: queria estrangulá-lo em certos momentos. Ele adivinhava? Será que percebia? Justamente nesses momentos sua voz se tornava mais suave, quase carinhosa.

Nós sempre temos necessidade de culpar alguém por nossos dramas e misérias. No fundo, Papiano fazia de tudo para que eu saísse daquela casa; e por isso, se a voz da razão pudesse ter falado a mim naqueles dias, eu deveria lhe agradecer de todo o coração. Mas como eu poderia ouvi-la, essa bendita voz da razão, se ela falava comigo precisamente pela boca dele, pela boca de Papiano, que para mim era um trapaceiro, obviamente trapaceiro, descaradamente trapaceiro? Ele não queria me mandar embora para enganar o sr. Paleari e arruinar Adriana? Era só isso que eu entendia, de todos os seus discursos. Oh, a voz da razão tinha de escolher justamente a boca de Papiano para que eu a ouvisse? Mas talvez fosse eu quem, para encontrar uma desculpa, a colocasse na boca dele, para que parecesse injusta a mim, que já me sentia preso aos laços da vida e ficava irritado, mas não pelo escuro nem pelo aborrecimento que Papiano, falando, me causava.

Sobre o que ele falava? Sobre Pepita Pantogada, noite após noite.

Embora eu vivesse muito modestamente, Papiano tinha enfiado na cabeça que eu era muito rico. E então, para desviar meus pensamentos de Adriana, talvez sonhasse com a ideia de que eu me apaixonasse pela neta do marquês Giglio d'Auletta, e a descrevia para mim como uma menina sábia e altiva, cheia de talento e vontade, de modos resolutos, franca e vivaz; linda, ainda por cima: tão linda! Morena, esbelta e formosa ao mesmo tempo; toda ardente, com um par de olhos brilhantes e uma boca que arrancava beijos. Isso sem falar do dote: – Enorme! – nada menos que toda a riqueza do marquês d'Auletta. O marquês, sem dúvida,

O FALECIDO MATTIA PASCAL

ficaria muito feliz em arranjar-lhe um marido o mais rápido possível, não só para se livrar de Pantogada, que o perturbava, mas também porque o avô e a neta não se davam muito bem: o marquês era fraco de caráter, completamente fechado e seu mundo morto; Pepita, ao contrário, era forte e cheia de vida.

Será que ele não entendia que, quanto mais elogiava essa Pepita, mais crescia minha antipatia por ela, mesmo antes de conhecê-la? Eu a conheceria – dizia ele – dentro de algumas noites, porque ele a convencera a participar da próxima sessão espírita. Eu também conheceria o marquês Giglio d'Auletta, que muito desejava esse encontro por tudo que ele, Papiano, lhe contara sobre mim. Mas o marquês não saía mais de casa e nunca teria participado de uma sessão espírita, por seu credo religioso.

– Como assim? – perguntei. – Ele não participa da sessão, mas permite que a neta venha?

– É porque ele sabe em que mãos a confia! – exclamou Papiano, altivo.

Eu não quis ouvir mais nada. Por que Adriana se recusava a testemunhar essas experiências? Por seus escrúpulos religiosos. Porém, se a neta do marquês Giglio iria participar daquelas sessões, com o consentimento do seu avô clerical, Adriana também não poderia vir? Seguindo esse argumento, tentei persuadi-la na véspera da primeira sessão.

Ela entrou no meu quarto com o pai, que ouviu minha proposta:

– Mas é sempre assim, sr. Meis! – suspirou. – A religião, em face desse problema, levanta suas orelhas de asno e se afasta, tal como a ciência. No entanto, nossas experiências, eu já disse e expliquei à minha filha tantas vezes, não são de forma alguma contrárias nem a uma nem a outra. De fato, para a religião em particular, elas são até uma prova das verdades que defende.

– E se eu estiver com medo? – objetou Adriana.

– De quê? – respondeu o pai. – Da experiência?

– Ou do escuro? – acrescentei. – Estaremos todos aqui com a senhorita! Quer ser a única a ficar de fora?

– Mas eu... – respondeu Adriana, envergonhada – ... não acredito, é isso... não posso acreditar, e... ah, sei lá!

Ela não conseguiu dizer mais nada. Pelo tom da voz, pelo embaraço, porém, entendi que não era só a religião que proibia Adriana de testemunhar aquelas experiências. O medo que ela dava como desculpa poderia ter outras causas, das quais o sr. Anselmo não suspeitava. Ou talvez lhe doesse testemunhar o miserável espetáculo do seu pai iludido puerilmente por Papiano e pela srta. Caporale?

Não tive coragem de insistir mais.

Mas ela, como se tivesse lido no meu coração o desgosto que sua recusa me causava, deixou escapar na escuridão: *"Enfim..."*, a que eu imediatamente respondi:

– Que bom! Então teremos a senhorita conosco?

– Só amanhã à noite – concordou, sorrindo.

No dia seguinte, à tarde, Papiano veio preparar o quarto: trouxe uma mesinha retangular, de madeira barata, sem gaveta, sem pintura; limpou um canto do quarto; lá pendurou um lençol com uma corda; também trouxe um violão, uma coleira de cachorro com muitos guizos e outros objetos. Esses preparativos foram feitos à luz da famosa lamparina de vidro vermelho. Enquanto isso, ele não parou – é claro! – de falar um só momento.

– O lenço serve, o senhor sabe... serve... eu não sei, de... de acumulador, digamos, dessa força misteriosa: o senhor vai vê-lo se mexer, sr. Meis, enfunar como uma vela, iluminar-se às vezes com uma luz estranha, quase diria sideral. Sim, senhor! Ainda não conseguimos obter "materializações", mas luzes sim: o senhor as verá, se a srta. Silvia estiver bem-disposta hoje à noite. Ela se comunica com o espírito de um dos seus antigos camaradas da Academia, que morreu – Deus nos livre – tísico, aos 18 anos. Era de... não sei, acho que da Basileia, mas morava em Roma fazia muito tempo com a família. Um gênio musical, sabe? Levado pela morte cruel antes que pudesse florescer. Pelo menos é o que diz a srta. Caporale. Mesmo antes de saber que tinha essa faculdade mediúnica, ela se comunicava com o espírito de Max. Sim, senhor: este era o nome dele, Max... espere, Max Oliz, se não me engano. Sim, senhor! Possuída por esse espírito, ela improvisava

O FALECIDO MATTIA PASCAL

ao piano, às vezes chegava a cair inconsciente. Certa noite, as pessoas até se reuniram na rua e a aplaudiram...

– E a srta. Caporale ficou com medo disso – acrescentei placidamente.

– Ah, o senhor sabe da história? – disse Papiano, calando.

– Ela mesma me disse. Então eles aplaudiram a música de Max tocada pelas mãos da srta. Caporale?

– Sim, sim! Pena que não temos um piano em casa. Temos de nos contentar com algumas músicas, alguns acordes tocados no violão. Max fica bravo, sabe?! Até quebra as cordas, às vezes... Mas o senhor vai ouvir esta noite. Parece-me que tudo está em ordem agora.

– E me diga uma coisa, sr. Terenzio. Por curiosidade – perguntei a ele, antes de sair –, o senhor acredita nisso? O senhor realmente acredita nisso?

– Olhe – respondeu imediatamente, como se tivesse previsto a pergunta. – Para falar a verdade, não vejo com muita clareza.

– Pudera!

– Ah, mas não porque as experiências são feitas no escuro, não é isso! Os fenômenos, as manifestações são reais, sem dúvida: isso é inegável. Não podemos desconfiar de nós mesmos...

– E por que não? Muito pelo contrário!

– Como? Não entendo!

– Nós nos enganamos tão fácil! Principalmente quando queremos acreditar em algo...

– Mas para mim, não, sabe: não gosto! – protestou Papiano. – Meu sogro, que é muito versado nesses estudos, acredita nisso. Eu, ao contrário, nem sequer tenho tempo para pensar nessas coisas... nem se eu quisesse. Eu tenho muito o que fazer, com aqueles malditos Bourbons do marquês que não me largam! Aqui, algumas noites, só me distraio. Da minha parte, acredito que não saberemos nada da morte enquanto estivermos vivos pela graça de Deus; e, portanto, não parece inútil pensar nisso? Devemos procurar viver da melhor forma, isso sim, santo Deus! É isso que eu penso, sr. Meis. Até mais tarde, hein? Agora vou à via dei Pontefici para pegar a srta. Pantogada.

Ele voltou cerca de meia hora depois, muito contrariado: junto com a srta. Pantogada e sua governanta tinha vindo um certo pintor espanhol, que me foi apresentado, a contragosto, como amigo da família Giglio. Seu nome era Manuel Bernaldez e ele falava italiano fluente; no entanto, não havia como fazê-lo pronunciar meu sobrenome corretamente: parecia que toda vez, no ato de proferi-lo, ele temia que sua língua se machucasse.

– Adriano *Meu* – dizia ele, como se de repente tivéssemos nos tornado amigos.

"Adriano *Teu*", quase sentia vontade de responder.

As mulheres entraram: Pepita, a governanta, a srta. Caporale, Adriana.

– Você também? Que novidade! – Papiano disse a ela de modo rude.

Ele não esperava por aquilo. Eu, por minha vez, pela maneira como Bernaldez foi recebido, percebi que o marquês Giglio não devia saber nada a respeito de sua participação na sessão, e que por trás disso devia haver algum flerte com Pepita.

Mas o grande Terenzio não renunciou ao seu plano. Organizando a corrente mediúnica ao redor da mesa, fez Adriana se sentar ao lado dele e colocou a srta. Pantogada ao meu lado.

Eu não estava feliz? Não. Nem Pepita. Falando tal como o pai, ela imediatamente se rebelou:

– *Gracie tanto, así no puede ser! Quero ficar entre o sr. Paleari e mi governanta, caro sr. Terenzio!*

A semiescuridão avermelhada mal permitia discernir os contornos de seu rosto; de modo que não consegui ver até que ponto o retrato que Papiano me fizera da srta. Pantogada era verdade; o jeito, no entanto, a voz e aquela repentina rebelião combinavam perfeitamente com a ideia que eu fizera dela depois daquela descrição.

Decerto, ao recusar com tanta indignação o lugar que Papiano lhe designara ao meu lado, a srta. Pantogada me ofendia; mas eu não apenas não me senti mal com isso, como até me alegrei.

– Muito bem! – exclamou Papiano. – E então, podemos fazer assim: ao lado do sr. Meis senta-se a sra. Candida; e a senhorita no lugar dela. Meu sogro permanece onde está: e nós três também, como estamos. Tudo bem?

O FALECIDO MATTIA PASCAL

Claro que não! Não estava bem nem para mim nem para a srta. Caporale, nem para Adriana nem – como se viu pouco depois – para Pepita, que se arranjou muito melhor numa nova corrente disposta pelo espírito genial de Max.

Vi-me então ao lado de quase um fantasma de mulher, com uma espécie de topete na cabeça (era um chapéu? Era uma touca? Uma peruca? Que diabo era aquilo?). Debaixo daquela enorme elevação saíam de quando em quando alguns suspiros terminados num breve gemido. Ninguém havia pensado em me apresentar àquela sra. Candida: agora, para formar a corrente, tínhamos de dar as mãos; e ela suspirava. Não lhe parecia certo fazer aquilo. Meu Deus, que mão fria!

Com a outra mão, eu segurava a mão esquerda da srta. Caporale, sentada à cabeceira da mesa, de costas para o lençol pendurado no canto; Papiano segurava-lhe a mão direita. Junto de Adriana, do outro lado, estava o pintor; o sr. Anselmo estava do outro lado da mesa, de frente para a srta. Caporale.

Papiano disse:

– Antes de tudo, devemos explicar ao sr. Meis e à srta. Pantogada a língua... como se chama?

– Tiptológica – esclareceu o sr. Anselmo.

– Por favor, também para mim – disse a sra. Candida, agitando-se na cadeira.

– Muito bem! Para a sra. Candida também!

– Bem – pôs-se a explicar o sr. Anselmo. – Duas batidas querem dizer *sim*...

– Batidas? – Pepita interrompeu. – Que batidas?

– Batidas – replicou Papiano – ou golpes na mesa, nas cadeiras ou em qualquer outro lugar, ou até mesmo sentidos por meio de toques.

– *Ah, no-no-no-no-nooo*!!! – exclamou então Pepita, toda agitada, pondo-se de pé. – *No me gusta, toques. De quem?*

– Do espírito de Max, senhorita – explicou Papiano. – Eu já lhe disse quando estávamos vindo para cá: eles não doem, fique tranquila.

– *Tiptológicas* – acrescentou a sra. Candida com um ar de comiseração, como uma mulher superior.

– Então – resumiu o sr. Anselmo, duas batidas, *sim*; três batidas, *não*; quatro, *escuro*; cinco, *falem*; seis, *luz*. Isso é suficiente. E agora vamos nos concentrar, senhores.

Fez-se silêncio. Nós nos concentramos.

XIV. AS PROEZAS DE MAX

APREENSÃO? NÃO. NEM MESMO UM TIQUINHO. Mas eu era tomado por uma forte curiosidade e também por um certo medo de que Papiano estivesse prestes a passar vergonha. Aquilo devia me agradar, mas não. Quem não sente pena, ou melhor, um gélido constrangimento ao testemunhar uma comédia mal representada por atores inexperientes?

"Das duas, uma", pensei. "Ou ele é muito inteligente, ou a obstinação de ter Adriana ao seu lado não permite que ele veja onde se meteu, deixando Bernaldez e Pepita, Adriana e eu desiludidos e, portanto, capazes de notar sua fraude, sem achar a menor graça ou ter alguma compensação. Adriana, mais que todos, perceberá, pois está mais perto dele; mas ela já suspeita da armação e está preparada para isso. Não podendo ficar ao meu lado, talvez agora mesmo esteja se perguntando por que permanece ali como testemunho de uma farsa que ela acha não apenas insípida, mas também indigna e sacrílega. Por sua vez, a mesma dúvida devem ter Bernaldez e Pepita. Como é que Papiano não percebe isso, agora que o golpe de colocar a srta. Pantogada ao meu lado naufragou? Ele confia tanto na sua própria habilidade? Vamos ver."

Ao fazer essas reflexões, eu nem pensava na srta. Caporale. De repente, ela começou a falar, como se estivesse cochilando.

– A corrente – disse ela –, a corrente tem de ser mudada...

– Max já está aqui? – indagou seriamente o sr. Anselmo.

A resposta da srta. Caporale demorou um longo tempo.

– Sim – disse ela então com dificuldade, quase ofegando. – Mas somos muitos, esta noite...

– Isso é verdade! – retrucou Papiano. – Parece-me, no entanto, que estamos bem.

– Calado! – avisou o sr. Paleari. – Vamos ouvir o que Max diz.

– A corrente – retomou a srta. Caporale – não lhe parece bem equilibrada. Aqui, deste lado (*e levantou minha mão*), há duas mulheres. O sr. Anselmo devia trocar de lugar com a srta. Pantogada.

– Agora mesmo! – exclamou o sr. Anselmo, levantando-se. – Aqui, jovem senhora, sente-se aqui!

E Pepita, dessa vez, não se rebelou. Ela estava ao lado do pintor.

– Então – acrescentou a srta. Caporale –, a sra. Candida...

Papiano a interrompeu:

– No lugar de Adriana, não é? Já tinha pensado nisso. Tudo bem!

Apertei a mão de Adriana forte, forte, bem forte, até machucá-la, assim que se sentou ao meu lado. Ao mesmo tempo, a srta. Caporale segurava minha outra mão, como se me perguntasse: "*Você está contente assim?*". "*É claro, muito contente!*", respondi-lhe com outro aperto, que também significava: "Agora vá em frente, faça o que quiser!".

– Silêncio! – ordenou neste momento o sr. Anselmo.

Mas quem havia falado? Quem? A mesa! Quatro golpes: *Escuro!*

Juro que não os ouvi.

Só que, assim que a lanterna se apagou, aconteceu uma coisa que repentinamente interrompeu todas as minhas suposições. A srta. Caporale deu um grito estridente, que nos fez pular das cadeiras.

– Luz! Luz!

O que havia acontecido?

Um soco! A srta. Caporale recebera um soco na boca, colossal: suas gengivas sangravam.

O FALECIDO MATTIA PASCAL

Pepita e a sra. Candida se levantaram, assustadas. Papiano também se levantou para reacender a lamparina. Na mesma hora Adriana retirou sua mão da minha. Bernaldez, com o grande rosto vermelho porque segurava um fósforo nas mãos, sorria, entre surpreso e incrédulo, enquanto o sr. Anselmo, muito consternado, repetia:

– Um soco! Como se explica isso?

Eu também me perguntava, perturbado. Um soco? Então essa mudança de lugares não fora acertada antes entre os dois. Um soco? Então, a srta. Caporale se rebelara contra Papiano. E agora?

Agora, empurrando a cadeira para o lado e pressionando um lenço sobre a boca, a srta. Caporale protestou que não queria mais saber daquilo. E Pepita Pantogada gritava:

– *Gracie, señores! Gracie! Aqui se dão tapas!*

– Mas não! Mas não! – exclamou o sr. Paleari. – Senhores, isso é um fato novo, muito estranho! Precisamos pedir uma explicação.

– Para Max? – perguntei.

– Para Max, sim! Será que a senhorita, querida Silvia, não interpretou mal suas sugestões na disposição da corrente?

– Provavelmente! Provavelmente! – exclamou Bernaldez, rindo.

– O que acha, sr. Meis? – perguntou-me o sr. Paleari, a quem Bernaldez realmente não agradara.

– Sim, com certeza, parece que foi isso – disse eu.

Mas a srta. Caporale balançou firmemente a cabeça.

– E então? – prosseguiu o sr. Anselmo. – Como se explica isso? Max violento! Desde quando? O que você diz, Terenzio?

Terenzio não dizia nada, protegido pela semiescuridão: apenas deu de ombros.

– Vamos lá! – disse eu então à srta. Caporale. – Vamos contentar o sr. Anselmo, senhorita? Pedimos a Max uma explicação: se ele, então, se demonstrar de novo um espírito... pouco espirituoso, vamos deixá-lo em paz. Estou certo, sr. Papiano?

– Certíssimo! – respondeu este. – Vamos perguntar, apenas isso. Acho bom.

– Mas eu não acho! – respondeu a srta. Caporale, voltando-se para ele.

– Diz isso a mim? – exclamou Papiano. – Mas se a senhorita quiser desistir...

– Sim, seria melhor – arriscou Adriana timidamente.

Mas o sr. Anselmo no mesmo instante levantou a voz:

– Mas que medrosa! Isso é criancice, caramba! Perdão, mas digo isso à senhorita também, Silvia! A senhorita conhece bem o espírito que lhe é familiar, e sabe que esta é a primeira vez... Seria uma pena parar! Porque, por mais desagradável que esse incidente tenha sido, os fenômenos sugeriram esta noite que se manifestariam com uma energia incomum.

– Muito incomum! – exclamou Bernaldez, rindo e provocando o riso dos outros.

– E eu – acrescentei –, eu não gostaria que me batessem nesse olho aqui...

– *Nem eu!* – Pepita acrescentou.

– Todos sentados! – ordenou então Papiano, resolutamente. – Vamos seguir o conselho do sr. Meis. Vamos tentar pedir uma explicação. Se os fenômenos se revelarem mais uma vez com muita violência, paramos. Todo mundo sentado!

E soprou na lamparina.

Procurei no escuro a mão de Adriana, que estava fria e trêmula. Para respeitar seu medo, de início não a apertei; aos poucos comecei a pressioná-la, como se quisesse infundir-lhe calor e, com o calor, a confiança de que tudo agora se processaria tranquilamente. Na verdade, não restavam dúvidas de que Papiano, talvez lamentando a violência que o dominara, tivesse mudado de ideia. De qualquer forma, com certeza teríamos um momento de descanso; então, talvez Adriana e eu, naquela escuridão, fôssemos o alvo de Max. "Bem", disse a mim mesmo, "se o jogo ficar pesado demais, faremos durar pouco. Não vou permitir que Adriana seja atormentada."

Enquanto isso, o sr. Anselmo começara a falar com Max, como se fala com alguém verdadeiro e real, presente ali.

– Você está aí?

Dois pequenos golpes na mesa. Estava!

O FALECIDO MATTIA PASCAL

– E como é, Max – perguntou o sr. Paleari, num tom de reprovação amorosa –, que você, tão bom, tão gentil, tratou tão mal a srta. Silvia? Você pode nos contar?

Dessa vez a mesa se agitou um pouco a princípio, depois três golpes secos e firmes soaram no centro dela. Três golpes: portanto, *não*, ele não queria nos dizer.

– Não vamos insistir! – resignou-se o sr. Anselmo. – Talvez ainda esteja um pouco alterado, hein, Max? Eu sinto isso, eu o conheço... Eu o conheço... Você poderia ao menos nos dizer se a corrente disposta desse jeito o agrada?

Mal Paleari terminara de fazer essa pergunta, senti baterem duas vezes rapidamente na minha testa, quase com a ponta de um dedo.

– Sim! – exclamei no mesmo instante, denunciando o fenômeno; e apertei a mão de Adriana.

Devo confessar que esse "toque" inesperado também me causou, na hora, uma estranha impressão. Eu tinha certeza de que, se levantasse a mão a tempo, teria pegado a de Papiano, e ainda assim... A delicada leveza do toque e a precisão tinham sido, de qualquer forma, extraordinárias. Então, repito, eu não esperava aquilo. Mas por que Papiano me escolhera para demonstrar sua submissão? Com esse sinal ele queria me acalmar, ou significava um desafio: *"Agora você vai ver se eu estou contente"*?

– Ótimo, Max! – exclamou o sr. Anselmo.

E eu, para mim mesmo: "Ótimo mesmo! Eu vou é te encher de tabefes, isso sim".

– Agora, se não se importa – continuou o dono da casa –, você poderia nos dar um sinal da sua boa disposição em relação a nós?

Cinco batidas na mesa intimaram: *"Falem!"*.

– O que isso significa? – perguntou a sra. Candida, assustada.

– Que precisamos falar – explicou Papiano em voz baixa.

E Pepita:

– Com quem?

– Com quem quiser, senhorita! Fale com seu vizinho, por exemplo.

– Em voz alta?

– Sim – disse o sr. Anselmo. – Isso significa, sr. Meis, que Max está nos preparando uma bela manifestação. Talvez uma luz... quem sabe! Vamos falar, vamos falar...

E o que dizer? Eu já estava falando com a mão de Adriana há algum tempo e, ai de mim, não pensava em mais nada! Mantinha com aquela pequena mão um discurso longo, intenso, urgente e ao mesmo tempo carinhoso, que ela escutava trêmula e abandonada; já a obrigara a ceder-me os dedos para entrelaçá-los com os meus. Uma embriaguez ardente me tomara, e eu apreciava o quanto lhe custava o esforço de refrear seu entusiasmo apaixonado, comportando-se com doce ternura, como exigia a candura daquela tímida e doce alma.

Então, enquanto nossas mãos mantinham esse íntimo diálogo, comecei a sentir uma espécie de atrito na barra transversal, entre as duas pernas traseiras da cadeira; e isso me incomodou. Papiano não conseguiria chegar lá com o pé; e mesmo que pudesse, a barra entre as pernas da frente o impediria. Será que ele tinha se levantado da mesa e se postado atrás da minha cadeira? Mas, nesse caso, se a sra. Candida não fosse realmente estúpida, teria percebido. Antes de comunicar o fenômeno aos outros, eu queria explicá-lo a mim mesmo de alguma forma; mas depois pensei que, tendo obtido o que eu queria, agora, quase como uma obrigação, era uma boa ideia participar da farsa, sem demora, para não irritar ainda mais Papiano. E comecei a dizer o que sentia.

– É mesmo? – exclamou Papiano, do seu lugar, com uma surpresa que me parecia sincera.

A srta. Caporale não se espantou menos.

Senti meu cabelo se arrepiar. Então o fenômeno era verdadeiro?

– Atrito? – perguntou ansiosamente o sr. Anselmo. – Como assim? Como assim?

– Isso! – confirmei, quase com irritação. – E continua! Como se houvesse um cachorrinho aqui... isso!

Uma gargalhada estrondosa acolheu minha explicação.

– Mas é Minerva! É Minerva! – gritou Pepita Pantogada.

– Quem é Minerva? – perguntei, mortificado.

O FALECIDO MATTIA PASCAL
187

– Minha cachorrinha! – continuou ela, ainda rindo. – *Minha cadelinha, señor, que faz eso em todas las cadeiras. Con permiso! Com licença!*

Bernaldez acendeu outro fósforo, e Pepita se levantou para pegar a cadelinha chamada Minerva e aconchegá-la no colo.

– Agora, deixe-me explicar – disse o sr. Anselmo. – Agora vou explicar a irritação de Max. Há pouca seriedade esta noite, é isso!

Para o sr. Anselmo, talvez sim, mas, para dizer a verdade, não houve muito mais seriedade para nós nas noites seguintes – com relação ao espiritismo, é claro.

Quem conseguiria continuar prestando atenção nas proezas de Max no escuro? A mesa rangia, movia-se, falava com golpes firmes ou suaves; outros golpes se ouviam nos encostos das nossas cadeiras e, de vez em quando, nos móveis da sala, e arranhões, raspões e outros ruídos; estranhas luzes fosfóricas, como fogos-fátuos, se acenderam no ar por um tempo, vagando, e até o lençol se iluminou e inflou como uma vela; e uma pequena mesa porta-charutos deu vários passeios pela sala e, uma vez, até pulou na mesa em torno da qual nos sentamos em corrente; e o violão, como se estivesse dotado de asas, voou da cômoda em que fora colocado e veio arranhar suas cordas perto de nós... Porém, pareceu-me que Max manifestava melhor seus eminentes dotes musicais com os guizos da coleira de cachorro que a certa altura foi colocada no pescoço da srta. Caporale; o que pareceu, para o sr. Anselmo, um truque carinhoso e gentil de Max; mas a srta. Caporale não gostou muito dele.

Scipione, irmão de Papiano, obviamente entrou em cena, protegido pelo escuro, com instruções muito específicas. Ele era verdadeiramente epiléptico, mas não tão idiota quanto seu irmão Terenzio e ele mesmo queriam dar a entender. Habituado à escuridão, devia ter o olho acostumado para nos ver no escuro. Na verdade, não saberia dizer até que ponto ele se demonstrou hábil naquelas fraudes planejadas com seu irmão e com a srta. Caporale; para nós, ou seja, para mim e Adriana, para Pepita e Bernaldez, ele podia fazer o que quisesse e estava tudo bem, de qualquer modo: ali, ele só tinha de contentar o sr. Anselmo e a sra.

Candida; e parecia que estava se saindo muito bem. É verdade, no entanto, que nem um nem outro era difícil de agradar. Oh, o sr. Anselmo estava muito feliz; às vezes ele parecia um garotinho no teatro de marionetes; e eu sofria diante de algumas das suas exclamações pueris, não apenas por causa do embaraço que me causava ver um homem, que decerto não era um tolo, agir assim de modo tão inacreditável; mas também porque Adriana me fazia entender que sentia remorsos em estar se divertindo à custa da seriedade do pai, aproveitando-se da sua ridícula estupidez.

Era só isso que perturbava de tempos em tempos nossa alegria. No entanto, conhecendo Papiano, devia ter nascido em mim a suspeita de que, se ele se resignava a manter Adriana ao meu lado e, contrariando meus temores, nunca deixasse o espírito de Max nos perturbar – antes parecia nos favorecer e nos proteger –, devia ter algo mais em mente. Mas naquele momento a alegria proporcionada pela liberdade imperturbável no escuro era tal que essa suspeita jamais me ocorreu.

– *No!* – gritou a srta. Pantogada a certa altura.

E imediatamente o sr. Anselmo:

– Diga, diga, senhorita! O que foi? O que a senhorita sentiu?

Até mesmo Bernaldez insistiu para que ela dissesse, com delicadeza; e então Pepita:

– *Aqui, de un lado, una carícia...*

– Com a mão? – perguntou o sr. Paleari. – Delicada, não é mesmo? Fria, furtiva e delicada... Oh, Max, quando você quer, sabe ser gentil com as mulheres! Vamos ver, Max, você poderia repetir a carícia à dama?

– *Aqui está! Aqui está!* – Pepita começou a gritar, ao mesmo tempo rindo.

– O que a senhorita quer dizer? – perguntou o sr. Anselmo.

– De novo, de novo... *me faz una carícia!*

– E um beijo, Max? – então propôs o sr. Paleari.

– *No!* – gritou Pepita novamente.

Mas um belo beijo estalou na sua bochecha.

Quase involuntariamente, aproximei a mão de Adriana da minha boca; depois, não satisfeito, me inclinei para procurar

O FALECIDO MATTIA PASCAL

sua boca, e assim o primeiro beijo, longo e silencioso, foi trocado entre nós.

O que se seguiu? Demorou um pouco antes que eu, confuso e envergonhado, pudesse me recuperar naquela desordem repentina. Tinham notado nosso beijo? Eles gritavam. Um, dois fósforos foram acesos; depois também a vela, a mesma que estava dentro da lamparina de vidro vermelho. E todos de pé! Por quê? Por quê? Um grande golpe, um golpe formidável, como desferido por um punho de um gigante invisível, trovejou sobre a mesa, assim, em plena luz. Ficamos atordoados e, mais que os outros, Papiano e a srta. Caporale.

– Scipione! Scipione! – chamou Terenzio.

O epiléptico caíra no chão e estava estranhamente ofegante.

– Sentem-se! – gritou o sr. Anselmo. – Ele caiu em *transe* também! Aqui, aqui, a mesa se move, sobe, sobe... A levitação! Bravo, Max! Viva!

E de fato a mesa, sem que ninguém a tocasse, levantou mais que um palmo do chão e depois caiu pesadamente.

A srta. Caporale, lívida, trêmula, aterrorizada, veio esconder o rosto no meu peito. A srta. Pantogada e a governanta saíram correndo da sala, enquanto o sr. Paleari gritava muito irritado:

– Não, voltem já, caramba! Não quebrem a corrente! Agora vem o melhor! Max! Max!

– Mas que Max! – exclamou Papiano, finalmente se livrando do terror que o mantinha imobilizado e correndo ao irmão para sacudi-lo e fazê-lo recuperar os sentidos.

A lembrança do beijo foi momentaneamente sufocada em mim pela surpresa daquela revelação estranha e inexplicável que eu havia testemunhado. Se, como sustentava o sr. Paleari, a força misteriosa que agira naquele momento, sob meus olhos, provinha de um espírito invisível, com certeza esse espírito não era o de Max: bastava olhar para Papiano e para a srta. Caporale a fim de se convencer disso. Aquele Max fora inventado por eles. Quem então tinha agido? Quem desferira aquele formidável golpe na mesa?

Tantas coisas lidas nos livros de Paleari surgiram na minha mente tumultuada; e, com um estremecimento, pensei naquele

estranho que se afogara na represa do moinho da Stìa, de quem
eu havia tirado o luto dos parentes e conhecidos.

"E se fosse ele?!", disse a mim mesmo. "Se ele tivesse vindo
me procurar aqui para se vingar, revelando tudo..."

Enquanto isso, o sr. Paleari, que era o único que não experimentara nem espanto nem consternação, ainda não conseguia
entender como um fenômeno tão simples e comum como a levitação da mesa nos impressionara tanto, depois de tantas maravilhas às quais já tínhamos assistido. Para ele, importava muito
pouco que o fenômeno tivesse se manifestado com a luz acesa.
O que ele não conseguia explicar é por que Scipione estava lá, no
meu quarto, quando ele achava que estivesse na cama.

– Isso me admira – disse ele – porque geralmente esse pobre
sujeito não se importa com nada. Mas vê-se que nossas misteriosas sessões despertaram certa curiosidade nele: veio espiar,
entrou furtivamente e depois... puf, foi apanhado! Porque é inegável, sabe, sr. Meis, que os fenômenos extraordinários da mediuni-
dade derivam em grande parte da neurose epiléptica, cataléptica
e histérica. Max retira de todos, remove inclusive de nós uma boa
parte da energia nervosa, e se vale dela para a produção de fenômenos. Está confirmado! O senhor também não sente como se
lhe tivessem tirado alguma coisa?

– Ainda não, para dizer a verdade.

Revirei-me na cama quase até o amanhecer, fantasiando sobre aquele infeliz, enterrado no cemitério de Miragno com meu
nome. Quem era? De onde vinha? Por que se suicidara? Talvez
quisesse que seu triste fim fosse conhecido: talvez tivesse sido
uma reparação, uma expiação... e eu me aproveitara disso! Mais
de uma vez, no escuro – confesso –, congelei de medo. Aquele
golpe, ali, na mesa do meu quarto, não fora ouvido só por mim.
Era ele quem tinha feito aquilo? E se ele ainda continuasse ali,
no silêncio, presente e invisível, ao meu lado? Apurava os ouvidos para tentar ouvir algum barulho no quarto. Então adormeci
e tive sonhos terríveis.

No dia seguinte, abri as janelas para a luz.

XV. MINHA SOMBRA E EU

ACONTECEU COMIGO VÁRIAS VEZES, ao acordar no coração da noite (a noite, neste caso, demonstra realmente não ter coração), aconteceu-me de experimentar no escuro, no silêncio, uma estranha perplexidade, uma estranha vergonha da lembrança de alguma coisa feita durante o dia, na claridade, sem me dar conta disso; e então me perguntava se, para determinar nossas ações, não contribuem também as cores, a visão das coisas ao redor, os vários ruídos da vida. Claro, sem dúvida; e quem sabe quantas outras coisas! Nós não vivemos, segundo o sr. Anselmo, em relação com o universo? E vejam só quantas besteiras esse maldito universo nos faz cometer, das quais dizemos depois que a responsável é nossa pobre consciência, atraída por forças externas, deslumbrada por uma luz que está fora dela. Por sua vez, quantas deliberações feitas, quantos planos arquitetados, quantos expedientes maquinados durante a noite não nos parecem depois inúteis e não entram em colapso e se esfumaçam à luz do dia? O dia é de um jeito, a noite de outro, então talvez sejamos uma coisa de dia, outra de noite: uma coisinha muito miserável, ai de nós, tanto de noite como de dia.

Eu sei que, quando abri as janelas do meu quarto depois de quarenta dias, não senti nenhuma alegria em rever a luz. A lembrança do que eu havia feito naqueles dias no escuro obscureceu-a horrivelmente. Todas as razões, as desculpas e as persuasões que tiveram seu peso e valor naquela escuridão deixaram de existir assim que as janelas se abriram, ou adquiriram um sentido completamente oposto. E em vão aquele pobre eu que por tanto tempo estivera com as janelas fechadas e que tinha feito de tudo para aliviar o irritante tédio da prisão, agora – tímido como um cão espancado – ia atrás daquele outro eu, que abrira as janelas e acordava à luz do dia, franzindo a testa, severo, impetuoso; em vão tentava afastá-lo dos pensamentos sombrios, induzindo-o a ficar satisfeito, diante do espelho, com o resultado bem-sucedido da operação, com a barba crescida e também com a palidez que, de alguma forma, tornava minha aparência distinta.

"Imbecil, o que você fez? O que você fez?"

O que eu tinha feito? Nada, sejamos justos! Experimentei o amor. No escuro – a culpa era minha? –, não tinha visto mais obstáculos e perdera a reserva que havia imposto a mim mesmo. Papiano queria tirar Adriana de mim; a srta. Caporale, por outro lado, me dera a moça de bandeja, fazendo-me sentar ao lado dela, e por isso tinha levado um soco na boca, pobrezinha; eu sofria e – naturalmente –, por causa desses sofrimentos, acreditei que, como qualquer outro infeliz (leia-se o homem), tivesse direito a uma compensação e – já que ela estava ao meu lado – a tomara; ali se faziam experiências de morte, e Adriana, ao meu lado, era a vida, a vida esperando por um beijo para se abrir à alegria; ora, Manuel Bernaldez havia beijado sua Pepita no escuro e eu também...

– Ah!

Atírei-me na poltrona, com o rosto entre as mãos. Sentia meus lábios tremerem com a lembrança daquele beijo. Adriana! Adriana! Que esperanças eu tinha acendido no seu coração com aquele beijo? Minha esposa, não é verdade? Abertas as janelas, festa para todos!

Eu permaneci, não sei por quanto tempo, ali naquela poltrona pensando, pensando, ora com os olhos arregalados, ora guardando tudo dentro de mim, com raiva, como se para me proteger de uma forte agitação interna. Por fim, eu via: enxergava em toda

O FALECIDO MATTIA PASCAL 193

a sua crueza a farsa de minha ilusão: o que era, no fundo, aquilo que me parecera a maior das fortunas, na embriaguez primária da minha libertação?

Eu já percebera como minha liberdade, que a princípio me parecera sem limites, infelizmente era limitada pelo meu dinheiro, que não era muito; então também percebi que poderia mais apropriadamente ser chamada de solidão e tédio, e que isso me condenava a uma dor terrível: a da companhia de mim mesmo. Então me aproximara dos outros; mas o propósito de evitar reatar, mesmo que muito fracamente, os fios partidos, será que valia a pena? Pois aqueles fios se reataram por si mesmos; e a vida, mesmo que eu me opusesse, me arrastara com seu ardor irresistível: a vida que não era mais para mim. Ah, agora eu estava realmente ciente disso, agora que eu não podia mais, com pretextos inúteis, com fingimentos quase infantis, com desculpas piedosas e mesquinhas, me impedir de assumir meu sentimento por Adriana, de atenuar o peso das minhas intenções, minhas palavras, meus atos. Muitas coisas, sem falar, eu dissera a ela, apertando sua mão, fazendo-a entrelaçar seus dedos nos meus; e um beijo, um beijo finalmente selou nosso amor. Agora, como responder à promessa com fatos? Eu poderia tornar Adriana minha? Mas aqueles dois anjos, Romilda e a viúva Pescatore, tinham me jogado lá na represa do moinho, lá na Stìa – não eram elas que haviam se jogado! Então minha mulher estava livre; não eu, que tinha concordado em me fazer de morto com a ilusão de poder me tornar outro homem, viver outra vida. Outro homem, sim, mas com a condição de que não fizesse nada. E que homem, então? Uma sombra de homem! E que vida? Enquanto eu me contentara em me fechar em mim mesmo e ver os outros viverem, sim, pude ter, bem ou mal, a ilusão de que estava vivendo outra vida; mas agora que me aproximara desta para receber um beijo de lábios tão queridos, era obrigado a retroceder, horrorizado, como se eu tivesse beijado Adriana com os lábios de um morto, de um morto que não poderia ressuscitar para ela! Lábios mercenários, sim, poderia tê-los beijado; mas qual o gosto vital nesses lábios? Ah, se Adriana, conhecendo meu estranho caso... Ela?

Não... não... Nem pensar! Ela, tão pura, tão tímida... Mesmo se o amor fosse mais forte nela que qualquer outra coisa, mais forte que qualquer consideração social... oh, pobre Adriana, e como eu poderia encerrá-la comigo no vazio do meu destino, torná-la companheira de um homem que não poderia de forma alguma se declarar e se mostrar vivo? O que fazer? O que fazer?

Duas batidas na porta me fizeram pular da poltrona. Era ela, Adriana.

Por mais que eu tentasse, com um esforço violento, refrear a agitação dos meus sentimentos, não pude impedir que ela visse que eu estava perturbado. Ela também estava, mas pelo pudor, o que não lhe permitia mostrar-se feliz, como ela gostaria, de finalmente me ver restabelecido, na luz e contente... Não? Por que não?... Ela mal levantou os olhos para olhar para mim; corou; entregou-me um envelope:

– Para o senhor...

– Uma carta?

– Acho que não. Deve ser a conta do dr. Ambrosini. O empregado quer saber se há uma resposta.

Sua voz tremia. Ela sorriu.

– Imediatamente – disse eu; mas fui tomado por uma ternura repentina, entendendo que ela viera com a desculpa daquela conta para arrancar de mim uma palavra que confirmasse suas esperanças; uma piedade angustiada e profunda tomou conta de mim, senti pena dela e de mim, uma piedade cruel, que me obrigava irresistivelmente a acariciá-la, acariciar nela a minha dor, pois só nela, que era sua causa, eu poderia encontrar conforto. E sabendo que eu me comprometeria ainda mais, não resisti: estendi-lhe as mãos. Ela, confiante, mas com o rosto em chamas, levantou as suas lentamente e colocou-as nas minhas. Então aconcheguei sua cabeça loira ao meu peito e passei a mão por seus cabelos.

– Pobre Adriana!

– Por quê? – perguntou-me ela, deixando-se acariciar. – Não estamos felizes?

– Sim...

O FALECIDO MATTIA PASCAL — 195

– Então, por que pobre?

Naquele momento tive um ímpeto de rebeldia, fiquei tentado a revelar tudo, a responder: "Por quê? Olhe, eu a amo e não posso, não devo amá-la! Mas se você quiser...". Caramba! O que essa gentil criatura poderia querer? Pressionei a cabeça dela firmemente contra meu peito, e senti que eu seria muito mais cruel se fizesse Adriana cair, da suprema alegria que estava experimentando naquele momento, levada pelo amor, no abismo do desespero que eu mesmo sentia.

– Porque – disse eu, soltando-a –, porque eu sei de tantas coisas pelas quais a senhorita não pode ser feliz...

Ela experimentou uma espécie de perplexidade dolorosa, ao ver a si mesma abandonada pelos meus braços tão de repente. Será que ela esperava, depois daquelas carícias, que eu a tratasse por "você"? Ela olhou para mim e, percebendo minha agitação, perguntou hesitante:

– Coisas... que o senhor sabe... por si mesmo, ou aqui... da minha casa?

Eu respondi com o gesto: "Aqui, aqui" para fugir da tentação que me dominava de conversar, de me abrir com ela.

Devia ter feito isso! Causando-lhe uma grande dor, eu teria poupado outras, e não teria me metido em novas confusões mais difíceis. Mas minha triste descoberta era muito recente, eu ainda precisava aprofundá-la, e o amor e a piedade tiravam de mim a coragem de repentinamente destruir suas esperanças e minha própria vida, isto é, a sombra de ilusão que eu ainda poderia ter enquanto permanecesse em silêncio. Além do mais, eu sabia como seria odiosa a declaração que deveria ter feito, isto é, que eu tinha uma esposa. Sim! sim! Revelando-lhes que não era Adriano Meis, voltava a ser Mattia Pascal, MORTO E AINDA CASADO! Como tais coisas podem ser ditas? Era o cúmulo da perseguição que uma esposa pode exercer sobre o marido: livrar-se dele, reconhecê-lo morto no cadáver de um pobre homem afogado e pesar novamente, depois da sua morte, em cima dele dessa maneira. Eu poderia ter me rebelado, é claro, declarar-me vivo, então... Mas quem, no meu lugar, não teria agido como eu? Todos,

todos, como eu, naquele ponto, no meu lugar, certamente teriam considerado uma grande sorte poder libertar-se de maneira tão imprevista, inesperada e impensável, de sua esposa, de sua sogra, de dívidas, de uma existência triste e miserável como a minha. Eu poderia imaginar, então, que nem mesmo morto eu me livraria da minha esposa? Ela sim se livrara de mim, mas não eu dela? E que a vida que se abria à minha frente, livre, livre, libérrima, no final era apenas uma ilusão, que não poderia se tornar realidade, se não muito superficialmente, e mais escrava que nunca, escrava dos fingimentos, das mentiras que com tanto desgosto eu me via forçado a usar, escrava do medo de ser descoberto sem ter cometido nenhum crime?

Adriana reconhecia que realmente não tinha em casa, de fato, nenhum motivo de felicidade; mas agora... E com os olhos e um sorriso triste, ela me perguntou se algum dia poderia representar um obstáculo, para mim, aquilo que para ela era motivo de dor. "Não pode, não é verdade?", perguntavam aquele olhar e seu sorriso triste.

– Oh, mas vamos pagar o dr. Ambrosini! – exclamei, fingindo me lembrar de repente da conta e do empregado esperando por ela. Rasguei o envelope e, sem perder tempo, me esforcei para assumir um tom brincalhão: – Seiscentas liras! – disse eu. – Olhe só, Adriana: a Natureza faz uma das suas costumeiras estranhezas; por tantos anos ela me condena a usar um olho, digamos, desobediente; padeço de dores e aprisionamento para corrigir o erro dela, e agora, além disso, tenho de pagar. Isso lhe parece certo?

Adriana sorriu com comiseração.

– Acho – disse ela – que o dr. Ambrosini não ficaria satisfeito se você lhe dissesse para entrar em contato com a Natureza para o pagamento. Acho que ele também espera que o senhor lhe agradeça, porque o olho...

– A senhorita acha que ficou bom?

Ela fez um esforço para me olhar e disse baixinho, baixando os olhos imediatamente:

– Sim... parece outro...

– Eu ou o olho?

O FALECIDO MATTIA PASCAL

– O senhor.

– Talvez com esta barba...

– Não... Por quê? Fica muito bem no senhor...

Poderia ter arrancado aquele olho com um dedo! O que me importava agora que ele estivesse no lugar?

– Mesmo assim – disse eu –, talvez antes eu fosse mais feliz. Agora sinto um certo incômodo... Enfim... vai passar!

Fui até o armário embutido onde guardava o dinheiro. Então Adriana fez sinal de que queria ir embora; eu, tolo, a retive; mas como eu poderia ter imaginado? Como já se viu, em todos os meus problemas, grandes e pequenos, sempre fui ajudado pela Sorte. Então vou contar como foi, também dessa vez, que a sorte veio em meu auxílio novamente.

Ao tentar abrir o armário, notei que a chave não girava na fechadura: a porta, mal a empurrei, imediatamente cedeu: estava aberta!

– Como?! – exclamei. – Será possível que eu tenha deixado assim?

Percebendo minha repentina perturbação, Adriana ficou muito pálida. Olhei para ela e:

– Mas aqui... olhe, senhorita, alguém quis mexer aqui!

Dentro do armário estava uma grande bagunça: minhas cédulas de dinheiro haviam sido retiradas da carteira de couro na qual eu as guardava e estavam espalhadas na prateleira. Adriana escondeu o rosto entre as mãos, horrorizada. Peguei febrilmente as notas e comecei a contá-las.

– Será possível? – exclamei, depois de contar, passando minhas mãos trêmulas sobre a testa congelada de suor.

Adriana estava quase desmaiando, mas se apoiou numa pequena mesa próxima e perguntou com uma voz que não parecia mais ser dela:

– Roubaram?

– Espere... espere... Como isso é possível? – disse eu.

E voltei a contar, furiosamente, forçando meus dedos e o papel, como se, por força de atrito, as outras que estavam faltando pudessem sair daquelas notas.

– Quanto? – perguntou-me ela, transtornada de horror e desgosto, assim que terminei de contar.

– Doze... doze mil liras... – gaguejei. – Eu tinha sessenta e cinco... Tenho cinquenta e três! Conte a senhorita...

Se eu não tivesse corrido a tempo de segurá-la, a pobre Adriana teria caído no chão, como se tivesse levado uma pancada. No entanto, com um esforço supremo, ela conseguiu se recuperar e, soluçando convulsivamente, tentou se soltar de mim – que queria sentá-la na poltrona – e ir em direção à porta:

– Vou chamar meu pai! Vou chamar meu pai!

– Não! – gritei, segurando-a e forçando-a a sentar-se. – Não fique tão agitada, pelo amor de Deus! Assim a senhorita piora tudo... Não quero, não quero! O que a senhorita tem a ver com isso? Por favor, acalme-se. Deixe-me primeiro verificar, porque... sim, o armário estava aberto, mas eu não posso, não quero acreditar num roubo tão grande... Fique calma, por favor!

E novamente, por um último escrúpulo, voltei a contar as notas; embora eu soubesse com certeza que todo o meu dinheiro estava lá, naquele armário, comecei a vasculhar em todos os lugares, mesmo onde não era possível que eu tivesse deixado tal quantia, a menos que tivesse tido um momento de loucura. E para justificar essa busca que me parecia cada vez mais boba e inútil, tentei acreditar que a audácia do ladrão era improvável. Mas Adriana, quase delirando, com as mãos no rosto, a voz entrecortada pelos soluços:

– É inútil! É inútil! – gemia. – Ladrão... ladrão... até ladrão!... Tudo combinado antes... Eu ouvi, no escuro... Suspeitei... mas não quis acreditar que ele pudesse ir tão longe...

Papiano, sim: o ladrão só podia ser ele, por meio do irmão, durante a sessão espírita...

– Mas como – gemeu ela angustiada –, como é que o senhor guardava tanto dinheiro em casa?

Olhei para ela, atordoado. O que responder? Eu poderia lhe dizer que era obrigado a manter o dinheiro comigo, na minha situação? Eu poderia dizer a ela que estava proibido de investir o dinheiro de alguma forma, de confiá-lo a alguém? Que eu não

O FALECIDO MATTIA PASCAL

poderia nem deixá-lo num banco já que, se por acaso surgisse uma provável dificuldade para retirá-lo, eu não teria como reconhecer meu direito a ele?

E, para não parecer tolo, fui cruel:

– E eu lá ia achar que isso aconteceria? – perguntei.

Adriana cobriu o rosto novamente com as mãos, gemendo de coração partido:

– Meu Deus! Meu Deus! Meu Deus!

O mesmo medo que o ladrão deve ter sentido ao cometer o roubo me assaltou agora, ao pensar no que aconteceria. Papiano decerto não podia supor que eu culpasse o pintor espanhol ou o sr. Anselmo, a srta. Caporale, a criada da casa ou o espírito de Max pelo roubo: devia estar certo de que eu o culparia, ele e seu irmão; mesmo assim ele fizera aquilo, quase me desafiando.

E eu? O que podia fazer? Denunciá-lo? E como? Mas nada, nada, nada! Eu não podia fazer nada! Mais uma vez, nada! Eu me sentia arrasado, aniquilado. Era a segunda descoberta naquele dia! Eu conhecia o ladrão e não podia denunciá-lo. Que direito eu tinha à proteção da lei? Eu estava fora de toda lei. Quem eu era? Ninguém! Eu não existia para a lei. Portanto, qualquer um podia me roubar; e eu, calado!

Mas Papiano não podia saber de tudo isso. E então?

– Como ele pôde fazer isso? – disse eu quase para mim mesmo. – De onde saiu tanta ousadia?

Adriana tirou as mãos do rosto e olhou para mim com espanto, como se dissesse: *"E o senhor não sabe?"*.

– Ah, sim! – exclamei, entendendo seu gesto.

– Mas o senhor vai denunciá-lo! – exclamou ela, pondo-se de pé. – Deixe-me, por favor, deixe-me chamar meu pai... Ele vai denunciá-lo imediatamente!

Cheguei a tempo de contê-la mais uma vez. Era só o que me faltava: que agora, além disso, Adriana me obrigasse a denunciar o roubo! Não bastava que tivessem me roubado, do nada, doze mil liras? Eu ainda devia temer que o roubo se tornasse conhecido? Devia implorar, para evitar que Adriana falasse alto, que não contasse a ninguém, por caridade? Mas que nada! Adriana – e agora entendo perfeitamente – não podia permitir que eu ficasse em silêncio e a obrigasse também a isso, ela não podia de modo algum aceitar o que parecia ser minha generosidade, por muitas razões: primeiro por seu amor, depois pela honra da sua casa, e também por mim e pelo ódio que ela sentia pelo cunhado.

Mas naquela situação, sua justa revolta parecia demais para mim. Exasperado, gritei:

– A senhorita vai ficar quieta: é uma ordem! Não dirá nada a ninguém, entende? Quer que haja um escândalo?

– Não! Não! – a pobre Adriana se apressou a protestar, chorando. – Eu quero libertar minha casa da ignomínia daquele homem!

– Mas ele vai negar! – argumentei. – E então a senhorita, todos desta casa diante do juiz... Não entende?

– Sim, muito bem! – respondeu Adriana ardentemente, toda vibrante de indignação. – Que negue, que negue! Mas nós, por nossa conta, temos outras coisas, acredite, para dizer contra ele. O senhor deve denunciá-lo, não tenha consideração, não tema por nós... Vai nos fazer muito bem, acredite em mim, muito bem! O senhor vai vingar minha pobre irmã... O senhor devia entender, sr. Meis, que me ofenderia se não o fizesse. Eu quero, quero muito que o senhor o denuncie. Se o senhor não fizer isso, eu farei! Como quer que eu fique com meu pai, depois de uma vergonha dessas? Não! Não! Não! E depois...

Segurei-a nos braços: não pensava mais no dinheiro roubado, vendo-a sofrer assim, mortificada, desesperada: prometi-lhe que faria o que ela quisesse, desde que se acalmasse. Não, vergonha por quê? Não havia vergonha alguma para ela nem para o pai; eu sabia quem era o culpado pelo roubo; Papiano tinha calculado que meu amor por ela valia doze mil liras, e eu devia mostrar a ele que não? Denunciá-lo? Bem, sim, eu faria isso, não por mim mesmo, mas para libertar a casa dela daquele desgraçado: sim, mas com uma condição: que ela se acalmasse primeiro, não chorasse mais assim, vamos! E então, que ela me jurasse, por tudo que ela mais amava no mundo, que não falaria com ninguém, com ninguém, sobre aquele roubo, antes de eu me consultar com

O FALECIDO MATTIA PASCAL   201

um advogado para saber de todas as consequências que, agitados
como estávamos, nem eu nem ela poderíamos prever.

– A senhorita jura? Por tudo que lhe é mais sagrado?

Ela me jurou, e com um olhar, entre lágrimas, me fez entender por quem ela jurava, aquilo que lhe era mais caro.

Pobre Adriana!

Eu permaneci lá, sozinho, no meio do quarto, atordoado, vazio, aniquilado, como se o mundo inteiro tivesse se tornado inútil
para mim. Quanto tempo demorou até que eu me recuperasse?
E como isso aconteceu? Tolo... tolo!... Como um tolo, fui olhar
a porta do armário, para ver se havia algum traço de violência.
Não: nenhum traço. Fora aberto de forma limpa, com uma ga-
zua, enquanto eu guardava a chave no bolso com tanto cuidado.

"E o senhor não sente", o sr. Paleari tinha me perguntado no
final da última sessão, *"não sente como se lhe tivessem tirado alguma coisa?"*

Doze mil liras!

Mais uma vez a sensação do meu total desamparo, da minha
nulidade, me assaltou, me esmagou. Realmente eu nem pensara
que pudessem me roubar e que eu fosse forçado a permanecer
em silêncio, e mesmo com medo de que o roubo fosse descoberto, como se eu o tivesse cometido e não um ladrão.

Doze mil liras? Era pouco! Pouco! Podiam roubar tudo de
mim, tirar toda a roupa do meu corpo, e eu devia ficar quieto!
Que direito tinha eu de falar? A primeira coisa que me pergun-
tariam seria: "E quem é o senhor? De onde veio esse dinheiro?".
Mas sem denunciar... vejamos! Se esta noite eu o agarro pelo pescoço e grito: "Devolva imediatamente o dinheiro que você tirou
de lá do armário, seu ladrãozinho!", ele berra; ele nega; talvez até
diga: "Sim senhor, aqui está, peguei por engano..."? E então? Mas
pode ser que também me processe por difamação. Calado, então, calado! Pareceu-me uma sorte ser dado como morto? Bem,
e eu realmente morri. Morto? Pior que morto. O sr. Anselmo me
lembrou disto: os mortos não precisam mais morrer, e eu sim:
ainda estou vivo para a morte e morto para a vida. Que vida pode

ser esta minha? O aborrecimento de antes, a solidão, a companhia de mim mesmo?

Escondi o rosto com as mãos; caí na poltrona.

Ah, se eu fosse pelo menos um canalha! Talvez pudesse ter me adaptado a ficar assim, suspenso na incerteza do destino, abandonado ao acaso, exposto a um risco contínuo, sem base, sem consistência. Mas eu? Eu não. E o que fazer então? Ir embora? E para onde? E Adriana? Mas o que eu podia fazer por ela? Nada... nada... Porém como podia ir embora desse jeito, sem qualquer explicação, depois do que acontecera? Ela iria procurar a causa naquele roubo; diria: "E por que ele quis salvar o agressor e punir a mim, que sou inocente?". Ah não, não, pobre Adriana! Mas, por outro lado, não podendo fazer nada, como eu esperava tornar menos lamentável meu comportamento para com ela? Claro que eu precisava me mostrar inconsequente e cruel. A inconsequência e a crueldade faziam parte do meu próprio destino, e era eu quem as experimentava primeiro. Até Papiano, o ladrão, ao cometer o roubo, tinha sido mais coerente e menos cruel do que eu teria de me mostrar.

Ele queria Adriana para não devolver o dote da primeira esposa ao sogro: eu quisera tirar Adriana dele? Portanto, era eu que tinha de devolver o dote ao sr. Paleari.

Para um ladrão, ele era muito coerente!

Ladrão? Mas nem mesmo um ladrão: afinal, o roubo seria mais aparente que real. Conhecendo a honestidade de Adriana, ele não podia pensar que eu queria torná-la minha amante: com certeza eu queria desposá-la. Bem, eu iria reaver meu dinheiro na forma do dote de Adriana e, além disso, teria uma mulher ajuizada e boa: o que mais eu queria?

Ah, eu tinha certeza de que, se pudéssemos esperar, e se Adriana conseguisse guardar segredo, veríamos Papiano cumprir sua promessa de devolver, mesmo antes do ano de prazo, o dote da falecida esposa.

É verdade que o dinheiro não viria mais para mim, porque Adriana não podia ser minha: mas iria para as suas mãos, se ela soubesse permanecer em silêncio, seguindo meu conselho, e se

O FALECIDO MATTIA PASCAL

eu pudesse permanecer por mais algum tempo ali. Eu deveria ser muito, muito hábil, e talvez Adriana pelo menos ganhasse isto: a restituição do seu dote.

Com isso em mente consegui me acalmar um pouco, pelo menos quanto a ela. Ah, mas não quanto a mim! Para mim, restava a crueza da fraude descoberta, a da minha ilusão, diante da qual o roubo das doze mil liras não era nada, era até mesmo bom, se pudesse resultar em vantagem para Adriana.

Eu me vi excluído da vida para sempre, sem possibilidade de retornar. Com o coração em luto por causa dessa experiência, sairia agora daquela casa, à qual já me acostumara, na qual encontrara um pouco de paz e quase fizera um ninho; e andaria de novo pelas estradas, sem rumo, sem objetivo, no vazio. O medo de cair mais uma vez nas ciladas da vida me deixaria mais distante que nunca dos homens, sozinho, sozinho, de fato sozinho; e o suplício de Tântalo seria renovado em mim.

Saí de casa como um louco. Depois de algum tempo, encontrei-me na via Flaminia, perto da ponte Molle. O que eu fazia ali? Olhei ao redor; então meus olhos recaíram na sombra do meu corpo e fiquei ali a contemplá-la; por fim, levantei um pé, com raiva. Mas eu não podia, não conseguia pisar na minha sombra.

Qual dos dois era mais sombra? Eu ou ela?

Duas sombras!

Estava ali, bem ali no chão, e qualquer um podia passar por cima de mim: esmagar minha cabeça, esmagar meu coração: e eu, calado; a sombra, calada.

A sombra de um homem morto: eis minha vida...

Uma carroça passou; fiquei ali de propósito: primeiro o cavalo, com as quatro patas, depois as rodas do carro.

– Então! Com força, no pescoço! Oh, você também, cachorrinho? Sim, vamos lá, sim: levante a pata! Levante uma pata!

Explodi num riso malicioso; o cachorrinho fugiu assustado; o carroceiro se virou para me olhar. Então me mexi, e também a sombra diante de mim. Corri para enfiá-la debaixo de outras carroças, sob os pés dos viajantes, com volúpia. Fora tomado por uma louca agitação, que quase me rasgava o ventre; no final, não suportei mais me ver diante da minha sombra; queria conseguir arrancá-la dos pés. Virei-me, mas lá estava ela, agora atrás de mim.

"E se eu começar a correr", pensei, "ela vai me seguir!"

Esfreguei a testa com força, com medo de estar prestes a enlouquecer, a fazer daquilo uma obsessão. Mas sim! Então era isso! O símbolo, o espectro da minha vida era aquela sombra: era eu, ali no chão, exposto à misericórdia dos pés dos outros. Aqui está o que restou de Mattia Pascal, que morreu na Stìa: sua sombra pelas ruas de Roma.

Aquela sombra tinha um coração e não podia amar; tinha dinheiro e todos podiam roubá-la; tinha uma cabeça, mas para pensar e entender que era a cabeça de uma sombra, e não a sombra de uma cabeça. Isso mesmo!

Então a senti como algo vivo e me compadeci dela, como se o cavalo, as rodas da carroça e os pés dos viajantes a tivessem realmente torturado. E eu não queria deixá-la ali, exposta, no chão. Um bonde passou e subi nele.

Voltando para casa...

XVI. O RETRATO DE MINERVA

MESMO ANTES DE ME ABRIREM A PORTA, imaginei que alguma coisa séria deveria ter acontecido em casa: ouvi Papiano e o sr. Paleari gritarem. A srta. Caporale veio ao meu encontro, muito perturbada:

– Então é verdade? Doze mil liras?

Estanquei, ofegante, perdido. Naquele momento, Scipione Papiano, o epiléptico, atravessou o saguão de entrada, descalço, com os sapatos na mão, muito pálido, sem paletó; enquanto o irmão berrava lá dentro:

– Então denuncie! Denuncie!

Imediatamente fui tomado por uma violenta irritação contra Adriana, que tinha falado, apesar da proibição, apesar do seu juramento.

– Quem disse isso? – gritei para a srta. Caporale. – Não é verdade: eu achei o dinheiro!

A srta. Caporale olhou para mim, atônita:

– O dinheiro? Encontrou? Realmente? Ah, Deus seja louvado! – exclamou ela, erguendo os braços; e correu, seguida por mim, para anunciar exultante na sala de jantar, onde Papiano e Paleari gritavam e Adriana chorava: – Ele encontrou! Encontrou! Aqui está o sr. Meis! Ele encontrou o dinheiro!

– Como?!

– Encontrou?

– Como é possível?

Todos os três ficaram atordoados: Adriana e seu pai, com o rosto em chamas; Papiano, ao contrário, pálido, contrafeito.

Olhei para ele por um momento. Devia estar mais pálido que ele, e tremia todo. Ele baixou os olhos, como que aterrorizado, e deixou o paletó do irmão cair de suas mãos. Fui ao seu encontro e, quase lhe tocando o peito, estendi a mão.

– Me desculpe, o senhor e todos vocês... me desculpem – disse eu.

– Não! – gritou Adriana, indignada; mas logo comprimiu o lenço sobre a boca.

Papiano olhou para ela e não se atreveu a me estender a mão. Então eu repeti o gesto:

– Me desculpe... – estendi minha mão ainda mais e senti que a dele tremia. Parecia a mão de um morto, e até seus olhos, turvos e quase sem vida, pareciam os de um morto.

– Sinto muito – acrescentei – pela confusão, pelo profundo aborrecimento que eu involuntariamente causei.

– Mas não... isto é, sim... realmente – gaguejou o sr. Paleari –, bem, era algo que... sim, não podia ser, caramba! Fico muito feliz, sr. Meis, fico muito feliz que o senhor tenha encontrado esse dinheiro, porque...

Papiano deu um enorme suspiro, passou as mãos pela testa suada e pela cabeça e, virando as costas para nós, começou a olhar para o pequeno terraço.

– Fiz como aquele sujeito... – retomei, forçando-me a sorrir. – Eu procurava pelo burro e estava sentado em cima dele. As doze mil liras estavam aqui, na minha carteira.

Mas Adriana, a essa altura, não aguentou mais:

– Mas se o senhor – disse ela – olhou, e eu estava presente, em todos os lugares, até mesmo na sua carteira; se lá, no armário...

– Sim, senhorita – interrompi-a, com firmeza fria e severa. – Mas procurei mal, é evidente, já que encontrei o dinheiro... Na verdade, peço que me desculpe de maneira especial, pois, pela minha estupidez, a senhorita teve de sofrer mais que os outros. Mas espero que...

O FALECIDO MATTIA PASCAL

– Não! Não! Não! – gritou Adriana, soluçando e saindo precipitada da sala, seguida pela srta. Caporale.

– Eu não entendo... – disse o sr. Paleari, aturdido.

Papiano se virou, colérico:

– Vou embora de qualquer maneira, hoje... Parece que, a essa altura, não há necessidade de... de...

Ele parou, como se tivesse perdido o fôlego; queria se dirigir a mim, mas não teve ânimo de me encarar:

– Eu... eu não pude, acredite, nem mesmo dizer não... quando me acusaram... aqui, pego de repente... Fui para cima do meu irmão que... na sua inconsciência... doente como é... irresponsável, isto é, eu acho... quem sabe! Alguém poderia imaginar, que... eu o arrastei aqui... Uma cena selvagem! Vi-me forçado a despi-lo... para revistá-lo... em todo lugar... nas suas roupas, até nos seus sapatos... E ele... ah!

O choro, a essa altura, comprimiu-lhe a garganta; seus olhos se encheram de lágrimas; e, como se estivesse sufocado pela angústia, acrescentou:

– Então vocês viram que... Mas já, se o senhor... Depois disso, vou embora!

– Mas não! De modo algum! – disse eu então. – Por minha causa? O senhor deve ficar aqui! Eu prefiro ir!

– O que está dizendo, sr. Meis? – exclamou o sr. Paleari tristemente.

Até Papiano, impedido pelas lágrimas que tentava sufocar, negou com a mão; então disse:

– Eu devia... devia partir; de fato, tudo isso aconteceu porque eu... assim, inocentemente... eu anunciei que queria ir embora, por causa do meu irmão que não pode mais ficar em casa... O marquês, de fato, me deu... está aqui comigo... uma carta para o diretor de uma casa de saúde em Nápoles, aonde tenho de ir por causa de outros documentos que ele me pediu... E então minha cunhada, que tem pelo senhor... merecidamente, tanta... tanta consideração... se apressou a dizer que ninguém devia sair da casa... que todos nós tínhamos de ficar aqui... porque o senhor... não sei... descobrira... Para mim, isso! Para o próprio cunhado!...

ela me disse... talvez porque eu, miserável, mas honrado, ainda tenha de restituir, para o meu sogro...

– Mas por que falar nisso agora? – exclamou o sr. Paleari, interrompendo-o.

– Não! – reafirmou Papiano orgulhosamente. – Eu penso sim! Penso muito, não tenha dúvida! E se eu for embora... Pobre, pobre, pobre Scipione!

Não conseguindo mais se conter, ele começou a chorar.

– Bem – disse o sr. Paleari, perturbado e comovido. – E o que isso tem a ver, agora?

– Meu pobre irmão! – Papiano prosseguiu, com tanta sinceridade, que eu também senti a misericórdia se agitar dentro de mim.

Naquele momento de comoção, percebi o remorso que ele deve ter sentido por seu irmão, a quem ele havia usado, a quem ele teria culpado pelo roubo se eu o tivesse denunciado, e a quem ele fizera sofrer a humilhação de ser revistado.

Ninguém melhor que ele sabia que eu não podia ter encontrado o dinheiro que ele havia roubado de mim. Aquela minha declaração inesperada, que o salvara justamente no momento em que, vendo-se perdido, ele acusava o irmão, ou pelo menos deixava entender – de acordo com o plano que ele devia ter maquinado – que só Scipione poderia ser o autor do roubo, o arrasara. Agora ele estava chorando por causa de uma necessidade incontrolável de desafogar a alma, tão terrivelmente abatida, e talvez também porque sentisse que só poderia ficar diante de mim se estivesse chorando. Com aquele choro ele se prostrava diante de mim, quase se ajoelhava a meus pés, mas com a condição de que eu mantivesse minha afirmação de ter encontrado o dinheiro: pois, se eu aproveitasse, ao vê-lo agora desanimado, para voltar atrás, ele se viraria contra mim furioso. Já se entendera que ele não sabia e não tinha como saber nada do roubo, e eu, com minha afirmação, salvava apenas seu irmão, que afinal, se fosse denunciado, talvez não sofresse nada por causa da sua enfermidade; de sua parte, ele se comprometia, como já havia dado a entender, a devolver o dote ao sr. Paleari.

O FALECIDO MATTIA PASCAL

Tudo isso eu deduzi daquele seu choro. Persuadido pelo sr. Anselmo e também por mim, ele finalmente se acalmou; disse que logo voltaria de Nápoles, assim que internasse seu irmão na casa de saúde, *recebesse sua parte numa determinada loja que ele abrira recentemente tendo um amigo como sócio* e pesquisado os documentos que o marquês solicitara.

– Aliás, a propósito – concluiu ele, dirigindo-se a mim. – Acabei me esquecendo... O marquês me disse que, se o senhor não se importar, hoje... junto com meu sogro e com Adriana...

– Ah, sim! – exclamou o sr. Anselmo, sem deixá-lo terminar. – Todos nós vamos... ótimo! Parece-me que há motivos para ser feliz agora, caramba! O que o senhor diz, sr. Adriano?

– Por mim... – disse eu, abrindo os braços.

– Então, por volta das quatro... está bem? – propôs Papiano, enxugando os olhos.

Retirei-me para o meu quarto. Meus pensamentos correram imediatamente para Adriana, que fugira soluçando depois do meu desmentido. E se ela viesse me pedir uma explicação agora? Claro que ela também não acreditava que eu realmente tinha encontrado o dinheiro. O que ela devia estar pensando? Que eu, negando o roubo dessa maneira, queria puni-la pelo juramento quebrado. Mas por quê? Evidentemente, por causa do advogado, a quem eu lhe dissera que queria pedir conselhos antes de denunciar o roubo, pois eu sabia que ela e todos daquela casa também seriam responsabilizados por isso. Bem, ela não me dissera que enfrentaria o escândalo de bom grado? Sim, mas eu – era evidente –, eu não queria: preferia sacrificar doze mil liras... E então, ela devia acreditar que era generosidade da minha parte, um sacrifício por amor a ela? Aqui está outra mentira que minha condição me forçava a contar: mentira repugnante, que me enobrecia com uma prova de amor requintada e muito delicada, atribuindo-me uma generosidade muito maior do que a solicitada e desejada por ela.

Mas não! Não! Não! O que eu estava fantasiando? Eu devia chegar a outras conclusões, seguindo a lógica daquela minha mentira necessária e inevitável. Nada de generosidade! Nada de sacrifício! Nada de prova de amor! Eu poderia continuar iludindo ainda mais aquela pobre menina? Eu tinha de sufocar, sufocar minha paixão, e não dirigir mais a Adriana nem um olhar, nem uma palavra de amor. E então? Como ela poderia conciliar minha aparente generosidade com o comportamento que agora eu devia apresentar diante dela? Portanto, eu precisava aproveitar o roubo que ela havia revelado contra minha vontade, e que eu negara, para cortar qualquer tipo de relação com ela. Mas que lógica era essa? Das duas, uma: ou eu tinha sido roubado – e então por quê, conhecendo o ladrão, eu não o denunciava, e ainda por cima retirava-lhe meu amor, como se ela também fosse culpada? – ou eu realmente encontrara o dinheiro: então por que não continuava a amá-la?

Senti-me sufocado pela náusea, pela ira, pelo ódio por mim mesmo. Se eu pudesse ao menos lhe dizer que aquilo não era generosidade; que eu não podia, de forma alguma, denunciar o roubo... Mas eu tinha de apresentar uma razão... E se meu dinheiro fosse fruto de um roubo? Ela poderia supor isso também... Ou eu devia lhe dizer que era um perseguido, um fugitivo, que eu tinha de viver nas sombras e não podia ligar meu destino ao de uma mulher? Mais mentiras para a pobre menina... Mas, por outro lado, eu poderia lhe contar a verdade, a verdade que agora parecia incrível para mim, uma fábula absurda, um sonho sem sentido? Para não mentir mais uma vez, devia confessar que sempre mentira? É a isso que a revelação do meu estado me levaria. E com qual finalidade? Não teria sido uma desculpa para mim nem um consolo para ela.

No entanto, indignado, exasperado como estava naquele momento, eu poderia ter confessado tudo a Adriana, se ela, em vez de mandar a srta. Caporale, tivesse vindo pessoalmente ao meu quarto para me explicar por que falhou no juramento.

Eu já sabia o motivo: o próprio Papiano havia me dito. A srta. Caporale acrescentou que Adriana estava inconsolável.

– E por quê? – perguntei, com indiferença forçada.

– Porque ela não acredita – respondeu-me a srta. Caporale – que o senhor realmente achou o dinheiro.

O FALECIDO MATTIA PASCAL

211

Surgiu-me então a ideia (que, aliás, estava de acordo com as condições da minha alma, com a repulsa que sentia por mim mesmo), a ideia de fazer Adriana perder todo o respeito por mim, para que não me amasse mais, demonstrando-me falso, duro, volúvel, interesseiro... Assim, estaria me punindo por todo o mal que eu havia causado a ela. No momento, sim, eu lhe causaria outro mal, mas com uma boa finalidade: curá-la.

– Ela não acredita? Como não? – disse eu, com um sorriso triste, à srta. Caporale. – Doze mil liras, senhorita... não são areia... Ela acha que eu estaria tão tranquilo, se realmente tivesse sido roubado?

– Mas Adriana me disse... – tentou acrescentar.

– Tolices! Tolices! – interrompi. – É verdade, olhe... Eu suspeitei por um momento... Mas também disse à srta. Adriana que eu não achava que o roubo era possível... E, de fato, olhe só! Que motivo, afinal de contas, eu teria para dizer que encontrei o dinheiro, se não o tivesse realmente encontrado?

A srta. Caporale encolheu os ombros.

– Talvez Adriana acredite que o senhor tenha algum motivo para...

– Mas não! Não! – apressei-me a interrompê-la. – Trata-se, repito, de doze mil liras, senhorita. Se fossem trinta, quarenta liras, vá lá!... Eu não tenho dessas ideias generosas, acredite em mim... Que diabos! Só se eu fosse um herói...

Quando a srta. Caporale saiu para contar nossa conversa a Adriana, torci as mãos e as mordi. Devia me comportar dessa maneira? Tirar proveito do roubo, como se com esse dinheiro roubado eu quisesse pagá-la, para compensar as esperanças frustradas? Ah, esse jeito de agir era covarde! Ela certamente gritaria de raiva e me desprezaria... sem entender que sua dor também era minha. Bem, mas tinha de ser assim! Ela tinha de me odiar, me desprezar, como eu mesmo me odiava e me desprezava. Então, para fazer crescer seu ódio contra mim, para aumentar seu desprezo, eu agora me mostraria muito atencioso com Papiano, seu inimigo, como que para compensá-lo, aos olhos dela, da suspeita lançada contra ele. Sim, sim, e desse modo eu chocaria também meu ladrão, sim, a ponto de fazer todos acreditarem que eu estava louco... E mais, ainda mais: não devíamos ir à casa do marquês Giglio? Bem, naquele mesmo dia, eu faria a corte à srta. Pantogada.

– Adriana, assim você vai me desprezar ainda mais! – gemi, atirando-me na cama. – Mas o que mais, o que mais posso fazer por você?

Pouco depois das quatro horas, o sr. Anselmo veio bater à porta do meu quarto.

– Aqui estou – disse a ele, e vesti o sobretudo. – Estou pronto.

– O senhor vai assim? – exclamou o sr. Paleari, olhando para mim com espanto.

– Por quê? – perguntei.

Percebi então que ainda estava com o gorro que costumava usar em casa. Enfiei-o no bolso e tirei o chapéu do cabide, enquanto o sr. Anselmo ria, ria como se ele...

– Aonde o senhor vai, sr. Anselmo?

– Mas veja só como eu estava prestes a sair também – respondeu ele entre risos, apontando os chinelos nos pés. – Vá lá, vá lá se encontrar com Adriana...

– Ela também vai? – perguntei.

– Ela não queria ir – disse ele, dirigindo-se ao seu quarto. – Mas eu a convenci. Vá: está na sala de jantar, pronta...

Com que olhar duro, cruel, a srta. Caporale me recebeu naquela sala! Ela, que sofrera tanto por amor e que tantas vezes fora confortada pela doce menina ingênua, agora que Adriana sabia o que era isso, agora que Adriana estava ferida, queria consolá-la, agradecida, carinhosa; e ela se revoltava, porque lhe parecia injusto que eu fizesse sofrer uma criatura tão boa e bela. Ela, sim, não era bonita nem boa e, portanto, se com ela os homens se mostrassem horrorosos, pelo menos uma sombra de desculpa poderiam ter. Mas por que fazer Adriana sofrer dessa maneira?

Foi o que me disse seu olhar, convidando-me a olhar para aquela a quem eu fazia sofrer.

Como estava pálida! Ainda se via nos seus olhos que estivera chorando. Quem sabe quanto esforço, quanta angústia custou-lhe ter de se vestir para sair comigo...

O FALECIDO MATTIA PASCAL

Apesar do desânimo com que fiz essa visita, a figura e a casa do marquês Giglio d'Auletta me despertaram certa curiosidade.

Eu sabia que ele estava em Roma porque agora, para a restauração do Reino das Duas Sicílias, não havia outro expediente senão a luta pela vitória do poder temporal: restituída Roma ao papa, a unidade da Itália seria rompida e então... quem sabe! O marquês não queria arriscar profecias. No momento, sua tarefa era bem definida: uma luta sem trégua, ali, no campo clerical. E sua casa era frequentada pelos prelados mais intransigentes da Cúria, pelos mais fervorosos defensores do partido negro.

Naquele dia, no entanto, não encontramos ninguém no amplo e esplendidamente mobiliado salão. Quero dizer, quase ninguém. Havia, no meio do cômodo, um cavalete com uma tela esboçada que pretendia ser o retrato de Minerva, a cadelinha preta de Pepita, deitada numa poltrona toda branca, a cabeça estendida sobre as duas patas dianteiras.

– Obra do pintor Bernaldez – Papiano anunciou gravemente, como se estivesse fazendo uma apresentação que exigisse uma profunda reverência de nossa parte.

Primeiro entrou Pepita Pantogada, seguida por sua governanta, a sra. Candida.

Já tinha visto as duas na semiescuridão do meu quarto: agora, à luz, a srta. Pantogada me parecia outra; não em tudo realmente, mas no nariz... É possível que aquele nariz tivesse entrado na minha casa? Eu a imaginei com um narizinho arrebitado e altivo, mas, em vez disso, ela tinha um robusto nariz aquilino. Mesmo assim, ela era bonita: morena, de olhos cintilantes, com cabelos brilhantes, muito pretos e ondulados; os lábios finos e bem delineados. O vestido escuro, pontilhado de branco, caía muito bem em seu corpo esbelto e bem torneado. A delicada beleza loira de Adriana, ao lado dela, empalidecia.

E finalmente consegui entender o que a sra. Candida tinha na cabeça! Uma magnífica peruca castanho-avermelhada, encaracolada, e – sobre a peruca – um grande lenço de seda azul-celeste, ou melhor, um xale artisticamente amarrado sob o queixo.

Embora animado por essa moldura, o rosto era magro e flácido, todo caiado, maquiado, rebocado.

Enquanto isso, Minerva, a velha cadelinha, com seus latidos roucos e forçados, não nos permitia a troca de cumprimentos. O pobre animal, no entanto, não latia para nós; estava latindo para o cavalete, latindo para a poltrona branca, que deviam ser dispositivos de tortura para ela: protesto e desabafo de uma alma exasperada. Aquela maldita provação de três pernas deveria ter sido posta no corredor; mas, como permanecia ali, imóvel e ameaçadora, a cadela recuava, latindo, e depois pulava contra ela, rangendo os dentes, e voltava a recuar furiosamente.

Pequena, atarracada, gorda, equilibrando-se em quatro patas finas demais, Minerva era realmente desajeitada; os olhos já enevoados pela velhice e os pelos da cabeça brancos; na parte de trás, então, perto do rabo, estava toda despelada pelo hábito de se coçar furiosamente nas prateleiras, nas travessas das cadeiras, onde e como pudesse. Eu já sabia algo sobre isso.

De repente, Pepita agarrou-a pelo pescoço e atirou-a nos braços da sra. Candida, gritando:

– Quieta!

Nisso, dom Ignazio Giglio d'Auletta entrou apressadamente. Curvo, quase partido em dois, correu para a poltrona junto à janela e – assim que sentou –, colocando a bengala entre as pernas, respirou fundo e sorriu do seu cansaço mortal. O rosto exausto, todo sulcado de rugas verticais, barbeado, era de uma palidez cadavérica, mas os olhos, ao contrário, eram muito vivos, ardentes, quase juvenis. Grandes madeixas caíam-lhe de modo estranho nas bochechas, nas têmporas, como se fossem línguas de cinza molhada.

Ele nos recebeu com grande cordialidade, falando com um forte sotaque napolitano; então pediu a seu secretário que continuasse a me mostrar as lembranças de que o salão estava cheio e que atestavam sua lealdade à dinastia Bourbon. Quando estávamos diante de um pequeno quadro coberto com um pano verde, em que havia esta frase bordada em ouro: *"Não escondo; protejo; levante-me e leia"*, ele pediu a Papiano para tirar o quadro da parede e trazê-lo até ele. Protegida pelo vidro e emoldurada, havia

O FALECIDO MATTIA PASCAL

uma carta de Pietro Ulloa que, em setembro de 1860, ou seja, nos últimos estertores do reino, convidava o marquês Giglio d'Auletta a fazer parte do ministério que depois não pôde ser constituído: ao lado havia o rascunho da carta de aceitação do marquês: uma carta solene que acusava todos aqueles que se recusaram a assumir a responsabilidade pelo poder naquela época de perigo supremo e confusão angustiante, diante do inimigo, o trapaceiro Garibaldi, já quase aos portões de Nápoles.

Ao ler esse documento em voz alta, o velho ficou tão excitado e comovido que, embora o que ele lesse fosse totalmente contrário ao meu sentimento, mesmo assim despertou minha admiração. O próprio marquês tinha sido um herói. Tive outra prova disso quando ele me contou a história de um certo lírio de madeira dourada, que também estava no salão. Na manhã de 5 de setembro de 1860, o rei saía do Palácio Real de Nápoles numa pequena carruagem aberta junto com a rainha e dois gentis-homens da corte: quando a carruagem chegou à via di Chiaia, teve de parar por causa de um atravancamento de carroças e charretes em frente a uma farmácia cuja fachada ostentava os lírios dourados. Uma escada, encostada na placa, impedia o trânsito. Alguns operários, em cima da escada, tiravam os lírios da placa. O rei percebeu isso e mostrou à rainha aquele ato de desprezível cautela do farmacêutico, que em outros tempos havia solicitado a honra de decorar sua loja com aquele símbolo real. Ele, o marquês d'Auletta, estava passando naquele momento: indignado, furioso, entrou na farmácia, pegou o covarde pelo colarinho do paletó para mostrá-lo ao rei lá fora, depois cuspiu na sua cara e, brandindo um dos lírios retirados, começou a gritar no meio da multidão: "Viva o rei!".

Esse lírio de madeira lembrava-lhe agora, ali na sala de estar, aquela triste manhã de setembro, e um dos últimos passeios de seu soberano pelas ruas de Nápoles; e ele estava quase tão orgulhoso disso quanto da chave de ouro de um cavalheiro da câmara e da insígnia de um cavaleiro de San Gennaro e de tantas outras honras exibidas no salão, sob os dois grandes retratos a óleo de Ferdinando e Francisco II.

Pouco depois, para pôr em prática meu triste projeto, deixei o marquês com o sr. Paleari e Papiano e me aproximei de Pepita. Imediatamente percebi que ela estava muito nervosa e impaciente. Primeiro ela me perguntou as horas.

– Quatro e *meccio*? Bem! Bem!

Mas que fossem quatro e *meccio* ela certamente não deve ter gostado: percebi por aquele "Bem! Bem!" com os dentes cerrados e pelo discurso volúvel e quase agressivo com que se lançou em seguida contra a Itália e, ainda mais, contra Roma, tão orgulhosa do seu passado. Ela me disse, entre outras coisas, que eles também, na Espanha, tinham um Coliseu como o nosso, da mesma antiguidade; mas não se importavam com isso, nem um pouco:

– *Piedra muerta!*

Para eles, valia mais uma *Plaza de toros*. Sim, e para ela em particular, mais que todas as obras-primas da arte antiga, aquele retrato de Minerva do pintor Manuel Bernaldez, que tardava em chegar. A impaciência de Pepita não provinha de outra coisa, e já estava no auge. Tremia, ao falar; passava rapidamente, de quando em quando, um dedo sob o nariz; mordia os lábios; abria e fechava as mãos, e seus olhos sempre se dirigiam à porta.

Por fim, Bernaldez foi anunciado pelo camareiro e se apresentou afogueado, suando, como se tivesse corrido. Pepita imediatamente lhe deu as costas e tentou adotar um comportamento frio e indiferente; mas quando ele, depois de cumprimentar o marquês, aproximou-se de nós, ou melhor, de Pepita, e, falando-lhe em espanhol, pediu desculpas pelo atraso, ela não conseguiu mais se conter e respondeu com rapidez vertiginosa:

– Primeiro o senhor fale italiano, porque estamos em Roma, onde há esses senhores que não compreendem espanhol, e não me parece de bom-tom que o senhor fale comigo em espanhol. Em segundo lugar, digo-lhe que eu não me importo nada com seu atraso e que o senhor não precisa ficar se desculpando.

Ele, mortificado, sorriu nervosamente e fez uma reverência; então perguntou se poderia continuar fazendo o retrato, pois ainda havia alguma luz.

O FALECIDO MATTIA PASCAL 217

– À vontade! – respondeu ela com o mesmo ar e o mesmo tom. – O senhor pode *pintar senza de mi o tambien borrar lo pintado*, como achar melhor.

Manuel Bernaldez curvou-se novamente e se virou para a sra. Candida, que ainda segurava a cachorrinha. Recomeçou, então, a tortura para Minerva. Mas seu torturador foi submetido a uma tortura mais cruel: Pepita, para castigá-lo pelo atraso, começou a mostrar-se tão faceira comigo que me pareceu até um exagero para o propósito que eu tinha em mente. Olhando de soslaio para Adriana, percebi o quanto sofria. A tortura foi, portanto, não apenas para Bernaldez e Minerva; foi também para ela e para mim. Senti meu rosto em chamas, como se aos poucos me embriagasse pelo despeito que eu sabia estar causando ao pobre jovem, que, no entanto, não me inspirava pena: pena, ali, me inspirava apenas Adriana; e como tinha de fazê-la sofrer, não me importava que ele também sofresse a mesma dor: de fato, quanto mais ele sofria com isso, menos me parecia que Adriana devia sofrer. Pouco a pouco, a violência que cada um de nós fazia a si mesmo cresceu e chegou a tal ponto que de alguma forma devia estourar.

Minerva deu o pretexto. Não estando, naquele dia, sujeita ao olhar da patroa, a cachorrinha, assim que o pintor tirava os olhos dela para levá-los à tela, saía de fininho da posição desejada, metia as patas e o focinho no vão entre as costas e o assento da poltrona, como se quisesse se enfiar e se esconder ali, e apresentava ao pintor o traseiro, totalmente descoberto, como um O, abanando o rabo levantado quase em zombaria. A sra. Candida já a colocara no lugar várias vezes. Esperando, Bernaldez bufava, apanhava no ar algumas das minhas palavras dirigidas a Pepita e as comentava, resmungando. Mais de uma vez, tendo notado, eu quase dizia: "Fale alto!". Mas ele finalmente não aguentou mais e gritou para Pepita:

– Por favor: pelo menos faça esse animal ficar parado!

– *Animal, animal, animal...* – Pepita retrucou, agitando as mãos no ar, muito excitada. – Pode ser um *animal*, mas não se diz isso a ela!

– Quem sabe o que ela entende, coitadinha... – observei a modo de desculpa, voltando-me para Bernaldez.

A frase poderia realmente se prestar a uma dupla interpretação; notei isso depois de proferi-la. Eu queria dizer: "Quem sabe o que ela imagina que estão lhe fazendo". Mas Bernaldez tomou minhas palavras em outro sentido e, com extrema violência, olhando-me nos olhos, replicou:

– Aquilo que o senhor demonstra não entender!

Sob seu olhar firme e provocante, na agitação em que eu me encontrava, não pude deixar de responder:

– Mas eu entendo, meu caro, que o senhor talvez seja um grande pintor...

– O que está acontecendo? – perguntou o marquês, observando nosso comportamento agressivo.

Bernaldez, perdendo todo o domínio de si mesmo, levantou-se e veio me enfrentar:

– Um grande pintor... Termine!

– Um grande pintor, realmente... mas de modos nada delicados, eu acho; e assusta as cachorrinhas – disse-lhe então, resoluto e desdenhoso.

– Tudo bem – disse ele. – Vamos ver se são apenas as cachorrinhas!

E se retirou.

Pepita de repente deu um grito estranho e convulsivo e caiu inconsciente nos braços da sra. Candida e de Papiano.

Na confusão que se seguiu, enquanto todos nós olhávamos para a srta. Pantogada deitada no sofá, senti-me agarrado pelo braço e me vi cara a cara com Bernaldez, que voltara. Mal tive tempo de agarrar sua mão que se levantava contra mim e empurrá-lo com força, porém ele se jogou contra mim mais uma vez e tocou meu rosto com a mão. Eu me adiantei, furioso; mas Papiano e o sr. Paleari se apressaram em me segurar, enquanto Bernaldez recuava gritando:

– Eu o desafio! Quando o senhor quiser!... Aqui eles sabem meu endereço!

O marquês levantou meio corpo da poltrona, tremendo, e gritava para o agressor; enquanto isso eu me debatia entre o sr. Paleari e Papiano, que me impediam de correr para continuar a

O FALECIDO MATTIA PASCAL

briga. O marquês também tentou me acalmar, dizendo-me que, como cavalheiro, eu tinha de enviar dois amigos para dar uma boa lição àquele vilão, que ousara mostrar tão pouco respeito por sua casa.

Todo tremendo, quase sem respirar, pedi desculpas pelo incidente desagradável e fui embora, seguido pelo sr. Paleari e por Papiano. Adriana permaneceu junto à desmaiada, que havia sido tirada da sala.

Agora eu precisava pedir ao meu ladrão que fosse minha testemunha de duelo: ele e o sr. Paleari: a quem mais eu podia recorrer?

– Eu? – exclamou o sr. Anselmo, pálido e atônito. – Mas não! Não, senhor! O senhor está falando sério? – (e sorria) – Não entendo de tais assuntos, sr. Meis... Vamos, vamos lá, rapazes, são tolices, me desculpem...

– O senhor vai fazer isso por mim – gritei energicamente, incapaz de discutir com ele naquele momento. – O senhor e seu genro vão encontrar aquele cavalheiro e...

– Eu não vou! Mas o que o senhor está dizendo?! – interrompeu-me ele. – O senhor pode me pedir qualquer outro favor: estou pronto para atendê-lo; mas isso não: antes de mais nada, não é do meu feitio, e depois, é como eu disse: são tolices! Não devemos dar tanta importância a isso... O que tem a ver...

– Isso não! Isso não! – interveio Papiano, vendo-me agitado. – Tem muito a ver! O sr. Meis tem todo o direito de exigir uma satisfação; eu diria mesmo que é uma obrigação, claro! É seu dever, dever...

– Então o senhor vai com um amigo – disse eu, não esperando qualquer recusa da parte dele também.

Mas Papiano abriu os braços, pesaroso.

– Bem que gostaria de fazer isso, de coração!

– E por que não faz? – gritei bem alto, no meio da rua.

– Calma, sr. Meis – pediu ele, humilde. – Olhe... escute: considere-me... considere minha infeliz condição de subalterno... de pobre secretário do marquês... servo, servo, servo...

– E o que isso tem a ver? O próprio marquês... o senhor ouviu?

– Sim, senhor! Mas e amanhã? Aquele clerical... na frente do partido... com o secretário que se envolve em assuntos cavalheirescos... Ah, santo Deus, o senhor não sabe que infortúnios! E depois, o senhor viu aquela atrevida, não viu? Está apaixonada como uma patinha pelo pintor, por aquele canalha... Amanhã eles fazem as pazes, e então, me desculpe, como eu fico? No olho da rua! Tenha paciência, sr. Meis, pense em mim... As coisas são assim mesmo.

– Então querem me deixar sozinho nessa situação? – explodi mais uma vez, exasperado. – Não conheço ninguém aqui em Roma!

– ... Mas para isso há remédio! Com certeza! – apressou-se a aconselhar Papiano. – Vou logo lhe dizer... Tanto eu quanto meu sogro, acredite, ficaríamos atrapalhados; somos inadequados... O senhor está certo, vejo que está tremendo: não tem sangue de barata. Bem, contate imediatamente dois oficiais do Exército Real: eles não podem se negar a representar um cavalheiro como o senhor numa questão de honra. O senhor se apresenta, expõe-lhes o caso... Não é a primeira vez que prestarão esse serviço a um estranho.

Havíamos chegado ao portão de casa; eu disse a Papiano: "Está bem!", deixando-o ali com o sogro e partindo sozinho, carrancudo, sem rumo.

Mais uma vez fui tomado pelo pensamento esmagador da minha absoluta impotência. Na minha situação, eu poderia duelar? Ainda não entendia que não podia fazer mais nada? Dois oficiais? Sim, mas primeiro eles iriam querer saber, e com razão, quem eu era. Ah, eles poderiam cuspir no meu rosto, me estapear, me bater: eu tinha de rezar para que eles batessem tanto quanto quisessem, mas sem gritar, sem fazer muito barulho... Dois oficiais! E se eu lhes revelasse minha verdadeira situação, em primeiro lugar eles não acreditariam em mim, e quem sabe o que iriam suspeitar; e então seria inútil, como no caso de Adriana: mesmo que acreditassem em mim, iriam me aconselhar a voltar à vida primeiro, já que uma pessoa morta certamente não se encontra nas condições ideais para cumprir o código cavalheiresco...

O FALECIDO MATTIA PASCAL   221

Então eu devia sofrer a afronta calado, como havia acontecido com o roubo? Insultado, quase esbofeteado, desafiado, devia
ir embora como um covarde, desaparecer assim, na escuridão do
destino intolerável que me esperava, desprezível, odioso a mim
mesmo?

Não, não! E como poderia continuar vivendo? Como suportar
minha vida? Não, não, chega! Chega! Parei. Vi tudo rodar à minha
volta; senti minhas pernas falharem com o aparecimento repentino de uma sensação sombria, que me arrepiou da cabeça aos pés.

"Mas pelo menos antes, antes...", disse a mim mesmo, delirando, "pelo menos primeiro tente... por que não? Se fosse possível... Pelo menos tentar... para não parecer tão covarde pelo
menos a mim mesmo... Se fosse possível... sentiria menos repugnância por mim... Não tenho mais nada a perder... Por que
não tentar?"

Eu estava a poucos passos do Caffè Aragno. "Vamos lá, corra
esse risco!" E, na excitação cega que me agitava, entrei.

Na primeira sala, ao redor de uma mesinha, havia cinco ou
seis oficiais de artilharia, e como um deles, vendo-me entrar ali
bastante perturbado, hesitante, virou-se para olhar para mim,
acenei para ele e, com a voz entrecortada pela aflição:

– Por favor... desculpe... – disse eu. – Posso trocar uma palavra com o senhor?

Era um jovem sem bigode, que devia ter saído naquele mesmo ano da Academia, como tenente. Levantou-se no mesmo instante e se aproximou de mim, muito educadamente.

– Pode falar, senhor...

– Vou me apresentar: Adriano Meis. Sou estrangeiro e não conheço ninguém... Eu tive uma... uma briga, sim... Preciso de dois
padrinhos... Eu não sei a quem procurar... Se o senhor, com um
companheiro, pudesse...

Ele ficou me observando por algum tempo, surpreso e perplexo, depois se virou para os companheiros e chamou:

– Grigliotti!

Este, que era um tenente idoso, com um par de bigodes pon-
tiagudos, o monóculo encaixado à força num dos olhos, cabelos

alisados e pastosos, levantou-se, continuando a falar com seus companheiros (pronunciava o R à francesa), e se aproximou, dirigindo-me um cumprimento breve e compassado. Ao vê-lo se levantar, eu quase disse ao tenente: "Esse, não, pelo amor de Deus! Esse não!". Contudo, ninguém mais no grupo, como reconheci depois, poderia ter sido mais bem indicado. Ele conhecia de cor todos os artigos do código de cavalaria.

Não poderia aqui relatar tudo o que ele me contou, todo contente, sobre meu caso, tudo o que ele exigiria de mim... Eu devia telegrafar, não sei como, não sei a quem, expor, determinar, ir falar com o coronel, *ça va sans dire*...[33] como ele tinha feito quando ainda não estava no exército e o mesmo caso acontecera com ele em Pavia... Porque, em matéria de cavalheirismo... e assim e assado, artigos e precedentes e controvérsias e juramentos de honra e sabe-se lá mais o quê.

Eu já começara a me preocupar desde o primeiro instante em que o vi: imaginem agora, escutando-o falar daquele jeito! A certa altura, eu não aguentava mais: todo o sangue subira à minha cabeça: eu o interrompi:

– Mas sim, senhor! Mas eu sei disso! Está bem... o senhor explicou muito bem; mas como quer que eu telegrafe agora? Estou sozinho! Quero duelar, só isso! Duelar imediatamente, amanhã, se for possível... sem tanta história! O que o senhor quer que eu saiba sobre isso? Eu vim procurar os senhores com a esperança de que não fossem necessárias tantas formalidades, tantas minúcias, tantas besteiras, desculpem-me!

Depois desse desabafo, a conversa se tornou quase uma briga e terminou abruptamente com gargalhadas grosseiras de todos aqueles oficiais. Saí correndo, fora de mim, com o rosto afogueado, como se tivesse sido chicoteado. Segurei a cabeça entre as mãos, como se para prender a razão que me escapava; e, perseguido por aqueles risos, saí apressadamente, para me afastar, para me esconder em algum lugar... Onde? Em casa? A ideia me horrorizava. Então andei, andei como um louco; depois, pouco a

---

33 "É claro", em francês. [N. T.]

O FALECIDO MATTIA PASCAL

pouco diminuí o passo e finalmente, extenuado, parei, como se não conseguisse mais arrastar minha alma, açoitada por aquela zombaria, trêmula e penetrada por um abatimento sombrio e pesado. Permaneci ali por um tempo, paralisado; depois comecei a andar de novo, não pensando mais, de repente estranhamente aliviado de todo o embaraço, quase como um tolo; e comecei a vagar, não sei por quanto tempo, parando aqui e ali para olhar as vitrines das lojas, que pouco a pouco estavam se fechando, e pareceu-me que estavam trancadas para mim eternamente; e que as ruas aos poucos iam se despovoando, de modo que eu ficaria sozinho, à noite, perambulando entre casas silenciosas, escuras, com todas as portas, todas as janelas fechadas, trancadas para mim eternamente: toda a vida se fechava, morria, ficava em silêncio com aquela noite; e eu já via aquela vida como se estivesse longe, como se não tivesse mais sentido ou propósito para mim. Por fim, sem intenção, quase impulsionado pelo sentimento sombrio que me invadira e fora amadurecendo aos poucos, me vi na ponte Margherita, encostado no parapeito, observando de olhos arregalados o rio negro na noite.

"Ali?"

Um arrepio de desalento tomou conta de mim, fazendo que se rebelassem imediatamente, com ímpeto furioso, todas as minhas energias vitais, tomadas por um sentimento de ódio feroz contra aqueles que, de longe, me obrigavam a terminar como queriam: lá no moinho da Stìa. Romilda e sua mãe me lançaram nessa situação: ah, eu nunca pensei que simularia um suicídio para me livrar delas. E então, agora, depois de ter perambulado ao acaso durante dois anos, como uma sombra, naquela ilusão de vida além da morte, eu me via compelido, forçado, arrastado pelos cabelos para executar a condenação delas. As duas realmente me mataram! Elas, apenas elas é que tinham se livrado de mim...

Um frêmito de rebeldia me sacudiu. E eu não poderia me vingar delas, em vez de me matar? Quem eu estava para matar? Um morto... ninguém...

Parei, como se tomado por uma estranha luz repentina. Vingar-me! Então, voltar para Miragno? Abandonar aquela mentira que estava me sufocando e que se tornara insuportável; voltar vivo, para castigá-las, com meu nome verdadeiro, nas minhas condições verdadeiras, com minha real miséria? Mas e as desgraças do presente? Eu poderia tirá-las de cima de mim, como um fardo exorbitante que pode ser jogado fora? Não, não, não! Sentia que não podia fazer isso. E me agitava ali, na ponte, ainda incerto do meu destino.

Enquanto isso, apalpando o bolso do meu sobretudo, segurava com os dedos inquietos algo que eu não conseguia entender o que era. No final, num ímpeto de raiva, puxei-o para fora. Era meu gorro, aquele que, ao sair de casa para visitar o marquês Giglio, eu enfiara às pressas no bolso. Tentei jogá-lo no rio, mas no mesmo instante uma ideia passou pela minha cabeça; uma reflexão, feita durante a viagem de Alenga a Turim, voltou à minha mente.

"Aqui", disse quase inconscientemente para mim mesmo, "neste parapeito... o chapéu... a bengala... Sim! Como aconteceu com Mattia Pascal, lá na represa do moinho; e aqui, agora, Adriano Meis... Uma vez de cada um! Volto à vida, e vou me vingar!"

Um frêmito de alegria, na verdade uma onda de loucura, me invadiu, me balançou a alma. Mas sim! É claro! Não tinha de matar a mim, um morto, tinha de matar aquela ficção louca e absurda que me torturou, me martirizou durante dois anos, aquele Adriano Meis, condenado a ser um covarde, mentiroso, miserável; era aquele Adriano Meis que eu tinha de matar, pois sendo, como era, um nome falso, ele também deveria ter o cérebro de estopa, o coração feito de papel machê, as veias de borracha, nas quais devia correr um pouco de tinta em vez de sangue: isso sim! Então, vá lá para baixo, no rio, triste fantoche odioso! Afogado como Mattia Pascal. Uma vez de cada um! Esse espectro de vida, nascido de uma mentira macabra, acabaria com dignidade, portanto, com uma mentira macabra! E eu consertaria tudo! Que outra satisfação eu poderia dar a Adriana pelo mal que lhe causei? Mas eu devia deixar passar em brancas nuvens a afronta daquele canalha? Ele havia me atacado, o covarde! Oh, eu tinha certeza de que não sentia medo dele. Não eu, não eu, e sim Adriano Meis é que recebera o insulto. E agora Adriano Meis iria se suicidar.

O FALECIDO MATTIA PASCAL

Não havia outra saída para mim!

Enquanto isso, um tremor me tomara, como se eu realmente tivesse de matar alguém. Mas meu cérebro de repente clareou, meu coração se iluminou e eu desfrutei de uma lucidez de espírito quase divertida.

Olhei ao redor. Suspeitava que mais à frente, no Lungotevere, poderia haver alguém, algum guarda que – vendo-me por um longo tempo na ponte – tivesse parado para me observar. Queria ter certeza: andei um pouco, olhei primeiro na praça della Libertà, depois no Lungotevere dei Mellini. Ninguém! Então voltei; mas, antes de chegar à ponte, parei entre as árvores, embaixo de um lampião: rasguei um pedaço de papel do meu bloco de notas e escrevi nele a lápis: *Adriano Meis*. O que mais? Nada. Endereço e data. Isso era o suficiente. O Adriano Meis estava todo lá, naquele chapéu, naquela bengala. Deixaria todo o resto em casa: as roupas, os livros... O dinheiro, depois do roubo, eu sempre levava comigo.

Voltei para a ponte, quieto, inclinado. Minhas pernas tremiam e meu coração batia forte no peito. Escolhi o lugar menos iluminado pelos lampiões e imediatamente tirei o chapéu, enfiei o bilhete dobrado na fita e coloquei-o no parapeito, com a bengala ao lado; pus na cabeça o providencial gorro que me salvara e fui embora, mantendo-me na sombra, como um ladrão, sem me virar para trás.

XVII. REENCARNAÇÃO

CHEGUEI À ESTAÇÃO A TEMPO DE TOMAR O TREM da meia-noite e dez para Pisa.

Com o bilhete em mãos, encolhi-me num vagão de segunda classe, com o gorro enfiado até o nariz, não tanto para me esconder, e sim para não ver. Mas continuava vendo, em pensamento: vinha-me à mente o pesadelo do chapéu e da bengala deixados no parapeito da ponte. Talvez alguém, naquele momento, passando por ali, os visse... ou talvez algum guarda-noturno já tivesse corrido para avisar a polícia... E eu ainda estava em Roma! O que estavam esperando? Quase não conseguia respirar...

Finalmente o trem partiu. Por sorte, fiquei sozinho no compartimento. Levantei-me, ergui os braços, dei um suspiro interminável de alívio, como se me tivessem tirado uma pedra do peito. Ah! Voltava a estar vivo, a ser eu mesmo, eu, Mattia Pascal. Poderia gritar alto para todos, agora: "Eu, eu, Mattia Pascal! Sou eu! Não morri! Eis-me aqui!". E não precisa mais mentir, não precisa mais temer ser descoberto! Ainda não, na verdade: enquanto não chegasse a Miragno... Lá, primeiro, teria de me apresentar, deixar-me reconhecer-me vivo, enxertar-me às minhas raízes enterradas... Que loucura! Como eu tive a ilusão de que um tronco poderia viver cortado das suas raízes? Ainda assim, lembrava-me da outra viagem, a de Alenga a Turim: estava tão feliz quanto agora. Que loucura! A libertação!, eu dizia... Aquilo me parecera uma libertação! Sim, mas coberta com a capa da mentira! Uma capa de chumbo jogada sobre uma sombra... Agora eu teria sobre mim novamente minha mulher, é verdade, e aquela sogra... Mas elas não tinham ficado em cima de mim mesmo quando eu estava morto? Agora pelo menos eu estava vivo, e exaltado. Ah, veríamos!

Pensando em retrospecto, parecia-me até mesmo inverossímil a leviandade com que, há dois anos, eu me precipitara fora de toda lei, lançado à sorte. E eu me via nos primeiros dias, feliz na inconsciência, ou melhor, na loucura, em Turim, e depois gradualmente em outras cidades, em peregrinação, mudo, sozinho, fechado em mim mesmo, sentindo o que na época achei que fosse felicidade; e ali estava eu na Alemanha, ao longo do Reno, num vapor: era um sonho? Não, eu realmente estivera lá! Ah, se eu pudesse permanecer para sempre naquelas condições; viajar, forasteiro da vida... Mas em Milão, então... aquele pobre cachorrinho que eu queria comprar de um velho vendedor de fósforos... Já estava começando a notar... E depois... ah, depois!

Voltei meus pensamentos para Roma; entrei como uma sombra na casa que havia abandonado. Todos dormiam? Adriana, talvez não... ainda está esperando por mim, esperando que eu volte; disseram-lhe que fui em busca de dois padrinhos para lutar com Bernaldez; ela ainda não me ouve chegando em casa, e teme e chora...

Pressionei as mãos contra o rosto, sentindo meu coração se apertar de angústia.

– Mas se eu não podia estar vivo para você, Adriana – gemi –, é melhor você achar que estou morto! Mortos os lábios que colheram um beijo da sua boca, pobre Adriana... Esqueça! Esqueça!

Ah, o que aconteceria naquela casa, na manhã seguinte, quando alguém da polícia se apresentasse para dar a notícia? A qual motivo, passada a perplexidade, atribuiriam meu suicídio? Ao duelo iminente? Não! Seria, no mínimo, muito estranho que um homem que nunca havia dado mostras de ser covarde tivesse se matado por medo de um duelo... E então? Por que não

O FALECIDO MATTIA PASCAL

encontrei padrinhos? Desculpa inútil! Ou talvez... quem sabe! Era possível que houvesse algum mistério por trás da minha estranha existência...

Ah, sim, sem dúvida era nisso que eles pensariam! Eu me matava dessa maneira, sem nenhuma razão aparente, sem antes ter demonstrado, de alguma forma, essa intenção. Sim: algumas esquisitices, mais de uma, eu tinha cometido naqueles últimos dias: a trapalhada do roubo, primeiro suspeitado, depois subitamente negado... Oh, será que aquele dinheiro não era meu? Eu tinha de devolvê-los a alguém? Será que me apropriara indevidamente de uma parte dele e tentara me fazer passar por vítima de um roubo, depois me arrependera e finalmente me matara? Quem sabe! É verdade que eu era um homem muito misterioso: sem um amigo, sem receber uma carta, nunca, em lugar algum...

Eu deveria ter escrito algo no bilhete de suicídio, além de nome, data e endereço: uma razão qualquer para ter me matado. Mas naquele momento... E depois, que razão?

"Quem sabe como e quanto", pensei angustiado, "os jornais vão falar agora desse misterioso Adriano Meis... Aquele meu primo famoso, aquele certo Francesco Meis de Turim, auxiliar fiscal, com certeza irá prestar depoimento à polícia: farão investigações para rastrear suas informações, e quem sabe o que sairá disso. Sim, mas e o dinheiro? A herança? Adriana as viu, todas as minhas notas... imaginem Papiano! Vai assaltar o armário! Mas vai achá-lo vazio... E então, tudo perdido? No fundo do rio? Que pecado! Que pecado! Que raiva por não ter roubado tudo! A polícia vai pegar minhas roupas, meus livros... Para quem eles darão tudo? Oh! Pelo menos uma lembrança para a pobre Adriana! Com que olhos ela vai agora olhar para o meu quarto vazio?"

Perguntas, suposições, pensamentos e sentimentos se tumultuavam em mim enquanto o trem rugia na noite. Não me davam paz.

Considerei prudente ficar alguns dias em Pisa para evitar estabelecer uma relação entre o reaparecimento de Mattia Pascal em Miragno e o desaparecimento de Adriano Meis em Roma, uma relação que poderia facilmente ser notada, especialmente se os jornais de Roma falassem demais sobre o suicídio. Eu esperaria em Pisa pelos jornais de Roma, os da tarde e os da manhã; depois, se não tivessem feito muito alvoroço, antes de ir para Miragno eu passaria em Oneglia para ver meu irmão Roberto, para experimentar nele qual a impressão despertada pela minha ressurreição. Mas eu tinha de me conter para não fazer a menor referência à minha estadia em Roma, às aventuras, aos casos que me ocorreram. Desses dois anos e meses de ausência, eu daria notícias fantásticas, de viagens distantes... Ah, agora, voltando vivo, eu também poderia ter o prazer de contar mentiras, muitas, muitas, muitas, até maiores que as mentiras do *cavaliere* Tito Lenzi!

Eu tinha mais de 52 mil liras. Os credores, dando-me por morto há dois anos, certamente se contentaram com a fazenda da Stìa e o moinho. Vendidos um e outro, devem ter se arranjado da melhor maneira: não me incomodariam mais. Eu também daria um jeito para que não me perturbassem. Com 52 mil liras, em Miragno, convenhamos, eu poderia muito bem viver, não digo com fartura, mas certamente com discrição.

Ao sair do trem em Pisa, primeiro fui comprar um chapéu, da mesma forma e tamanho dos que Mattia Pascal costumava usar em seus dias; logo em seguida mandei cortar o cabelo daquele imbecil do Adriano Meis.

– Curtos, bem curtos, está bem? – disse ao barbeiro.

Minha barba já crescera um pouco, e agora, com os cabelos curtos, comecei a retomar meu aspecto anterior, mas muito melhorado, mais elegante, mais... sim, refinado. O olho não estava mais torto, viva! Já não era mais o olho característico de Mattia Pascal.

Ainda assim, algo de Adriano Meis permanecera no meu rosto. Mas agora eu me parecia muito mais com Roberto; oh, de um jeito que eu nunca teria imaginado.

O problema foi quando – depois de me livrar de toda aquela cabeleira – coloquei o chapéu comprado pouco antes: afundou na nuca! Tive de remediar, com a ajuda do barbeiro, enfiando um papel sob o forro.

Para não entrar de mãos vazias num hotel, comprei uma mala: guardaria ali, por enquanto, o traje que estava usando e

O FALECIDO MATTIA PASCAL

meu sobretudo. Cabia a mim me reabastecer de tudo, não podia esperar que depois de tanto tempo, em Miragno, minha mulher tivesse guardado meus trajes e as roupas íntimas. Comprei um terno com ótimo caimento numa loja e o vesti; com a mala nova, fui para o Hotel Nettuno.

Eu já tinha ido a Pisa quando era Adriano Meis e me hospedara no Albergo di Londra. Já admirara todas as maravilhas de arte na cidade; agora, sem forças por causa das emoções violentas, jejuando desde a manhã do dia anterior, estava morrendo de fome e sono. Comi qualquer coisa e dormi quase até a noite.

Assim que acordei, no entanto, fui tomado por uma ansiedade crescente e sombria. Como será que teriam passado lá, na casa do sr. Paleari, aquele dia que me transcorreu quase em brancas nuvens, por causa das primeiras tarefas e aquele sono de chumbo no qual caí? Confusão, perplexidade, curiosidade mórbida de estranhos, investigações apressadas, suspeitas, hipóteses bizarras, insinuações, buscas inúteis; e minhas roupas e meus livros lá, vistos com aquela consternação que os objetos pertencentes a alguém tragicamente morto inspiram.

E eu tinha dormido! E agora, nessa agonizante impaciência, teria de esperar até a manhã do dia seguinte para saber de algo pelos jornais de Roma.

Enquanto isso, não podendo partir logo para Miragno, ou pelo menos para Oneglia, era obrigado a permanecer naquela situação, dentro de uma espécie de parêntese de dois, três dias e talvez até mais: morto lá longe, em Miragno, como Mattia Pascal; morto aqui, em Roma, como Adriano Meis.

Sem saber o que fazer, na esperança de me distrair um pouco de tantos desgostos, levei esses dois mortos para passear por Pisa.

Oh, foi uma caminhada muito agradável! Adriano Meis, que já estivera ali, pretendia ser o guia e cicerone de Mattia Pascal; mas este, oprimido por várias coisas que lhe andavam pela mente, se agitava com modos sombrios, sacudia um dos braços como para tirar da cabeça aquela sombra exagerada e cabeluda, de roupas compridas, com seu chapéu de abas largas e os óculos.

"Vá embora! Vá! Volte para o rio, afogado!"

Mas me lembrava que o próprio Adriano Meis, andando pelas ruas de Pisa há dois anos, sentira-se aborrecido, também incomodado com a sombra igualmente exagerada de Mattia Pascal, e gostaria que ele saísse do seu caminho com o mesmo gesto, deixando-o para trás, na represa do moinho, lá na Stìa. O melhor era não dar confiança a nenhum deles. Ó branca torre de Pisa, você pode pender para um lado; eu, entre esses dois, nem para cá nem para lá.

Com a graça de Deus, finalmente consegui atravessar aquela nova noite interminável de aflição e ter em mãos os jornais de Roma.

Não vou dizer que me tranquilizei com a leitura: não conseguia. A desolação que me tomava, no entanto, logo foi aliviada quando constatei que os jornais haviam dado ao meu suicídio as proporções de uma notícia policial qualquer. Todos diziam mais ou menos a mesma coisa: o chapéu, a bengala encontrada na Ponte Margherita, com o bilhete lacônico; que eu era de Turim, um homem bastante peculiar, e que as razões que me levaram à triste ação eram desconhecidas. Um deles, no entanto, apresentava a suposição de que havia uma "razão íntima" envolvida, baseada na "disputa com um jovem pintor espanhol, na casa de uma figura bem conhecida do mundo clerical".

Outro dizia "provavelmente devido a problemas financeiros". Em suma, notícias vagas e breves. Apenas um jornal matutino, que costumava contar os acontecimentos do dia, insinuava "a surpresa e a dor da família do *cavaliere* Anselmo Paleari, chefe de departamento do Ministério da Educação, agora aposentado, com quem Meis vivia, muito estimado por seu jeito reservado e suas maneiras corteses". Obrigado! – Esse mesmo jornal, referindo-se à afronta feita pelo pintor espanhol M. B., sugeria que a razão para o suicídio deveria ser buscada numa paixão amorosa secreta.

Eu tinha me matado por causa de Pepita Pantogada, em suma. Mas, no final, era melhor assim. O nome de Adriana não aparecera, nem havia sido mencionado meu dinheiro. Portanto, a polícia deveria investigar sigilosamente. Mas seguindo quais pistas?

Eu podia partir para Oneglia.

O FALECIDO MATTIA PASCAL

Encontrei Roberto em sua casa de campo, para a colheita. O que senti quando vi minha linda riviera, onde pensei que nunca mais colocaria os pés, deve ser fácil de entender. Mas a alegria foi perturbada pela ansiedade de chegar, pela apreensão de ser reconhecido por algum estranho antes de me mostrar aos parentes, pela emoção cada vez maior que me causava o pensamento do que eles sentiriam ao me ver vivo, de repente, diante deles. Minha visão se turvava pensando nisso, o céu e o mar escureciam, o sangue me fervia nas veias, meu coração batia acelerado. E parecia-me que eu não chegava nunca!

Quando, finalmente, o criado veio abrir o portão da bela casa de campo, que Berto ganhara como dote da sua esposa, pareceu-me, ao atravessar a alameda, que eu realmente voltava do outro mundo.

– Por favor, entre – disse o criado, cedendo-me o passo na entrada da casa. – A quem devo anunciar?

Não consegui encontrar a voz na garganta para responder. Escondendo o esforço com um sorriso, gaguejei:

– Diga... diga... diga a ele... sim, tem... tem... um amigo dele... íntimo, isso... que vem de longe... assim...

Aquele empregado deve ter me achado gago, no mínimo. Depositou minha mala ao lado do cabideiro e me convidou a entrar na sala de estar, logo à frente.

Ao esperar, eu tremia, ria, arfava, olhava ao redor, aquela sala clara e bem-arrumada, mobiliada com móveis novos, de verniz verde. Vi de repente, no limiar da porta pela qual eu havia entrado, um belo garotinho, de cerca de 4 anos, com um pequeno regador numa das mãos e um ancinho na outra. Estava me observando de olhos arregalados.

Senti uma ternura indescritível: devia ser meu sobrinho, o filho mais velho de Berto. Inclinei-me, acenei-lhe com a mão para avançar; mas o assustei e ele fugiu.

Nesse ponto, ouvi a outra porta da sala se abrir. Levantei-me, com os olhos enevoados pela emoção, uma espécie de risada convulsiva borbulhando na garganta.

Roberto permaneceu diante de mim, perturbado, quase atordoado.

234   LUIGI PIRANDELLO

– Com quem...? – disse ele.

– Berto! – gritei, abrindo os braços. – Você não está me reconhecendo?

Ele ficou muito pálido ao som da minha voz; rapidamente passou a mão sobre a testa e os olhos, cambaleando, gaguejando:

– Como é... como é... o que é isso?

Fui imediatamente ampará-lo, embora ele recuasse, quase por medo.

– Sou eu! Mattia! Não tenha medo! Eu não estou morto... Está me vendo? Toque-me! Sou eu, Roberto. Nunca estive mais vivo que agora! Vamos, vamos...

– Mattia! Mattia! Mattia! – começou a dizer o pobre Berto, ainda não acreditando em seus olhos. – Mas como é isso? Você? Oh, Deus... como é isso? Meu irmão! Meu querido Mattia!

E me deu um abraço bem apertado. Comecei a chorar como um bebê.

– Como é isso? – recomeçou a perguntar Berto, que estava chorando também. – Como é isso? Como?

– Aqui estou eu... Vê? Eu voltei... não do outro mundo, não... Sempre estive nesse mundo doido... Até... Vou lhe contar tudo...

Segurando-me forte pelos braços, com o rosto coberto de lágrimas, Roberto ainda olhava para mim, assustado:

– Mas como... se lá...?

– Não era eu... vou lhe dizer. Eles me confundiram... Eu estava longe de Miragno e soube, como você deve ter ouvido, por um jornal, do meu suicídio na Stìa.

– Não era você então? – exclamou Berto. – E o que você fez?

– Me fiz de morto. Fique calado. Vou lhe contar tudo mais tarde. Agora não posso. Eu lhe digo apenas isto, que andei por aí, acreditando-me feliz, a princípio, sabe? Então, por... por tantos reveses, percebi que estava errado, que se fingir de morto não é uma boa profissão; e aqui estou eu: torno a ser vivo.

– *Mattia*, eu sempre disse, *Mattia, matto*[34]... Louco! Louco! Louco! – exclamou Berto. – Ah, que alegria você me deu! Quem

---

34 "Louco", em italiano. [N. T.]

O FALECIDO MATTIA PASCAL

poderia esperar por isso? Mattia vivo... aqui! Sabe que nem consigo acreditar ainda? Deixe-me olhar para você... Parece outra pessoa!

– Você viu que eu também consertei o olho?

– Ah sim, sim... por isso pensei... não sei... olhei para você, olhei para você... Que bom! Vamos lá, vamos ver minha esposa... Oh! Mas espere... você...

Ele parou de repente e olhou para mim, agitado:

– Você quer voltar para Miragno?

– Com certeza, ainda esta noite.

– Então você não sabe de nada?

Ele cobriu o rosto com as mãos e gemeu:

– Miserável! O que você fez... o que você fez...? Mas você não sabe que sua mulher...?

– Morreu? – exclamei, estancando.

– Não! Pior! Ela... ela arranjou outro marido!

Fiquei estarrecido.

– Outro marido?

– Sim, Pomino! Eu recebi o convite. Faz mais de um ano.

– Pomino? Pomino, marido de... – gaguejei; mas de súbito uma risada amarga, como uma golfada de bile, saltou-me na garganta, e eu ri, ri alto.

Roberto me olhou espantado, talvez temendo que eu estivesse maluco.

– Você ri?

– Sim! Claro! É claro! – gritei para ele, sacudindo-o pelos braços. – Melhor ainda! Para mim, esse é o cúmulo da sorte!

– O que você está dizendo? – exclamou Roberto, quase com raiva. – Sorte? Mas se você for lá agora...

– Vou correr para lá agora mesmo, imagine só!

– Mas então você não sabe que tem de tomá-la de volta?

– Eu? Como é?!

– Claro! – Berto confirmou, enquanto agora era eu que o olhava com espanto. – O segundo casamento é anulado e você é obrigado a tomá-la de volta.

Fiquei transtornado.

– Como! Que lei é essa? – gritei. – Minha mulher se casa de novo e eu... O quê? Não me fale uma coisa dessas! Não é possível!

– Pois eu lhe digo que é isso mesmo! – sustentou Berto. – Espere: meu cunhado está aqui. Ele é advogado, vai explicar melhor. Venha... ou melhor, não: espere um pouco aqui, minha mulher está grávida; não quero que isso lhe cause uma emoção muito forte, embora ela o conheça pouco... quero evitar... Espere aqui, hein?

E ele segurou minha mão no limiar da porta, como se ainda tivesse medo de que – deixando-me por um momento – eu pudesse desaparecer de novo.

Ali sozinho, comecei a andar naquela sala de estar como um leão enjaulado. "Casada de novo! Com Pomino! Mas com certeza... Até a mesma mulher. Ele – oh, sim! – ele já a amava faz tempo. Não deve nem ter acreditado! E ela também... muito menos! Rica, esposa de Pomino... E enquanto ela se casava aqui novamente, eu estava lá em Roma... E agora tenho de tomá-la de volta! Como isso é possível?"

Pouco depois, Roberto veio me chamar todo exultante. Mas agora eu estava tão chateado com essa notícia inesperada que não pude responder ao acolhimento festivo que minha cunhada, sua mãe e o irmão dela me fizeram. Berto notou e então perguntou ao cunhado sobre aquilo que eu queria saber mais que tudo.

– Que tipo de lei é essa? – prorrompi mais uma vez. – Me desculpe, mas é uma lei turca!

O jovem advogado sorriu, arrumando os óculos no nariz, com um ar de superioridade.

– Mas é assim – respondeu ele. – Roberto está certo. Não me recordo exatamente do artigo, mas o caso está previsto no código: o segundo casamento torna-se nulo se o primeiro cônjuge reaparecer.

– E eu tenho de tomar de volta – exclamei com raiva – uma mulher que, ao saber de tudo, ficou um ano inteiro agindo como esposa de outro homem, que...

– Mas por sua culpa, me desculpe, caro sr. Pascal! – interrompeu-me o advogado, ainda sorrindo.

O FALECIDO MATTIA PASCAL

– Minha culpa? Como? – perguntei. – Aquela santa mulher comete um erro, em primeiro lugar, me reconhecendo no cadáver de um desgraçado que se afoga, depois se apressa em se casar de novo, e é minha culpa? E eu tenho de tomá-la de volta?

– Claro – respondeu ele –, uma vez que o senhor, sr. Pascal, não quis corrigir a tempo, antes do prazo prescrito pela lei para contrair um segundo casamento, o erro da sua esposa, que também pode, não nego, ter agido de má-fé. O senhor aceitou esse falso reconhecimento e aproveitou... Oh, veja bem: eu o parabenizo por isso, acho que o senhor fez muito bem. Realmente, até estranho que o senhor volte a se enredar no emaranhado dessas nossas leis sociais estúpidas. Eu, no seu lugar, não teria mais voltado à vida.

Fiquei irritado com a calma e a ousadia desse jovem recém-formado.

– É porque o senhor não sabe o que isso significa! – respondi, encolhendo os ombros.

– Como? – recomeçou ele. – É possível ter mais sorte, mais felicidade que essa?

– Sim, tente! Experimente! – exclamei, voltando-me para Berto e deixando-o plantado ali com sua presunção.

Mas mesmo da parte do meu irmão encontrei empecilhos.

– Ah, a propósito – perguntou-me ele –, e como você, em todo esse tempo...

E esfregou o polegar e o indicador, querendo dizer dinheiro.

– Como eu me virei? – respondi-lhe. – É uma longa história! Não estou em condições de contá-la agora. Mas eu já tive, sabe? Já tive dinheiro, e ainda o tenho: não acredite, portanto, que volto agora a Miragno porque estou sem dinheiro!

– Ah, você insiste em voltar? – insistiu Berto. – Mesmo depois dessas notícias?

– Mas é claro que eu vou voltar! – exclamei. – Você acha que depois do que vivi e sofri, ainda quero estar morto? Não, meu caro: vou voltar sim. Quero meus papéis em ordem, quero me sentir vivo, bem vivo, até mesmo se tiver de tomar minha mulher de volta. Me diga uma coisa: a mãe ainda está viva... a viúva Pescatore?

– Oh, não sei – respondeu Berto. – Você deve entender que, depois do segundo casamento... Mas acho que ela está viva...

– Ah, sinto-me bem melhor! – escarneci. – Mas isso não importa! Vou me vingar! Não sou o mesmo de antes, sabe? Só lamento que isso seja uma sorte para aquele imbecil do Pomino!

Todos eles riram. Enquanto isso, o criado veio anunciar que o jantar estava na mesa. Eu tive de ficar para o jantar, mas minha impaciência era tanta que nem percebi o que estava comendo; finalmente, terminei por devorar a comida. A fera em mim se restaurara, preparando-se para o ataque iminente.

Berto sugeriu que eu permanecesse ali pelo menos aquela noite: na manhã seguinte iríamos juntos para Miragno. Ele queria ver a cena do meu inesperado retorno à vida, meu ataque como um gavião no ninho de Pomino. Mas eu não podia mais me conter, e nem quis saber: pedi a ele que me deixasse ir sozinho, e naquela mesma noite, sem me demorar nem mais um momento.

Parti no trem das oito: em meia hora chegaria a Miragno.

XVIII. O FALECIDO MATTIA PASCAL

ENTRE A ANSIEDADE E A RAIVA (eu não sabia qual das duas se agitava mais dentro de mim, mas talvez fossem uma só coisa: raiva ansiosa, ansiedade irritada), não me importei se os outros me reconhecessem antes de descer ou depois que eu tivesse chegado a Miragno.

Eu havia me instalado num vagão de primeira classe, apenas como precaução. Já era noite; e, além disso, a experiência feita com Berto me tranquilizava: enraizada como estava em todos a certeza da minha triste morte, agora dois anos distante, ninguém poderia imaginar que eu fosse Mattia Pascal.

Tentei enfiar a cabeça pela janela, esperando que a vista dos lugares conhecidos me provocasse uma emoção menos violenta; mas não fez mais que aumentar minha ansiedade e minha raiva. Sob a lua, à distância, tive um vislumbre da colina da Stìa.

– Assassinas! – sibilei entre os dentes. – Lá... Mas agora...

Quantas coisas, atordoado pelas notícias inesperadas, eu me esquecera de perguntar a Roberto! A fazenda, o sítio realmente tinham sido vendidos? Ou ainda estavam, por acordo mútuo dos credores, sob uma administração provisória? E Malagna, tinha morrido? E tia Scolastica?

Não me parecia que apenas dois anos e alguns meses haviam se passado; considerava uma eternidade, e achava que isso – já que comigo aconteceram coisas extraordinárias – também deveria ter acontecido em Miragno. No entanto, talvez nada tivesse se passado na aldeia além do casamento de Romilda e Pomino, perfeitamente normal em si mesmo, e que só agora, com meu reaparecimento, se tornaria extraordinário.

Para onde eu iria, assim que chegasse a Miragno? Onde o novo casal tinha instalado o ninho?

A casa onde eu, um pobre coitado, tinha morado era humilde demais para Pomino, rico e filho único. Além disso Pomino, de coração terno, certamente se sentiria desconfortável lá, com a inevitável recordação que teria de mim. Talvez ele tivesse se estabelecido com o pai no Palácio. Imaginem a viúva Pescatore, que ar de matrona devia ter agora! E aquele pobre cavaleiro Pomino, Gerolamo I, delicado, gentil, tranquilo, nas garras da velha! Que espetáculo! Nem o pai, é claro, nem o filho devem ter tido coragem de tirá-la dali. E agora, justamente – ah, que raiva! –, eu os libertaria...

Sim, era para lá, para a casa dos Pomino, que eu tinha de ir: mesmo se não os encontrasse, poderia saber pela porteira onde estavam.

Oh, minha pequena cidade adormecida, que confusão amanhã, com a notícia da minha ressurreição!

Era noite de luar e todos os lampiões estavam apagados, como de costume, nas ruas quase desertas, já que para a maioria das pessoas era hora do jantar.

Eu quase perdera, pela extrema excitação nervosa, a sensibilidade das pernas: andava como se não tocasse o chão com os pés. Eu não saberia definir meu estado de espírito: só sentia uma espécie de risada enorme, homérica, que, na violenta excitação, me sacudia por dentro, no entanto sem explodir: se fosse assim, teria feito saltar como dentes o calçamento da rua, e as casas tremeriam.

Cheguei à casa dos Pomino num instante; mas, naquela espécie de quadro de avisos que fica no saguão de entrada, não encontrei a velha porteira. Tremendo, fiquei esperando por alguns minutos quando vi uma faixa de luto desbotada e empoeirada numa porta, pregada ali, evidentemente, havia vários meses. Quem tinha morrido? A viúva Pescatore? O *cavaliere* Pomino?

O FALECIDO MATTIA PASCAL

Com certeza um dos dois. Talvez o *cavaliere*... Nesse caso, devia encontrar meus dois pombinhos, sem dúvida, estabelecidos no Palácio. Não aguentava mais esperar: subi as escadas. No segundo lance, topei com a porteira.

– O *cavaliere* Pomino?

Pelo espanto com que aquela velha tartaruga me olhava, percebi que era o pobre *cavaliere* que devia ter morrido.

– O filho! O filho! – corrigi imediatamente, recomeçando a subir.

Não sei o que a velha murmurou para si mesma nas escadas. No final do último degrau, tive de parar: não tinha mais fôlego! Olhei para a porta e pensei: "Talvez eles ainda estejam jantando, todos os três à mesa... sem suspeitar de nada. Em alguns instantes, assim que eu bater à porta, a vida deles será abalada... Portanto, o destino que pende sob suas cabeças ainda está nas minhas mãos". Subi os últimos degraus. Com o cordão da sineta nas mãos, enquanto meu coração pulava na garganta, apurei os ouvidos. Nenhum ruído. E nesse silêncio escutei o lento tilintar da sineta, que eu puxara bem devagarinho.

Todo o sangue afluiu à minha cabeça e meus ouvidos começaram a zumbir, como se aquele ligeiro tilintar, que desaparecera no silêncio, em vez disso tivesse penetrado furiosamente em mim, atordoando-me.

Pouco depois, reconheci com um sobressalto, do outro lado da porta, a voz da viúva Pescatore:

– Quem é?

Naquele momento, não consegui responder: apertei os punhos contra o peito, como se para impedir que meu coração saltasse para fora. Então, com uma voz sombria, quase soletrando, eu disse:

– Mattia Pascal.

– Quem?! – gritou a voz lá de dentro.

– Mattia Pascal – repeti, encavernando ainda mais a voz.

Ouvi a velha bruxa fugir, certamente aterrorizada, e logo imaginei o que estava acontecendo ali. Agora viria o homem: Pomino, o valente!

242 · LUIGI PIRANDELLO

Mas primeiro eu precisei tocar de novo, como antes, devagar.

Assim que Pomino, escancarando a porta com fúria, me viu – rígido – com o peito para fora – diante dele – retrocedeu atônito. Avancei gritando:

– Mattia Pascal! Vindo do outro mundo.

Com um grande baque, Pomino caiu estatelado no chão, os braços para trás, os olhos arregalados:

– Mattia! Você?!

A viúva Pescatore, correndo com uma lamparina na mão, soltou um grito estridente, como uma mulher dando à luz. Fechei a porta com um pontapé e, de um salto, peguei a lamparina que quase lhe caía das mãos.

– Cale a boca! – gritei-lhe na cara. – Você realmente me tomou por um fantasma?

– Vivo?! – disse ela, atordoada, passando as mãos nos cabelos.

– Vivo! Vivo! Vivo! – prossegui, com uma alegria feroz. – Você me reconheceu morto, não é? Afogado?

– E de onde você vem? – perguntou-me aterrorizada.

– Do moinho, bruxa! – gritei. – Mantenha a lamparina aqui, olhe bem para mim! Sou eu? Você me reconhece ou eu ainda pareço com aquele desgraçado que se afogou na Stìa?

– Não era você?

– Que raios a partam, megera! Eu estou aqui, vivo! Levante-se, seu paspalho! Onde está Romilda?

– Pelo amor de Deus... – gemeu Pomino, levantando-se rapidamente. – A neném... tenho medo... o leite...

Eu o agarrei pelo braço, detendo-me agora, por minha vez:

– Que neném?

– Minha... minha filha... – gaguejou Pomino.

– Ah, que pecado! – gritou a viúva Pescatore.

Não pude responder, espantado com essa nova notícia.

– Sua filha? – murmurei. – Uma filha, além disso?... Mais essa agora...

– Vá ver Romilda, pelo amor de Deus... – implorou Pomino à viúva.

O FALECIDO MATTIA PASCAL

Porém, era tarde demais. Romilda, com o corpete desabotoado, a neném ao seio, toda desarrumada, como se, ouvindo os gritos, tivesse levantado da cama apressadamente, avançou e me viu:

– Mattia! – e caiu nos braços de Pomino e sua mãe, que a arrastaram para longe, deixando na confusão a garotinha nos meus braços.

Permaneci no escuro, na sala, com aquela garotinha frágil nos braços, que chorava com uma voz bem fraca e azeda de leite. Consternado, agitado, eu ainda podia escutar o grito da mulher que tinha sido minha, e agora, eis que ela era a mãe dessa criança, que não era minha, não era! Enquanto a minha, ah, Romilda não a amara na época! Portanto, agora eu não deveria ter pena deles nem da sua neném, caramba! Ela tinha se casado de novo? E agora eu... Mas a pequena continuou a chorar, chorar; e então... o que fazer? Para acalmá-la, encostei-a no peito e comecei a bater a mão gentilmente nos seus ombros e a balançá-la enquanto caminhava. Meu ódio se desvaneceu, minha fúria cedeu. E aos poucos a criança foi ficando em silêncio.

Pomino chamou na escuridão, alarmado:

– Mattia!... A pequena!

– Fique quieto! Está aqui – respondi.

– O que você está fazendo?

– Estou comendo a criança... O que acha que estou fazendo!?... Vocês a jogaram nos meus braços... Agora, deixe estar! Ela se acalmou. Onde está Romilda?

Todo trêmulo e assustado, como uma cadela que vê o filhote nas mãos do dono:

– Romilda? Por quê? – perguntou-me ele.

– Porque eu quero falar com ela! – respondi asperamente.

– Ela desmaiou, sabe?

– Desmaiou? Nós vamos reanimá-la.

Pomino estava diante de mim, implorando:

– Por caridade... ouça... tenho medo... como você... vivo!... Onde você esteve?... Ah, Deus... Ouça... Você não pode falar comigo?

– Não! – gritei para ele. – Eu tenho de falar com ela. Você, aqui, não significa mais nada.

– Como! Eu?

– Seu casamento será anulado.

– Como... o que você está dizendo? E a neném?

– A neném... a neném... – balbuciei. – Desavergonhados! Em dois anos, marido e mulher e uma filha! Quietinha, linda, quietinha! Vamos até a mamãe... Venha, me mostre o caminho!

Assim que entrei no quarto com a bebê nos braços, a viúva Pescatore fez menção de pular em cima de mim, como uma hiena.

Eu a afastei com um empurrão furioso:

– A senhora vá embora! Aqui está seu genro: se tiver de gritar, grite com ele. Eu não a conheço!

Inclinei-me para Romilda, que chorava desesperadamente, e ofereci-lhe a filha:

– Vamos, pegue-a... Você está chorando? Por quê? Você está chorando porque eu estou vivo? Você me queria morto? Olhe para mim... aqui, olhe para o meu rosto! Vivo ou morto?

Ela tentou, entre lágrimas, olhar para mim e, numa voz interrompida por soluços, gaguejou:

– Mas... como... você? O que... o que você fez?

– Eu, o que eu fiz? – sorri zombeteiro. – Você me pergunta o que eu fiz? Você arranjou outro marido... aquele paspalho ali!... Você deu à luz uma filha e ainda tem coragem de me perguntar o que eu fiz?

– E agora? – gemeu Pomino, cobrindo o rosto com as mãos.

– Mas você, você... onde você esteve? Se você se fingiu de morto e fugiu... – a viúva Pescatore começou a gritar, avançando com os braços levantados.

Agarrei um deles, torci-o e gritei para ela:

– Cale a boca, repito! A senhora cale a boca, porque se eu ouvi-la dizer mais uma palavra, perco a compaixão que esse tolo do seu genro e aquela pequena criatura me inspiram e faço uso da lei! A senhora sabe o que a lei diz? Que agora preciso recuperar Romilda...

O FALECIDO MATTIA PASCAL

– Minha filha? Você? Você é louco! – protestou ela, cheia de atrevimento.

Mas Pomino, diante da minha ameaça, imediatamente se aproximou da viúva para implorar que ficasse quieta, que se acalmasse, pelo amor de Deus.

A megera então parou de me atacar e começou a investir contra ele, dizendo que era um bobo, estúpido, que não servia para nada e só chorava e se desesperava como uma mocinha...

Comecei a rir, até perder o fôlego.

– Parem! – gritei quando pude me conter. – Eu vou embora! Vou deixá-la para Pomino de muito bom grado! A senhora realmente acha que sou louco o suficiente para me tornar seu genro de novo? Ah, pobre Pomino! Meu pobre amigo, desculpe-me por tê-lo chamado de paspalho, mas você ouviu? Sua própria sogra disse isso, e posso lhe jurar que mesmo antes disso, Romilda, nossa esposa, tinha me dito... sim, ela mesma, que você parecia um imbecil, estúpido, insípido... e não sei mais o quê. Não é verdade, Romilda? Diga a verdade... Vamos, pare de chorar, minha cara, aprume-se... olhe, você pode machucar sua neném, assim... estou vivo agora – vê? – e quero me alegrar... *Alegria!* Como um certo amigo bêbado costumava dizer... Alegria, Pomino! Você acha que eu quero deixar uma filha sem mãe? Por favor! Já tenho um filho sem pai... Você vê só, Romilda... Estamos empatados: tenho um filho, que é filho de Malagna, e agora você tem uma filha, que é filha de Pomino. Se Deus quiser, vamos casar os dois um dia! Agora aquele filho não deve mais lhe causar despeito... Vamos falar sobre coisas alegres... Me diga como você e sua mãe conseguiram me reconhecer morto, lá na Stìa...

– Mas eu também! – exclamou Pomino, exasperado. – E toda a aldeia! Não foram só elas!

– Muito bem! Bravo! Então ele era muito parecido comigo?

– A mesma estatura... a mesma barba... vestido como você, de preto... e depois, desaparecido por tantos dias...

– Eu tinha fugido, ouviu? Como se não fossem elas que me fizeram fugir... Elas, elas... No entanto, eu estava prestes a voltar, sabe? Mas carregado de ouro! Quando... sem mais nem menos, morto, afogado, podre... e ainda por cima reconhecido! Graças a Deus, consegui me manter por dois anos; enquanto vocês, aqui: noivado, casamento, lua de mel, festas, alegria, a filha... quem morre jaz, e quem vive encontra a paz, hein?

– E agora? O que faremos agora? – repetiu Pomino, gemendo de preocupação. – É isso que eu pergunto!

Romilda levantou-se para pôr a criança no berço.

– Vamos, vamos sair daqui – disse eu. – A neném voltou a dormir. Vamos discutir lá fora.

Entramos na sala de jantar, onde, na mesa ainda posta, estavam os restos do jantar. Todo trêmulo, desorientado, tomado de uma palidez cadavérica, batendo continuamente as pálpebras nos olhos sem vida, perfurados por dois pontos pretos, cheios de agonia, Pomino coçava a testa e dizia, quase alucinado:

– Vivo... vivo... o que fazer? O que fazer?

– Não me perturbe! – gritei para ele. – Vamos resolver isso, já lhe disse.

Romilda, vestindo o roupão, veio se juntar a nós. Fiquei olhando para ela na luz, admirado: estava tão bonita quanto antes, ainda mais formosa.

– Deixe-me vê-la... – disse a ela. – Você me permite, Pomino? Não há nada de errado nisso: eu também sou seu marido, antes e mais que você. Não tenha vergonha, vamos, Romilda! Olhe, olhe só como Mino se contorce! Mas o que eu posso fazer se não estou realmente morto?

– Assim não é possível! – bufou Pomino, lívido.

– Ele está preocupado! – pisquei para Romilda. – Não, vamos, acalme-se, Mino... Já lhe disse que vou deixá-la para você, e mantenho minha palavra. Só espere um pouco... com licença!

Aproximei-me de Romilda e lhe tasquei um belo beijo na bochecha.

– Mattia! – gritou Pomino, furioso.

Comecei a rir novamente.

– Com ciúmes? De mim? Ora, vamos! Tenho o direito de prioridade. No mais, Romilda, limpe, limpe o rosto... Olhe, eu achava que vindo aqui (me desculpe, Romilda), meu caro Mino,

O FALECIDO MATTIA PASCAL

eu lhe faria um grande favor: o de livrar-se dela, e confesso que esse pensamento me afligia muito, porque eu queria me vingar, e ainda quero, tirando Romilda de você, mas agora vejo que você a ama e ela... sim, parece um sonho, ela é a mesma de muitos anos atrás... você se lembra, hein, Romilda?... Mas não chore! Você está começando a chorar de novo? Ah, bons tempos... Sim, não voltam mais!... Vamos, vamos: agora vocês têm uma filha e, portanto, não se fala mais nisso! Vou deixá-los em paz, que diabos!

– Mas o casamento será anulado? – gritou Pomino.

– E deixe que seja! – disse a ele. – Será anulado *pro forma*, quando muito: não vou fazer valer meus direitos nem vou me reconhecer oficialmente vivo, se realmente não me forçarem a isso. Para mim, basta que todos me vejam de novo e saibam que estou vivo de fato, para sair desta morte, que é a verdadeira morte, acreditem! Então vejam: Romilda pode se tornar sua esposa... o resto não me importa! Você contraiu o casamento publicamente; todos sabem que ela é sua esposa há um ano, e assim permanecerá. Você acha que alguém vai se importar com o valor legal do primeiro casamento? Águas passadas... Romilda *foi* minha mulher: agora, há um ano, ela é *sua*, é a mãe de sua filha. Daqui a um mês, não se falará mais nisso. Estou certo, dupla sogra?

A viúva Pescatore, azeda, carrancuda, franziu a testa e assentiu. Mas Pomino, em sua crescente agitação, perguntou:

– E você vai ficar aqui em Miragno?

– Sim, e qualquer noite dessas vou vir tomar um café aqui na sua casa ou beber uma taça de vinho à saúde de vocês.

– Isso não! – exclamou a viúva Pescatore, levantando-se de um pulo.

– Mas ele está brincando!... – observou Romilda, com os olhos baixos.

Comecei a rir como antes.

– Você vê só, Romilda? – disse a ela. – Estão com medo de que voltemos a nos amar... Seria muito bom! Não, não: não vamos atormentar Pomino... Quero dizer que, se ele não quiser que eu venha à sua casa, vou começar a andar pela rua, debaixo da sua janela. Está bem? E vou lhe fazer muitas serenatas lindas.

Pomino, pálido e trêmulo, andava pela sala, resmungando:

– Não é possível... não é possível...

Em determinado momento, parou e disse:

– O fato é que ela... com você, aqui, vivo, não será mais minha mulher...

– Então faça de conta que eu estou morto! – respondi tranquilamente.

Ele recomeçou a andar:

– Não posso fazer isso!

– Então não faça! Ora, vamos, você realmente acredita – acrescentei – que eu quero incomodar você, se Romilda não quiser? Ela é que deve dizer... Vamos, diga, Romilda, quem é mais bonito? Eu ou ele?

– Eu estava falando diante da lei! Diante da lei! – gritou ele, parando de novo.

Romilda olhava para ele, angustiada e atônita.

– Nesse caso – observei –, me desculpe, mas parece que eu é que devia ressentir-me mais que todos, pois verei minha linda ex-esposa viver maritalmente com você.

– Mas ela também – respondeu Pomino –, não sendo mais minha mulher...

– Oh, resumindo – bufei –, eu queria vingança e não me vinguei; deixo a mulher para você, deixo-o em paz e você não fica feliz? Ande, Romilda, levante-se! Vamos embora, nós dois! Proponho-lhe uma bela viagem de núpcias... Vamos nos divertir! Deixe aí esse chato pedante. Ele quer que eu realmente me jogue na represa do moinho, na Stìa.

– Não quero isso! – explodiu Pomino no auge da exasperação.

– Mas vá embora, pelo menos! Vá embora, porque você bem que gostou de se fazer de morto! Vá embora agora, para longe, sem ser visto por ninguém. Porque eu aqui... com você... vivo...

Levantei-me; bati a mão no ombro dele para acalmá-lo e lhe respondi, em primeiro lugar, que já estivera em Oneglia, com meu irmão, e que portanto todos ali, a essa hora, sabiam que eu estava vivo, e que amanhã inevitavelmente as notícias chegariam a Miragno. E continuei:

O FALECIDO MATTIA PASCAL

– Morto de novo? Longe de Miragno? Você está brincando, meu caro! – exclamei. – Tudo bem, faça o papel de marido em paz, não tenha medo... de qualquer modo, seu casamento já foi celebrado. Todo mundo vai aprovar, considerando que há uma pequena criatura envolvida. Prometo-lhe e juro que nunca o incomodarei, nem mesmo por uma mísera xícara de café, nem mesmo para apreciar o doce e hilário espetáculo do seu amor, da sua harmonia, da sua felicidade construída em cima da minha morte... Ingratos! Aposto que ninguém, nem mesmo você, meu amigo íntimo, nenhum de vocês foi pendurar uma coroa, deixar uma flor no meu túmulo, lá no cemitério... Diga, não é verdade? Responda!

– Você está brincando!... – disse Pomino, encolhendo os ombros.

– Brincando? Mas não mesmo! Há de fato o cadáver de um homem, e não é brincadeira! Você já esteve lá?

– Não... eu não... eu não tive coragem – murmurou Pomino.

– Mas de tomar minha esposa você teve, seu safado!

– E você de mim? – rebateu ele. – Você não a tirou de mim antes, quando eu estava vivo?

– Eu? – exclamei. – Essa é boa! Mas se ela não o queria! Você quer então que eu repita que você realmente parecia um paspalho? Diga-lhe, Romilda, por favor: veja, ele me acusa de traição... Ora, essa é muito boa! Ele é seu marido e não se fala mais nisso; mas eu não tenho culpa... Tudo bem. Eu vou lá amanhã ver aquele pobre homem morto, abandonado sem uma flor, sem uma lágrima... Diga, há pelo menos uma lápide na sepultura?

– Sim – apressou-se a responder Pomino. – Feita pela prefeitura... Meu pai...

– Leu meu elogio fúnebre, eu sei! Se o pobre coitado do morto ouvisse... O que está escrito na lápide?

– Não sei... Lodoletta é que a ditou.

– Posso imaginar! – suspirei. – Chega. Chega de conversa. Só me digam como vocês se casaram tão depressa... Ah, quão pouco você chorou, minha viúva... Talvez nada, não é? Fale mais alto, não consigo ouvir sua voz! Olhe: já é tarde da noite... assim que o

250   LUIGI PIRANDELLO

dia raiar, eu irei embora, e será como se nunca tivéssemos nos conhecido... Vamos aproveitar essas poucas horas. Então, me diga...

Romilda deu de ombros, olhou para Pomino, sorriu nervosamente. Depois baixou os olhos e olhou para as mãos:

– O que eu posso dizer? Claro que chorei...

– E você não merecia! – resmungou a viúva Pescatore.

– Obrigado! Mas enfim... chorou só um pouquinho, não é verdade? – reiniciei. – Esses belos olhos, que se enganaram assim
tão fácil, não devem ter se consumido muito, não é?

– Ficamos muito mal – disse Romilda, desculpando-se. – E
se não fosse por ele...

– Grande Pomino! – exclamei. – Mas e aquele canalha do Malagna, nada?

– Nada – respondeu a viúva Pescatore, dura e seca. – Foi ele
quem fez tudo...

E apontou para Pomino.

– Isto é... isto é... – corrigiu ele – ... meu pobre pai... Você sabe
que ele estava na prefeitura? Bem, primeiro conseguiu para Romilda uma pequena pensão, por causa da tragédia... e depois...

– Depois concordou com o casamento?

– Com muita satisfação! Quis que viéssemos morar aqui, todos, com ele... Mas, há dois meses...

E começou a me contar sobre a doença e a morte do pai; seu
amor por Romilda e sua neta; o pesar que sua morte causara em
toda a aldeia. Então pedi notícias de tia Scolastica, que era tão
amiga do *cavaliere* Pomino. A viúva Pescatore, que ainda se lembrava da massa de pão emplastrado no seu rosto pela terrível velha, agitou-se na cadeira. Pomino respondeu que não a via fazia
dois anos, mas que ela estava viva; então, por sua vez, ele me perguntou o que eu tinha feito, onde estivera etc. Eu disse o máximo
que pude, sem mencionar lugares ou pessoas, para mostrar que
não tinha me divertido naqueles dois anos. E assim, conversando, esperamos o amanhecer do dia em que minha ressurreição
seria confirmada publicamente.

Estávamos cansados pela vigília e pelas fortes emoções vi-
venciadas; também tínhamos frio. Para nos aquecer um pouco,

Romilda quis fazer um café. Quando me entregou a xícara, ela me olhou, formando com os lábios um leve sorriso triste, quase distante, e disse:

– Você, como sempre, sem açúcar, não é?

Naquele momento, o que ela lia nos meus olhos? Imediatamente baixou a vista.

Na luz pálida do amanhecer, senti um inesperado nó na garganta e olhei para Pomino com ódio. Mas o café fumegava debaixo do meu nariz, inebriando-me com seu aroma, e comecei a sorvê-lo lentamente. Então pedi permissão a Pomino para deixar a mala na sua casa, até encontrar um lugar para ficar: mandaria alguém vir buscá-la.

– Sim, é claro! – respondeu ele, atencioso. – Na verdade, não se preocupe: eu cuido disso...

– Ah – disse eu –, está quase vazia, sabe... A propósito, Romilda: você ainda tem, por acaso, alguma coisa minha... ternos, roupa de baixo?

– Não, nada... – respondeu ela com pesar, abrindo as mãos. – Você deve entender... depois da tragédia...

– Quem iria imaginar isso? – exclamou Pomino.

Mas eu podia jurar que ele, o avarento Pomino, estava usando um velho lenço de seda meu.

– Bem, chega. Adeus! Boa sorte! – falei, despedindo-me, com os olhos ainda fixos em Romilda, que não queria olhar para mim. Mas a mão dela tremeu quando retribuiu meu cumprimento. – Adeus! Adeus!

Já na rua, mais uma vez me vi perdido, mesmo aqui, na minha aldeia natal: sozinho, sem lar, sem objetivos.

"E agora?", perguntei a mim mesmo. "Para onde vou?"

Comecei a andar, observando as pessoas que passavam. Mas nada! Ninguém me reconhecia! No entanto, eu permanecia o mesmo de antes: todos, ao me ver, podiam ao menos pensar: "Olhe aquele estranho ali, como se parece com o pobre Mattia Pascal! Se tivesse o olho um pouco torto, seria exatamente igual". Mas que nada! Ninguém me reconheceu porque ninguém mais pensava em mim. Eu nem sequer despertei curiosidade, a menor surpresa... E eu tinha imaginado que seria um alvoroço, uma balbúrdia, assim que eu saísse às ruas! Profundamente desiludido, senti um aviltamento, um despeito, uma amargura que não conseguiria explicar; e o despeito e o desânimo me impediam de chamar a atenção daqueles que, da minha parte, eu conhecia muito bem. Depois de dois anos... Ah, o que significa morrer! Ninguém, ninguém mais se lembrava de mim, era como se eu nunca tivesse existido...

Duas vezes andei pela região de um extremo ao outro, sem que ninguém me parasse. No auge da minha irritação, pensei em voltar à casa de Pomino, declarar que o acordo não me convinha e me vingar da afronta que a aldeia inteira me fazia ao não me reconhecer. Mas nem Romilda me seguiria de boa vontade nem eu saberia aonde levá-la, no momento. Eu tinha de procurar uma casa primeiro. Pensei em ir à prefeitura, na seção de registro civil, para cancelar imediatamente o registro dos mortos; mas, enquanto caminhava, mudei de ideia e, em vez disso, fui parar na biblioteca de Santa Maria Liberale, onde encontrei ocupando meu posto o reverendo amigo dom Eligio Pellegrinotto, que nem sequer me reconheceu à primeira vista. Don Eligio afirma que me reconheceu de imediato e só esperou que eu pronunciasse meu nome para jogar os braços em volta do meu pescoço, pois, como parecia impossível que fosse eu, ele não sairia abraçando sem mais nem menos alguém que se *parecia* com Mattia Pascal. Quem sabe?! A primeira acolhida eu recebi dele, muito calorosa; então ele queria de todo jeito me levar de volta à aldeia para apagar da minha alma a má impressão que o esquecimento dos meus concidadãos me causara.

Mas eu agora, por desaforo, não quero descrever o que se seguiu na farmácia Brìsigo, primeiro, depois no Café dell'Unione, quando dom Eligio, ainda exultante, me apresentou redivivo. A notícia se espalhou num piscar de olhos, e todos correram para me ver e me bombardear de perguntas. Eles me perguntaram quem era então aquele que se afogara na Stìa, como se não tivessem me reconhecido: todos eles, um por um. Então era eu, realmente eu: de onde estava voltando? Do outro mundo! O que

O FALECIDO MATTIA PASCAL

eu estava fazendo? Estava me fazendo de morto! Decidi não responder a essas duas perguntas e deixar todo mundo agitado de curiosidade, o que durou vários dias. Nem o amigo Lodoletta teve mais sorte que os outros que vieram me "entrevistar" para *Il Foglietto*. Inutilmente, para me fazer falar, ele me trouxe uma cópia do seu jornal de dois anos atrás, com meu obituário. Disse-lhe que o sabia de cor, porque no Inferno o *Foglietto* era muito conhecido.

– Ora, se é! Obrigado, meu caro! Também pela lápide... vou lá vê-la, sabe?

Recuso-me a transcrever sua nova manchete do domingo seguinte, que trazia este título em letras maiúsculas: mattia pascal está vivo!

Dentre os poucos que não quiseram aparecer, além dos meus credores, estava Batta Malagna, que apesar de tudo – me disseram –, dois anos atrás demonstrara grande consternação pelo meu bárbaro suicídio. Acredito nisso. Sentiu tanta pena naquela época, sabendo que eu tinha sumido para sempre, quanto desprazer agora, sabendo que eu voltara à vida. Eu sei os motivos de uma e de outro.

E Oliva? Encontrei-a a caminho da missa, certo domingo, levando pela mão o filho de 5 anos, tão saudável e belo quanto ela: meu filho! Ela olhou para mim com olhos afetuosos e risonhos, que num relance me disseram muitas coisas...

Basta. Agora vivo em paz, com minha velha tia Scolastica, que me ofereceu abrigo em sua casa. Minha bizarra aventura de repente me elevou em sua estima. Eu durmo na mesma cama em que minha pobre mãe morreu, e passo a maior parte do dia aqui, na biblioteca, em companhia de dom Eligio, que ainda está longe de arrumar e ordenar os velhos livros empoeirados.

Demorei cerca de seis meses para escrever esta minha estranha história, auxiliado por dom Eligio. Ele guardará segredo de tudo que está escrito aqui, como se o tivesse conhecido sob o sigilo da confissão.

Discutimos longamente sobre minhas aventuras, e muitas vezes eu lhe disse que não sei que utilidade se possa tirar delas.

– A princípio, esta – ele me diz –: que à margem da lei e longe daquelas particularidades, sejam felizes ou tristes, que nos tornam o que somos, meu caro sr. Pascal, não é possível viver.

Mas eu o faço ver que de maneira alguma retornei à lei ou às minhas particularidades. Minha esposa é esposa de Pomino, e eu não posso dizer quem sou.

No cemitério de Miragno, no túmulo daquele pobre homem desconhecido que se matou na Stìa, ainda se conserva a lápide ditada por Lodoletta:

TOMADO PELAS ADVERSIDADES

MATTIA PASCAL

BIBLIOTECÁRIO

CORAÇÃO GENEROSO, ALMA ABERTA

AQUI VOLUNTARIAMENTE

REPOUSA

A PIEDADE DOS CONCIDADÃOS

DEPOSITOU ESTA LÁPIDE

Levei-lhe a prometida coroa de flores e de quando em quando vou me ver ali, morto e enterrado. Às vezes algum curioso me segue de longe; então, na volta, ele me acompanha, sorri e – considerando minha condição – me pergunta:

– Mas, afinal, pode-se saber quem é o senhor?

Eu dou de ombros, semicerro os olhos e respondo:

– Ora, meu caro... eu sou o falecido Mattia Pascal.

ADVERTÊNCIA SOBRE OS ESCRÚPULOS DA FANTASIA[35]

O SR. ALBERTO HEINTZ, DE BUFFALO, nos Estados Unidos, dividido entre o amor de sua esposa e o de uma jovem de 20 anos, decidiu convidar as duas para um encontro a fim de, juntos, tomarem uma decisão.

As duas mulheres e o dr. Heintz se encontram pontualmente no local combinado; discutem por um longo tempo e finalmente concordam.

Os três decidem se matar.

A sra. Heintz volta para casa, pega um revólver e se mata. Então, o sr. Heintz e sua namorada de 20 anos, já que com a morte da sra. Heintz todos os obstáculos à sua feliz união são removidos, reconhecem que não têm mais motivos para se matar e resolvem permanecer vivos e se casar. No entanto, as autoridades judiciais não pensam assim e os levam presos.

Uma conclusão muito comum.

(Ver os jornais de Nova York de 25 de janeiro de 1921, edição da manhã.)

*

---

35 Apêndice incluído a partir da terceira edição do romance, em 1921. [N. T.]

Vamos supor que um pobre autor teatral tenha a infeliz ideia de encenar um caso semelhante.

Podemos ter certeza de que terá, antes de tudo, muitos escrúpulos em relação à sua fantasia, buscando oferecer soluções heroicas para o absurdo suicídio da sra. Heintz, para torná-lo de alguma maneira plausível.

Mas também podemos ter certeza de que, apesar de todas as soluções heroicas criadas pelo autor teatral, 99% dos críticos dramáticos irão considerar o suicídio absurdo e a comédia, improvável.

Porque a vida, por todos esses absurdos flagrantes, grandes e pequenos, dos quais está alegremente cheia, tem o privilégio inestimável de poder prescindir dessa verossimilhança estúpida à qual a arte acredita que é seu dever obedecer.

Os absurdos da vida não precisam parecer verossímeis porque são verdadeiros. Ao contrário dos absurdos da arte que, para parecer verdadeiros, precisam ser verossímeis. E, sendo verossímeis, eles não são mais absurdos.

Um caso da vida pode ser absurdo; uma obra de arte, se for obra de arte, não.

Portanto, apontar como absurda e improvável, em nome da vida, uma obra de arte é estupidez.

Em nome da arte, sim; em nome da vida, não.

*

Na história natural, existe um reino estudado pela zoologia que é povoado por todos os animais.

O homem se inclui entre os muitos animais que o habitam.

E o zoólogo, sim, pode falar sobre o homem e dizer, por exemplo, que ele não é um quadrúpede, mas um bípede, e que ele não tem cauda, como o macaco, o burro ou o pavão.

O homem de quem o zoólogo fala nunca pode ter a infelicidade de perder, digamos, uma perna e substituí-la por outra de madeira; perder um olho e trocá-lo por um de vidro. O homem do zoólogo sempre tem duas pernas, das quais nenhuma é de madeira; sempre dois olhos, dos quais nenhum é de vidro.

O FALECIDO MATTIA PASCAL 257

E contradizer o zoólogo é impossível. Porque o zoólogo, se for apresentado a alguém com uma perna de madeira ou um olho de vidro, responderá que não o conhece, porque esse não é *o homem*, mas apenas *um* homem.

É verdade, porém, que todos nós, por sua vez, podemos responder ao zoólogo que o homem que ele conhece não existe e que, em vez disso, existem *homens*, dos quais nenhum é igual ao outro – eles podem até ter, por infortúnio, uma perna de madeira ou um olho de vidro.

Nesse ponto, questiona-se se são considerados zoólogos ou críticos literários os cavalheiros que, julgando um romance, um conto ou uma comédia, condenam este ou aquele personagem, esta ou aquela representação de fatos ou sentimentos, não em nome da arte, como seria correto, mas em nome de uma humanidade que parecem conhecer perfeitamente, como se ela realmente existisse em abstrato, isto é, além daquela infinita variedade de homens capazes de cometer todos os já mencionados absurdos *que não precisam parecer verossímeis, porque são verdadeiros.*

*

No entanto, pela experiência que pude ter com esse tipo de crítica, o melhor de tudo é que, embora o zoólogo reconheça que o homem se distingue de outros animais pelo fato de ele raciocinar e os animais não, os senhores críticos consideram o raciocínio (isto é, o que é mais apropriado ao homem) não como um excesso, mas como um falta de humanidade em muitos de meus personagens nada alegres. Porque parece que a humanidade, para eles, é algo que consiste mais em sentimento do que em raciocínio.

Contudo, se quisermos falar de maneira tão abstrata quanto esses críticos, será que não é verdade que o homem raciocina (ou não, o que dá no mesmo) com mais paixão quando sofre, precisamente porque quer ver a raiz de seus sofrimentos, quem os provocou e se era justo que o fizessem sofrer; considerando que, quando ele está feliz, é tomado de satisfação e não raciocina, como se aproveitá-la fosse seu direito?

Os animais devem sofrer sem raciocinar. Quem sofre e raciocina (justamente porque sofre) não é *humano* para os senhores
críticos; porque lhes parece que só um animal deve sofrer, e que
apenas quando é um *animal* é que se torna *humano*.

*

Mas recentemente também encontrei um crítico a quem sou
muito grato.

No que diz respeito à minha "cerebralidade" *desumana* e,
aparentemente, incurável, e à improbabilidade paradoxal de minhas histórias e personagens, ele perguntou aos outros críticos
qual o critério que eles usavam para julgar meu mundo artístico.

"Da chamada vida *normal?*", ele perguntou. "Mas o que essa
vida é senão um sistema de relacionamentos, que selecionamos
no caos dos acontecimentos cotidianos e que arbitrariamente
qualificamos como normais?" Concluiu que "não se pode julgar
o mundo de um artista com um critério extraído de outro lugar
que não seja esse próprio mundo".

Devo acrescentar, para dar crédito a esse crítico junto aos outros críticos, que apesar disso, e de fato exatamente por esse motivo, ele também julga meu trabalho desfavoravelmente: porque
lhe parece que eu não sei dar valor e significado universalmente humano a minhas histórias e personagens, a ponto de deixar
perplexos quem deve julgá-las, sem saber se eu pretendia ou não
me limitar a reproduzir certos casos curiosos ou certas situações
psicológicas muito peculiares.

Mas e se o valor e o sentido *universalmente humano* de algumas de minhas histórias e de certos personagens meus, na
oposição, como ele diz, entre realidade e ilusão, entre imagem
individual e social, consistissem antes de tudo no sentido e no
valor a ser dados a essa primeira oposição, devido à qual, por uma
zombaria constante da vida, a pessoa se vê sempre inconsistente, enquanto infelizmente, necessariamente, toda realidade de
hoje está destinada a se tornar ilusão amanhã, mas uma ilusão
necessária, se infelizmente fora dela não há outra realidade para

O FALECIDO MATTIA PASCAL

nós? Se consistissem exatamente nisto: que um homem ou uma mulher, colocados pelos outros ou por si mesmos em uma situação dolorosa, socialmente anormal e totalmente absurda, permanecem ali, suportam-na, representam-na diante dos outros, *enquanto não consigam vê-la*, seja por sua cegueira ou inacreditável boa-fé; pois, assim que a veem como um espelho colocado diante deles, não a suportam mais, sentem todo o seu horror e a destroem ou, se não podem destruí-la, sentem-se morrer? Se consistissem exatamente nisto: que uma situação socialmente anormal é aceita, mesmo que a vejamos num espelho que nos põe diante de nossa própria ilusão; e então a representamos suportando todo o martírio, até que seja possível representá-lo dentro da máscara sufocante que nos impusemos ou que nos foi imposta pelos outros ou por uma necessidade cruel, ou seja, até que sob essa máscara nossos sentimentos, vivos demais, não sejam tão profundamente feridos, que a rebelião finalmente irrompa e essa máscara seja rasgada e pisoteada?

"Então, de repente", diz o crítico, "uma onda de humanidade invade esses personagens, as marionetes se tornam criaturas de carne e osso, e afloram de seus lábios palavras que incendeiam a alma e destroçam o coração."

Mas é lógico! Eles descobriram seu rosto individual desnudado sob aquela máscara, que os tornava marionetes de si mesmos ou nas mãos dos outros; que os fazia parecer a princípio difíceis, desajeitados, rígidos, inacabados e sem delicadeza, complicados e desengonçados, como tudo que é combinado e construído não livremente, mas por necessidade, numa situação anormal, improvável e paradoxal, de modo que no final eles não aguentavam mais e a destruíram.

O caos, quando existe, é deliberado; o mecanismo, quando existe, é deliberado; não por mim, mas pela própria história, pelos personagens; e se descobre bem rápido, de fato: muitas vezes é combinado de propósito e desvendado no próprio ato de construí-lo e combiná-lo: é a máscara para uma representação; o jogo dos papéis; o que gostaríamos ou deveríamos ser; o que parecemos para os outros, enquanto o que somos, até certo ponto nem nós mesmos sabemos; a incômoda metáfora de nós mesmos; a construção, muitas vezes complicada, que fazemos ou que os outros fazem de nós: de fato, um mecanismo no qual cada um intencionalmente, repito, é a marionete de si mesmo; e então, no final das contas, é o chute que faz cair o pau da barraca.

Acredito que não tenho mais nada a dizer, a não ser congratular minha fantasia se, com todos os seus escrúpulos, ela conseguiu mostrar como defeitos reais aqueles que eram desejados por ela: defeitos da construção fictícia que os próprios personagens construíram sobre si mesmos e sobre sua vida, ou que outras pessoas construíram para eles: em suma, os defeitos da *máscara* até que ela não se descubra nua.

*

Mas um conforto maior me deu a vida, ou as notícias diárias, cerca de vinte anos depois da primeira publicação de meu romance *O falecido Mattia Pascal*, que hoje é reimpresso mais uma vez.

Quando foi publicado pela primeira vez, houve quem, apesar do consenso quase unânime, o acusasse de inverossímil.

Bem, a vida quis me dar a prova da veracidade do romance de uma maneira verdadeiramente excepcional, até na minúcia de certos detalhes característicos criados espontaneamente por minha imaginação.

Aqui está o que foi publicado no *Corriere della Sera* de 27 de março de 1920:

A HOMENAGEM DE UM VIVO AO SEU PRÓPRIO TÚMULO

Um caso singular de bigamia, devido à morte confirmada, mas não verdadeira, de um marido, se revelou esses dias. Vamos dar um resumo dos antecedentes. Na comarca de Calvairate, em 26 de dezembro de 1916, alguns camponeses tiraram das águas do canal das Cinco Eclusas o cadáver de um homem de suéter e calça marrom. A polícia foi notificada e deu início às investigações. Logo depois, o cadáver foi identificado por Maria Tedeschi, uma mulher de cerca de 40 anos, de

O FALECIDO MATTIA PASCAL

aparência ainda bela, e por Luigi Longoni e Luigi Majoli, como sendo do eletricista Ambrogio Casati di Luigi, nascido em 1869, marido de Tedeschi. Na realidade, a pessoa afogada era muito parecida com Casati. Esse testemunho, pelo que acabou de ser revelado, teria sido um tanto interesseiro, especialmente para Majoli e Tedeschi. O verdadeiro Casati estava vivo! No entanto, encontrava-se preso desde 21 de fevereiro do ano anterior por um crime contra a propriedade e estava separado, embora não legalmente, de sua esposa. Depois de sete meses de luto, Tedeschi contraiu um novo casamento com Majoli, sem encontrar nenhum obstáculo burocrático. Casati terminou de cumprir sua sentença em 8 de março de 1917 e somente aí é que soube que estava... morto e que sua esposa havia se casado de novo e desaparecido. Soube disso quando foi ao cartório na praça Missori pegar um documento. O funcionário, no balcão, observou implacavelmente:

– Mas você está morto! Seu domicílio legal fica no cemitério de Musocco, quadra comum 44, cova n. 550...

Todos os protestos de Casati, que queria ser declarado vivo, foram inúteis. Casati quer agora fazer valer seu direito à... ressurreição e, assim que seu estado civil for retificado, a suposta viúva terá o segundo casamento anulado.

No entanto, a estranha aventura não afetou Casati: pelo contrário, pode-se dizer que o deixou de bom humor e, desejoso de novas emoções, quis fazer uma visita à sua... sepultura e, como um gesto de homenagem à sua memória, depositou um buquê de flores perfumadas no túmulo e acendeu-lhe uma vela votiva!

O suposto suicídio num canal; o cadáver retirado e reconhecido por sua esposa e por quem mais tarde será seu segundo marido; o regresso do falso morto e até a homenagem ao seu próprio túmulo! Todos os dados de fato, naturalmente sem tudo o mais que devia dar ao acontecimento um valor e significado *universalmente humano*.

Não posso supor que o sr. Ambrogio Casati, um eletricista, tenha lido meu romance e trazido as flores ao seu túmulo imitando o falecido Mattia Pascal.

No entanto a vida, com seu desprezo tranquilo em relação a qualquer verossimilhança, conseguiu encontrar um padre e um prefeito que casaram o sr. Majoli e a sra. Tedeschi sem se preocupar em conhecer os dados de fato, dos quais talvez fosse muito fácil obter notícias, isto é: o marido sr. Casati estava na prisão e não debaixo da terra.

Certamente, a fantasia teria sido escrupulosa em passar por cima desse dado de fato; e agora se diverte, pensando na acusação de inverossimilhança que já lhe foi atribuída e em dar a conhecer de quais inverossimilhanças verdadeiras a vida é capaz, até nos romances em que, sem sabê-lo, ela é cópia da arte.

SOBRE O LIVRO

FORMATO
13,5 x 20 cm

MANCHA
23,8 x 39,8 paicas

TIPOLOGIA
Arnhem 10/13,5

PAPEL
Off-white 80 g/m² (miolo)
Cartão Supremo 250 g/m² (capa)

1ª EDIÇÃO EDITORA UNESP: 2020

EQUIPE DE REALIZAÇÃO

EDIÇÃO DE TEXTO
Fabiano Calixto (Copidesque)
Tulio Kawata (Revisão)

PROJETO GRÁFICO E CAPA
Marcos Keith Takahashi (Quadratim)

IMAGEM DE CAPA
Gravura de autor desconhecido, século XIX.

EDITORAÇÃO ELETRÔNICA
Sergio Gzeschnik

ASSISTÊNCIA EDITORIAL
Alberto Bononi